dtv
Reihe Hanser

Der junge Sirr, wie seine Kumpels ihn nannten, ist ermordet worden; in einem abgelegenen Waldstück hat man seine Leiche gefunden. Doch was ist das Motiv? In mühsamer Kleinarbeit verfolgen Kommissar Fors und seine Kollegen jeden noch so winzigen Hinweis.
Das Opfer war selbst kein unbeschriebenes Blatt: Sirr hat mit Drogen gedealt und seine Mitschüler tyrannisiert. Doch das allein ist kein überzeugendes Motiv für einen Mord. Könnte der Tod des Sohnes indischer Einwanderer einen rechtsradikalen Hintergrund haben? Oder ist Sirr anderen Drogendealern in die Quere gekommen? Als dann auch noch die Kirche in dem kleinen Städchen Vreten bis auf die Grundmauern abbrennt, ist die Verwirrung komplett. Hat die eine Tat etwas mit der anderen zu tun?

Mats Wahl, geboren 1945 auf der Insel Gotland, lebt in Stockholm und ist Dozent für Pädagogik und Psychologie an der dortigen Universität. Als Schriftsteller wurde er mit Romanen für Kinder und Jugendliche bekannt. Er hat bereits zahlreiche bedeutende Auszeichnungen erhalten, unter anderem den Deutschen Jugendliteraturpreis. In seinem Roman »Der Unsichtbare« (dtv 62164) ermittelt Kommissar Fors zum ersten Mal und in »Kill« (dtv 62277) hat er einen neuen Fall zu lösen. Weitere Fälle werden folgen.

Mats Wahl

Kaltes Schweigen

Ein neuer Fall für Kommissar Fors

Roman

Aus dem Schwedischen von
Angelika Kutsch

Deutscher Taschenbuch Verlag

Mats Wahl in der *Reihe Hanser* bei dtv:
Därvarns Reise (dtv 62013)
Emma und Daniel (dtv 62096)
So schön, dass es wehtut (dtv 62102)
Emmas Reise (dtv 62132)
Der Unsichtbare (dtv 62164)
Kill (dtv 62277)

Das gesamte lieferbare Programm der *Reihe Hanser*
und viele andere Informationen finden Sie unter
www.reihehanser.de

In neuer Rechtschreibung
November 2005
3. Auflage März 2007
Deutscher Taschenbuch Verlag GmbH & Co. KG,
München
© 2002 Mats Wahl
Titel der Originalausgabe: ›Tjafs‹
(Brombergs Bokförlag, Stockholm)
© 2004 der deutschsprachigen Ausgabe:
Carl Hanser Verlag, München Wien
Umschlaggestaltung: Peter Andreas Hassiepen, München
unter Verwendung einer Fotografie von Milena Hassiepen
Satz: Satz für Satz. Barbara Reischmann, Leutkirch
Gesetzt aus der Caslon 11/13·
Druck und Bindung: Druckerei C. H. Beck, Nördlingen
Gedruckt auf säurefreiem, chlorfrei gebleichtem Papier
Printed in Germany · ISBN 978-3-423-62244-8

FREITAG SAMSTAG SONNTAG MONTAG DIENSTAG

1

Als der Junge in Höhe des Autos war, öffnete Fors die Tür. Sofort fuhr ihm Wind ins Gesicht.

»He, Jamal!«

Der Junge blieb stehen und sah Fors an. Er stand mit dem Rücken zum Wind. Die Mütze bis über die Augenbrauen gezogen, die Hände in den Jackentaschen.

Fors hielt seinen Ausweis hoch.

»Kann ich dich mal sprechen?«

Der Junge warf einen Blick auf die Plastikkarte und sah Fors dann an. Er zog den Kopf zwischen die Schultern.

»Worüber denn?«

»Über Sirr.«

»Was soll mit Sirr sein?«

»Sirr ist doch dein Freund.«

»Sind Sie so sicher?«

»Ich hab's gehört.«

»Man hört viel. Ich kann nicht mit Ihnen sprechen.«

Der Junge, der Jamal hieß, kehrte Fors den Rücken zu.

»Ich kenne Ava!«, rief Fors.

Der Junge blieb wieder stehen und drehte sich um.

»Und was hat das mit mir zu tun?«

»Wenn du mir hilfst, versuche ich Ava zu helfen.«

Der Junge schob die Mütze mit beiden Händen ein Stück in den Nacken aus der Stirn. Seine Augenbrauen waren kräftig und schwarz und seine Augen sehr dunkel. Er sah sich um und ging dann um das Auto herum. Fors beobachtete ihn durch die Windschutzscheibe, auf der sich der Schnee sammelte. Dann öffnete der Junge die Beifahrertür, stieg ein und setzte sich neben Fors.

»Was wollen Sie?«, fragte er, ohne Fors anzusehen. Kaum hatte er sich gesetzt, hatte der linke Fuß des Jungen angefangen, auf den Boden zu trommeln.

»Erzähl mir von Sirr.«

»Warum sollte ich?«

»Wegen Ava.«

»Was können Sie für sie tun?«

»Nicht sehr viel, aber ich werde das bisschen tun, was ich kann.«

»Und wenn ich nichts sage?«

»Dann muss Ava zusehen, wie sie allein fertig wird.«

Jamal zog die rechte Faust aus der Tasche und wischte sich mit der Daumenrückseite unter der Nase entlang. Fors nahm ein Päckchen Tempos aus seiner Jackentasche und reichte dem Jungen ein Taschentuch.

»Woher kennen Sie Ava?«, fragte der Junge und putzte sich die Nase.

»Ich habe sie gestern verhört.«

»Was hat sie gesagt?«

»Sie hat gesagt, sie kennt dich, und dass du nett zu ihr warst, eben ein netter Junge.«

»Ich weiß nichts. Mir ist Ava egal.«

»Erzähl mir von Sirr.«

»Kann ich bitte noch ein Tempo haben?«

Fors reichte ihm eins und der Junge putzte sich noch einmal die Nase.

»Was möchten Sie wissen?«

»Was weißt du?«

»Nichts, was ich Ihnen erzählen könnte.«

»Was kannst du erzählen?«

Der Junge lächelte.

»Einem Bullen kann ich gar nichts erzählen.«

»Kennst du Sirrs Mutter?«

Jamal schüttelte den Kopf.

»Sie ist krank. Vor Sorge.«

»Warum?«, fragte Jamal.

»Sirr ist seit Dienstag nicht nach Hause gekommen.«

»Das ist doch kein Grund, sich Sorgen zu machen.«

»Er ist weggegangen, um sich eine Dose Cola zu kaufen. Er trug nur einen Pullover. Der Laden ist auf der anderen Straßenseite. Er ist nicht zurückgekommen.«

»Ich weiß nicht, wo er ist.«

»Seine Mutter macht sich Sorgen.«

»Sie ist verrückt.«

Jamal tippte sich mit dem Finger an die Stirn.

»Verstehen Sie? Verrückt.«

»Wann hast du Sirr das letzte Mal gesehen?«

»Weiß ich nicht.«

»Hast du ihn seit Dienstag gesehen?«

»Glaub ich nicht.«

»Wann hast du ihn zuletzt gesehen?«

»Montag.«

»Wo?«

»Hören Sie auf, ich sage nichts mehr.«

»Vielleicht kann ich Ava helfen.«

»Sie kapieren nichts. Ich kann nicht mit einem Bullen reden. Und Ava ist mir egal.«

»Wir befürchten, dass Sirr etwas passiert sein könnte.«

»Mit Sirr legt man sich nicht an.«

»Wie meinst du das?«

»Er ist nicht so.«

»Wie?«

»Keiner, mit dem man sich anlegt.«

»Wann hast du ihn zuletzt gesehen?«

»Montag.«

»Wo?«

»Er hat mich besucht.«

»Um welche Zeit?«

»Abends.«

»Um wie viel Uhr?«

»Jetzt hören Sie endlich auf, verdammt noch mal. Fragen Sie nicht weiter.«

»Wie spät war es?«

»Weiß nicht. Abend.«

»Was lief im Fernsehen?«

»Die Nachrichten.«

»Welche Nachrichten?«

»Fernseh-Nachrichten.«

»War es vor oder nach acht?«

»Nach.«

»Woher weißt du das?«

»Ich wollte einen Film sehen. Der sollte um neun anfangen. Er hat mich gefragt, ob ich mit rauskomme. Ich sagte ihm, dass ich den Film sehen will und dass er bald anfangen würde.«

»Wohin wollte Sirr?«

»Raus.«

»War er allein?«

»Selbst wenn er es nicht war, würde ich niemals sagen, mit wem er zusammen war, kapiert?«

»Worüber habt ihr geredet?«

»Ich sag nichts mehr.«

Der Junge nieste und sah Fors an. Der reichte ihm noch ein Taschentuch. Dann hielt er die leere Plastikhülle hoch, in der die Tempos gewesen waren, und steckte sie in die Tasche.

»Das ist das Letzte.«

Der Junge lächelte.

»Warum legt sich niemand mit Sirr an?«, fragte Fors.

Der Junge putzte sich die Nase und öffnete die Autotür.

»Grüßen Sie Ava.«

Der Junge stieg aus und ging, die Hände in den Taschen, über den Parkplatz davon. Fors startete das Auto und holte ihn ein. Er lehnte sich über den Beifahrersitz und öffnete die Tür, während das Auto rollte.

»Soll ich dich irgendwo hinbringen?«

Der Junge gab keine Antwort. Er ging einfach weiter. Nach einer Weile war er in dem fallenden Schnee verschwunden. Fors ließ die Scheibenwischer arbeiten. Dann stellte er das Radio an. Es lief gerade eine alte Aufnahme von »Jingle Bells« mit Bing Crosby.

2

Polizeipräsident Ludvig Lönnergren war Mittwoch sechzig geworden. Sein Arbeitszimmer war voller Blumen, die er nicht mit nach Hause genommen hatte. Da er ein Freund von Ordnung war, hatte er sofort eine Struktur in das Blumenmeer gebracht. Die Blumen, die im Polizeipräsidium abgegeben oder überreicht worden waren, blieben hier. Das galt auch für einen Strauß mit sieben Lilien, die seine ältere Schwester durch einen Boten hatte überbringen lassen, eine Frau, die er sein Leben lang gehasst hatte, die er dennoch einmal im Jahr aufsuchte, um seine Zähne in Ordnung bringen zu lassen.

Als es an der Tür klopfte, erhob er sich. Er zog den Bauch ein, so weit es ging, und trat dem Besucher entgegen. Es war eine junge Frau in Uniform, die ihre hellen Haare zu einem Pferdeschwanz hochgebunden hatte. Ihr Name war Gunilla Strömholm. Sie war seit drei Jahren im Dienst und hatte sich im April besondere Verdienste erworben, als ein Personenwagen in den Brydån gefahren war. Strömholm war zufällig kurz nach dem Unglück zum Unfallort gekommen. Sie war auf dem Weg zu ihrem Liebhaber gewesen, einem verheirateten Tischler und Vater von drei Kindern, den sie in dem Club getroffen hatte, wo sie an dienstfreien Wochenenden Swing tanzte. Sie hatte ihren sieben Jahre alten Volvo an die Seite gefahren und war ins Wasser gesprungen. Es war ihr gelungen, die Tür des sinkenden Autos zu öffnen und den bewusstlosen Fahrer aus seinem Sicherheitsgurt zu befreien. Als sie den Mann herausgeholt hatte, sank das Auto, und über seinem Dach plätscherten Wellen. In der Lokalzeitung wurde Strömholms Leistung als Heldentat bezeichnet und das war sie vielleicht auch.

»Guten Tag, Gunilla«, sagte Lönnergren auf die väterliche Art, die ihm angemessen erschien, wenn er mit einer dreißig Jahre jüngeren Untergebenen sprach.

Er zeigte auf die beiden Sofas in der Ecke. Strömholm setzte sich mitten auf das eine, damit Lönnergren nicht auf die Idee kam, sich neben sie zu setzen. Genau das hatte er im Frühling bei der Pressekonferenz getan, die zu Ehren der Heldin des Tages, Gunilla Strömholm, stattgefunden hatte.

Lönnergren schloss die Tür und setzte sich auf das andere Sofa. Er musterte die Frau und überlegte, ob er die Brille aufsetzen sollte.

»Also, Gunilla, was kann ich für dich tun?«

Lönnergren hoffte, Strömholm werde keinen Wunsch vortragen, was den Dienst zum bevorstehenden Weihnachtsfest anging. Die Erstellung des Dienstplans war Aufgabe des Polizeichefs, Kommissar Nylander, und Lönnergren wollte Strömholm keine Vorschriften machen, wenn er es vermeiden konnte.

»Es geht um meinen Dienst«, sagte Strömholm. Lönnergren seufzte.

»Du hast den Plan sicher mit Nylander diskutiert?«

»Ja.«

»Du verstehst hoffentlich, dass ich seine Entscheidungen in Dienstfragen respektiere?«

»Es geht um meinen Kollegen, Hjelm.«

»Ach so?«

»Wir waren zusammen auf der Polizeischule.«

»Dann kennt ihr euch also?«

»Ja.«

»Das ist doch gut.«

»Nein.«

»Nicht?«

»Hjelm ist ein Schwein.«

»Das ist ein starkes Wort.«

»Auf der Polizeischule wurde er wegen verschiedener Äußerungen beim Direktor angezeigt.«

»Ach?«

»Er hat unter anderem gesagt, dass Ausländer nichts im Polizeidienst zu suchen haben.«

»Sehr gedankenlos.«

»Er hat gesagt, wenn er auf der Schule einen Schwulen oder eine Lesbe trifft, dann würde er dafür sorgen, dass sie oder er ihre Zähne vom Boden aufsammeln können.«

»Noch schlimmer.«

»Er war der Meinung, weibliche Polizisten sollten mit den Vereinten Nationen zu einem Kriegsschauplatz geschickt und als Kanonenfutter eingesetzt werden.«

Lönnergren fuhr mit Daumen und Zeigefinger an der Bügelfalte seines rechten Hosenbeines entlang.

»Und das alles ist dem Direktor zu Ohren gekommen?«

»Ja.«

»Was hat er unternommen?«

»Alles, was in seiner Macht stand, um ihn zum Schweigen zu bringen.«

Lönnergren holte die Brille hervor. Sie steckte hinter

dem weißen Taschentuch, das ungefähr einen Zentimeter aus der Brusttasche seines braunen Sakkos ragte. Er nahm ein Putztuch aus dem Futteral, das er in der Innentasche hatte, und fing an, die Gläser zu putzen. Nach einer Weile steckte er das Tuch zurück und setzte sich die Brille auf. Jetzt sah er Gunilla Strömholm deutlicher. Er hatte immer gefunden, dass Frauen in Uniform etwas Besonderes waren.

»Und jetzt arbeitet ihr zusammen, Hjelm und du?«
»Wir sitzen im selben Auto.«
»Seit ...?«
»Dem ersten Dezember.«
»Und du bist unzufrieden?«
»Ich will nicht mit ihm zusammenarbeiten.«
»Kannst du mir zusätzliche Gründe nennen außer dem, den du jetzt vorgetragen hast?«
»Ich habe Hjelm in der Schule angezeigt.«
»Aber das weiß er doch wohl nicht?«
»Er weiß es.«

Lönnergren nickte langsam, fast als ob er sich verneigen würde.

»Ich verstehe, was du meinst. Es gibt Spannungen zwischen euch, oder?«
»Nein.«
»Nicht?«
»Es ist unerträglich.«

Lönnergren nahm die Brille ab und holte wieder das Putztuch hervor. Es war mit kleinen Pferden gemustert.

»Wir haben immer noch Dezember. Vielleicht solltest du ihm eine Chance geben? Er ist noch keinen Monat bei uns.«

»Eine Chance?«

»Zu beweisen, dass er vielleicht nicht so schrecklich ist, wie du glaubst. Er ist angenommen worden, weil er gute Zeugnisse hatte.«

»Er ist angenommen worden, weil er ein guter Handballspieler ist und Nylander in der Landesmannschaft war.«

Lönnergren setzte sich die Brille wieder auf.

»Ich glaube, das solltest du lieber nicht in der Gegend rumerzählen.«

»Es wissen doch sowieso alle, dass Hjelm deswegen hier ist. Gegen ihn läuft in Eskilstuna eine Anzeige wegen tätlicher Beleidigung. Er hat einem Mann, der eins fünfundsechzig groß und Frührentner ist, drei Rippen gebrochen. Hjelm ist eins achtundsiebzig und stemmt hundertzwanzig, ohne überhaupt rot anzulaufen. Mit so einem möchte ich nicht zusammenarbeiten.«

Gunilla Strömholms Hals hatte rote Flecken. Sie spürte es und es war ihr unangenehm. Sie hasste es, wenn ihr Hals rot anlief, und sie hasste es, dass Lönnergren es sah.

»Soweit wir wissen, ist Hjelm ein unbescholtener und ehrgeiziger Polizist. Hier wird niemand ungehört verurteilt. Bis auf weiteres musst du dich damit abfinden, dass Kommissar Nylander für den Dienstplan zuständig ist. Ich kann mich nicht in Nylanders Arbeit einmischen und ich möchte es nicht. Vor den Weihnachtsfeiertagen und mit der grassierenden Grippe, die alle außer dir und mir zu haben scheinen, ist es schier unmöglich, einen schon festgesetzten Dienstplan zu ändern. Die Personalsituation habe ich gerade vorhin mit Nylander diskutiert. Was deine Vermutungen angeht, dass Kommissar Nylander eine Art besondere Befugnis hat, Handballspieler für die Polizei zu werben, sind sie völlig unbegründet. Ich gehe davon aus, dass du ein derartiges Gerücht nicht im Haus verbreitest.«

Gunilla sah Lönnergren an. Er begegnete ihrem Blick und nach einer Weile schaute Lönnergren weg.

»Ich werde mit Hjelm sprechen.«

Dann erhob er sich.

Aber Gunilla Strömholm blieb sitzen.

»Ich habe Angst.«

»Doch wohl nicht vor Hjelm?«

»Letzten Freitag mussten wir zu einer Auseinandersetzung in einer Wohnung. Als wir ankamen, fanden wir fünf Männer und einige kleine Mädchen vor. Einer der Männer hatte einen Schlag mit einer Flasche verpasst bekommen und blutete stark. Ich rief einen Krankenwagen und einer der Betrunkenen griff mich an. Ich habe aus den Augenwinkeln gesehen, dass Hjelm es auch gesehen hat. Aber er hat nichts getan, um den Angreifer zurückzuhalten.«

»Und was ist passiert?«

»Ich habe den Gummiknüppel benutzt und der Kerl ging in die Knie.«

»Du bist jetzt bald vier Jahre bei uns. Du weißt, wie es bei der Arbeit zugeht.«

»Hjelm hat gesehen, dass ich angegriffen wurde, und er hat nichts unternommen.«

»Vielleicht konnte er nicht eingreifen.«

»Er stand so, dass er den Mann, der auf mich zukam, hätte aufhalten können.«

»Du meinst, Hjelm hat es mit Absicht unterlassen, einer Kollegin zu helfen?«

»Ja.«

»Das ist eine ernste Anschuldigung.«

»Ich habe es aufgeschrieben.«

Gunilla Strömholm zog ein Blatt Papier aus der Tasche. Es war ein Computerausdruck von einer knappen Seite.

Lönnergren nahm das Papier entgegen.

»Warum hast du nicht sofort Anzeige erstattet?«

»Das habe ich getan. Bei Kommissar Nylander.«

»Was hat Nylander gesagt?«

»Er wisse, dass ich Hjelm schon auf der Schule angeschwärzt habe und dass er meine Anzeige ernst nehme.«

»Dann ist doch alles in Ordnung, wenn er sie ernst genommen hat.«

»Mit ernst nehmen meinte er, dass ich angeblich eine Art persönliche Verfolgung betreibe.«

»Gegen Hjelm gerichtet?«

Gunilla Strömholm erhob sich.

»Gegen wen sonst?«

»Ich werde mit Nylander sprechen«, sagte Lönnergren.

»Danke.« Gunilla Strömholm ging zur Tür, öffnete sie und verschwand mit schnellen Schritten auf dem Korridor. Lönnergren hörte, wie sie vor dem Aufzug stehen blieb. Dann hörte er die Aufzugtür auf- und wieder zugehen.

Er trat ans Fenster. Der Schnee fiel dicht und schwer, sodass die Sichtweite kaum mehr als dreißig Meter betrug. Es hat aufgehört zu stürmen, dachte Lönnergren. Und es soll wärmer werden. Dann gibt es Spuren im Schnee. Vielleicht sollte man sich zu Weihnachten einen Hasen schießen.

Gunilla Strömholm und Ludvig Lönnergren würden sich nie wieder begegnen.

3

Kriminalinspektorin Carin Lindblom stocherte sich mit dem Nagel des kleinen Fingers im Mund herum. Während sie zerstreut das herauspulte, was zwischen zwei Backenzähnen hängen geblieben war, betrachtete sie eine Karte im Maßstab von eins zu hunderttausend, die an der Wand hinter ihrem Schreibtisch hing. In der rechten Hand hielt sie einen Zettel. Sie suchte die Karte Zentimeter für Zentimeter mit den Augen ab. Dann löste sich das, was sie zwischen den Zähnen hatte, und sie legte einen Finger auf einen See, der auf der Karte so groß wie ihr Daumennagel war.

Da kam Fors zur Tür herein.

»Wir haben einen Toten im Wald«, sagte Lindblom, ohne den Blick von der Karte zu nehmen. Sie hatte am Schritt erkannt, wer hereingekommen war.

»Man sollte irgendwohin ziehen, wo der Winter angenehmer ist«, sagte Fors. Er zog seinen Mantel aus und hängte ihn auf einen Bügel.

»Ich muss gleich nach Hause. Alle drei haben Fieber.

Komm mal her, ich will dir was zeigen. Es gibt einen kleinen See, der heißt Viklången. Man fährt in Richtung Lerby und biegt bei der alten Schule in einen Waldweg ab. Wenn man nach etwa einem Kilometer den See erreicht, kommt man zu einem Schuppen. Dort liegt einer, der womöglich umgebracht worden ist.«

»Ist schon jemand vor Ort?«, fragte Fors.

»Eine Streife ist unterwegs. Vor zehn Minuten ist die Nachricht eingegangen. Der Mann, der den Toten gefunden hat, will am Fundort warten. Er hat ein Handy, man kann ihn also anrufen, falls es Schwierigkeiten mit der Orientierung gibt.«

Lindblom reichte Fors den Zettel. Darauf standen der Name Lars Lyrekull sowie eine Handynummer. Und noch eine Notiz: »Schuppen am Viklången. Richtung Lerby, bei der alten Schule abbiegen. Ein Kilometer.«

Fors ging zum Schreibtisch, hob den Telefonhörer ab und tippte eine Nummer ein.

»Geht es den Jungs sehr schlecht?«

»Mårten hatte achtunddreißig fünf, als ich mittags zu Hause war.«

»Und du selber?«, fragte Fors, während er darauf wartete, dass Lars Lyrekull sich meldete.

»Mich kriegt die Grippe nicht. Da müssen schon härtere Sachen kommen. Wie Liebe. Die kann mich für Tage flachlegen.«

Fors lächelte. Er setzte sich hinter den Schreibtisch, den Telefonhörer am Ohr.

»Hallo, ich heiße Harald Fors. Ich bin Polizist. Mit wem spreche ich?«

Die Verbindung war nicht die beste. Fors überlegte, ob es am Schnee liegen konnte.

»Ich heiße Harald Fors«, wiederholte er. »Fors. Ich bin Polizist. Mit wem spreche ich?«

»Hier ist Lars Lyrekull.«

»Ich habe gehört, dass Sie jemanden im Wald gefunden haben.«

»Hier liegt jemand. Er ist tot.«

»Ich habe eine Adresse – Schuppen am Viklången. In Richtung Lerby, bei der alten Schule in den Wald abbiegen. Einen Kilometer.«

»Das ist richtig. Da sind wir.«

»Wer, wir?«

»King und ich und dann der Tote.«

»Eine Polizeistreife ist unterwegs und ich komme in einer halben Stunde. Können Sie so lange warten?«

»Ich warte.«

»Wie sind die Schneeverhältnisse? Ist der Waldweg befahrbar?«

Lyrekull zögerte.

»Ich bin nicht sicher, ob man das mit einem normalen Auto schafft ... können Sie mich hören ... hallo?«

»Ich höre Sie.«

»Ich hab gesagt, dass ich nicht sicher bin, ob man es mit einem normalen Auto schafft.«

»Wie sind Sie selbst dorthin gekommen?«

»Ich war mit dem Hund unterwegs. Auf Skiern.«

»Im Dunkeln?«

»Ich bin Orientierungsläufer. Ich wohne hier oben und laufe fast jeden Tag um den Viklången herum.«

»Wie haben Sie ihn gefunden?«

»Er liegt im Schnee vor dem Schuppen, scheint mit etwas geschlagen worden zu sein. Die Wange ist ... in seiner Wange ist ein großes Loch.«

»Wie können Sie das im Dunkeln erkennen?«

»Ich habe eine Stirnlampe.«

»Können Sie sich in den Schuppen setzen? Und bitte berühren Sie nichts. Wir sind bald da.«

»Der Hund ...«

»Was?«

»Er hat den Toten berührt.«

»Inwiefern?«

»King hat ihm über das Gesicht geleckt. Da hab ich das Loch entdeckt. Vorher war es ja mit Schnee bedeckt.«

»Setzen Sie sich in den Schuppen. Ein Wagen ist unterwegs. Ich bin in einer halben Stunde da. Haben Sie sonst noch jemanden angerufen?«

»Wen sollte ich anrufen?«

»Ihre Frau vielleicht.«

Lyrekull schwieg einen Moment.

»Ich habe meine Frau angerufen.«

»Können Sie sie noch einmal anrufen und sie bitten, die Sache bis morgen für sich zu behalten?«

»Klar.«

»Haben Sie sonst noch jemanden angerufen?«

»Meinen Bruder.«

»Können Sie auch ihn bitten, die Sache bis morgen für sich zu behalten?«

»Warum?«

»Weil wir nicht einen Haufen neugieriger Leute da oben brauchen können, ehe wir alles abgesperrt haben.«

»Ich verstehe. Können Sie mir etwas Warmes zu trinken mitbringen?«

»Kaffee oder Tee?«

»Kräutertee, falls Sie welchen haben.«

»Ich sorge dafür. Wir sehen uns in einer halben Stunde.«

Fors legte auf. Carin zog ihren Mantel an. Fors klopfte sich mit einem Bleistift gegen einen Vorderzahn.

»Hübscher Mantel.«

»Den hab ich mir selbst zu Weihnachten geschenkt.«

»Hoffentlich werden sie bald gesund.«

»Ich guck morgen mal rein.«

»Komm nicht, wenn die Jungs noch krank sind.«

Carin warf Fors eine Kusshand zu.

»Bis dann.«

Sie verschwand im Gang. Fors erhob sich und ging zu der Karte an der Wand. Er verfolgte den Weg zum Viklången hinauf mit dem Finger. Danach kehrte er an den Schreibtisch zurück, nahm das Telefon und rief in der Kantine an. Eine Frau mit auffallend finnischem Akzent meldete sich.

»Hallo, Irma, hier ist Fors. Ich brauche zwei Thermoskannen mit Kaffee und eine mit Kräutertee und ein paar Butterbrote. Kannst du das sofort machen?«

»Was für Kräuter?«

»Irgendwas, das einem Orientierungsläufer gut tut, der im Wald sitzt und friert.«

Irma schwieg eine Weile.

»Vielleicht Hagebutte?«

»Ausgezeichnet.«

Fors legte auf und ging zu seinem Schrank. Er nahm

Stiefel, Wollsocken und einen grauen Wollpullover heraus. Danach rief er bei der Spurensicherung an. Stenberg meldete sich.

»Hier ist Fors. Wir müssen raus in den Wald. Vielleicht brauchen wir Hilfe wegen des Schnees. Kannst du mit den Leuten vom Räumdienst reden, damit ihr nicht stecken bleibt? Dein Bus hat doch kleine Räder?«

»Wir sind schon dabei«, knurrte Stenberg. »Wir haben neue Scheinwerfer bekommen und die sind nicht gut. Wir nehmen lieber die alten mit.«

»Dann sehen wir uns da oben. Du hast doch die Adresse?«

»Ja.«

»Hast du seine Handynummer?«

»Wir haben, was wir brauchen, und wir können selber denken, mach dir wegen meiner Räder keine Sorgen. Was hast du eigentlich selbst für Scheißreifen an deinem Golf?«

»Funkelnagelneue Spikes.«

»Tja, tja, tja ... Bis dann.«

Fors rief bei der Leitzentrale an und erfuhr, dass Hjelm und Strömholm auf dem Weg zum See waren. Fors nahm Stiefel, Pullover und Socken und fuhr mit dem Aufzug zum Dachgeschoss hinauf, wo die Kantine war.

Irma erwartete ihn mit drei Thermoskannen und einem Päckchen Butterbrote.

»Da ist Schinken drauf«, sagte Irma.

»Nichts geht über Irmas Schinken«, sagte Fors und nahm die Plastiktüte entgegen, die sie ihm reichte.

Irma lachte.

Dann fuhr Fors mit dem Aufzug zur Garage hinunter.

4

Fors fand die alte Schule in Lerby, aber den Waldweg fand er nicht. Der Schnee fiel dicht. Als als er zum zweiten Mal an der Schule vorbeifuhr, rief er Lyrekull an.

»Hallo, hier Fors. Ich bin bei der Schule in Lerby, kann aber den Waldweg nicht finden.«

Lyrekulls Stimme klang aufgedreht.

»Seien Sie froh. Ihre Kollegen sitzen mit dem Auto genau zwischen Landstraße und See fest. Sie können mit einem von ihnen sprechen.«

»Danke.«

Eine Weile war es still, dann brüllte eine grobe Männerstimme:

»Hier Polizeiassistent Hjelm.«

»Hier ist Fors. Wie sieht's aus?«

»Wir stecken mit dem Auto fest.«

»Ich meinte nicht das Auto. Wie sieht es auf dem Platz aus? Ist es ein Tatort?«

Hjelm schwieg eine Weile, ehe er antwortete: »Der hier liegt, ist erschossen worden. Einschussloch am linken Auge, Austritt beim rechten Ohr. Keine Waffen zu sehen. Aber es liegt viel Schnee...«

»Bist du allein?«

»Strömholm ist auch hier. Sie redet mit Lyrevik.«

»Lyrekull.«

»Genau. Lyrekull. Also wenn ich meine Meinung sagen darf, etwas merkwürdig, im Dunkeln auf Skiern unterwegs zu sein.«

»Wie steht euer Auto? Kommt man dran vorbei?«

»Der Schnee muss erst geräumt werden, bevor der Waldweg befahrbar ist.«

»Ich finde die Einfahrt nicht«, sagte Fors.

»Die ist zwischen zwei Birken. Ich hätte sie nie gefunden, wenn ich nicht Lyrevik angerufen und gefragt hätte.«

»Lyrekull«, sagte Fors. »Der Mann heißt Lyrekull.«

»Genau«, sagte Hjelm. »Lyrekull. Er hat gesagt, der Grund gehört seinem Bruder.«

»Welcher Grund?«

»Der Boden, auf dem wir uns befinden. Alles, was es hier herum gibt. Das gehört seinem Bruder.«

»Ich lass das Auto stehen und geh zu Fuß. Stenberg hast du nicht gesehen?«

»Kein Stenberg hier oben.«

»Ihr könnt euch ja in dem Schuppen aufhalten.«

»Klar«, antwortete Hjelm. »Wir sitzen hier und warten.«

»Gut«, sagte Fors, »ich bin gleich da.«

Er rief die Leitzentrale an, schilderte die Lage und erfuhr, dass ein Schneepflug unterwegs sei. Den Kontakt zur Spurensicherung hatte man vor einer Weile verloren. Sie antworteten nicht über Funk.

»Wahrscheinlich sind sie nach Hause gefahren und holen sich warme Klamotten.«

»Bitte sie, dass sie an der Landstraße auf den Schneepflug warten sollen.«

»Wird gemacht.«

»Danke«, sagte Fors.

Dann zog er die Stiefel und den Wollpullover an, nahm den Beutel mit dem Proviant und eine Taschenlampe und machte sich auf den Weg in den Wald. Nach fünf Minuten erreichte er Hjelms und Strömholms Streifenwagen. Er ging daran vorbei und nach weiteren zehn Minuten sah er den Lichtstrahl von zwei Taschenlampen zwischen den Tannen. Schließlich hatte er den Schuppen erreicht.

Hjelm stand davor und schlug mit den Armen, um sich aufzuwärmen. Strömholm saß in der Tür des Schuppens neben einem großen, schmalen Mann in Trainingskleidung und roter Zipfelmütze mit Bommel dran. Der Mann hielt ein Handy in der Hand. Über ihnen hing eine Taschenlampe an einem Nagel.

Fors nickte Hjelm und Strömholm zu und begrüßte Lyrekull. Dieser schaute auf den Beutel in Fors' Hand.

»Haben Sie was Warmes mitgebracht?«

Fors nahm die drei Thermoskannen heraus und stellte sie neben Lyrekull.

Dann entdeckte er den Hund. Er lag hinter Lyrekull und drückte sich gegen ihn. Fors war kein Hundekenner, aber er meinte, in dem Hund einen Setter zu erkennen.

Lyrekull fingerte an den Thermoskannen.

»Ist in einer von denen Tee?«

»Ja, aber ich weiß nicht, in welcher«, antwortete Fors.

Lyrekull öffnete die erste und hielt sie sich unter die Nase, dann schraubte er sie wieder zu und öffnete die zweite. Darin war Tee. Lyrekulls Hand zitterte, als er sich einschenkte. Fors nahm die Autoschlüssel aus der Tasche und wandte sich an Hjelm.

»Mein Auto steht unten an der Landstraße. Fahr Lyrekull nach Hause und komm wieder her.«

Dann wandte er sich an Lyrekull.

»Wo wohnen Sie?«

»Hinter der Schule in Lerby. Es ist ein rotes einstöckiges Haus mit einer Fahnenstange und einem Tannenbaum auf dem Grundstück. Es gibt noch zwei Häuser, aber nur ich hab eine Fahnenstange und einen Tannenbaum.«

»Ich komme heute Abend oder morgen früh vorbei, falls es passt.«

»Ich fliege morgen Vormittag nach London.«

»Dann, fürchte ich, muss es noch heute Abend sein.«

Lyrekull nickte, blies kurz über den Tee und trank. Es sah aus, als sei der Tee zu heiß, aber er trank trotzdem.

»Hjelm, nimm die Skier.« Fors zeigte auf die Skier und die Stöcke, die gegen die Giebelwand gelehnt waren. »Am besten, ihr geht gleich los.«

Lyrekull erhob sich, der Hund sprang in den Schnee und Hjelm sammelte Skier und Stöcke ein. Lyrekull stellte den Becher ab.

»Nehmen Sie die Thermoskanne mit«, sagte Fors. »Sie brauchen mehr Warmes.«

Lyrekull nickte und nahm die Thermoskanne. Der Hund ging zu dem Toten, der im Schnee lag, und schnupperte daran. Der Kopf des Toten lag im Schutz des Dachüberstandes, deswegen war er nicht ganz zugeschneit wie der übrige Körper. Lyrekull rief den Hund. Hjelm nahm eine Taschenlampe, klemmte sich die Skier und Stöcke unter den anderen Arm, und dann machte er sich mit Lyrekull und dem Hund auf den Weg zur Landstraße.

Fors wartete, bis der schwankende Strahl der Taschenlampe nicht mehr zu sehen war. Er setzte sich neben Strömholm und schraubte eine der Thermoskannen auf.

»Möchtest du?«

»Ja, bitte, gern.«

Fors goss Kaffee in die beiden Becher, und dann nahm er das Butterbrotpaket.

»Es ist genug da.«

Er sah, wie Strömholm einen Blick auf den Körper warf. Ihr einer Fuß befand sich ziemlich genau einen Meter vom Kopf des Toten entfernt.

»Nein, danke.«

Fors öffnete das Butterbrotpaket. Die Schinkenbrote waren mit Senf bestrichen.

»Also«, sagte er mit vollem Mund, »jetzt erzähl mal.«

Strömholm schob den Ärmel ihrer Uniformjacke hoch und sah im Schein der Taschenlampe, die schräg über ihr hing, auf ihre Armbanduhr.

»Wir sind vor fünfundzwanzig Minuten hier angekommen. Da saß Lyrekull an derselben Stelle, wo er saß, als du kamst. Hjelm fragte ihn, ob er den Toten befingert hatte...«

»Den Toten ›befingert‹ hat?«

»So hat Hjelm sich ausgedrückt.«

»Weiter.«

»Lyrekull sagte, dass er zwischen dem See und dem Schuppen auf Skiern unterwegs war. Der Hund war zurückgeblieben und nicht gekommen, obwohl er ihn gerufen hatte. Lyrekull ging also auf den Schuppen zu und entdeckte seinen Hund neben dem Toten. Er sagt, dass das Tier dem Toten übers Gesicht geleckt hat. Lyrekull gab weiter an, dass er sich die Skier abgeschnallt hat, zu dem Toten gegangen ist und den Körper am Hals berührt hat. Dabei hat er festgestellt, dass der Mann nicht nur tot, sondern auch steif gefroren war. Dann hat er über Handy die Polizei angerufen.«

»Das Gespräch ist um sechzehn Uhr siebenunddreißig eingegangen.«

»Lyrekulll hat sich hingesetzt und gewartet. Nach einer Weile hat er seine Frau und dann seinen Bruder angerufen. Nachdem er mit dem Bruder gesprochen hatte, kam dein Anruf. Du hast ihn gebeten, die Frau und den Bruder noch einmal anzurufen, und das hat er getan. Dann hat er gewartet.«

»Hat er nichts über den Toten gesagt? Ob er ihn kannte oder irgendwas in der Richtung?«

»Nichts.«

»Was hat er hier draußen in der Dunkelheit getan?«

»Das hier gehört offenbar zu seiner Trainingsrunde. Er ist Orientierungsläufer und Wettkampfschütze. Er hat gesagt, er kommt hier jeden zweiten Abend vorbei.«

»Was ist er von Beruf?«

»Irgendeine Art Berater, er arbeitet zu Hause.«

»Wenn er Berater ist und zu Hause arbeitet, kann er wohl selbst über seine Arbeitszeit bestimmen?«

Warum lief er am Abend Ski, wenn er es genauso gut am Tag tun könnte?

»Davon hat er nichts gesagt.«

Fors bückte sich nach der Taschenlampe, die er mitgebracht hatte. Sie lag neben ihm auf dem Boden. Er knipste sie an und beugte sich über den Toten. Der Lichtkegel fing das ein, was vom Kopf zu sehen war.

»Er sieht nicht schwedisch aus«, sagte Strömholm.

»Nein«, sagte Fors. »Er sieht geradezu unschwedisch aus.«

»Das hier ist aber nicht gerade der Ort, wo man hingeht, wenn man sich umbringen will«, sagte Strömholm.

Fors wischte sich Senf aus dem Mundwinkel und richtete den Lichtstrahl auf den See.

»In dem See da unten gibt es bestimmt Krebse. Hast du eigentlich Nilsson kennen gelernt, bevor er pensioniert wurde?«

»Doch, als wir Hilmer Eriksson gesucht haben.«

»Genau. Nilsson hat hier Fischrecht. Man kann sich fragen, was er den Leuten hier oben für Dienste erwiesen hat. Im weiten Umkreis gibt es keinen guten Fischgrund, kein gutes Jagdgebiet, wo Nilsson nicht das Fisch- und Jagdrecht hat.«

Strömholm beugte sich über den Toten und leuchtete ihm ins Gesicht. Der Lichtstrahl zerschnitt die undurchdringliche Dunkelheit.

»Er ist noch nicht alt.«

»Was glaubst du, wie alt?«

»Schwer zu sagen, aber nicht über zwanzig.«

Fors schraubte die Thermoskanne auf und hielt sie Strömholm hin.

»Möchtest du noch?«

Strömholm schüttelte den Kopf, Fors goss sich selber ein und trank schlürfend von dem heißen Kaffee.

»Wie ist euch das eigentlich passiert? Wieso seid ihr eigentlich im Schnee stecken geblieben?«

»Hjelm wollte vorankommen.«
»Wie ist er?«
»Da musst du jemand anders fragen.«
»Ich frage aber dich.«
»Ein Schwein.«
»Meinst du?«
»Ein verdammtes Schwein.«
Fors trank geräuschvoll von seinem Kaffee.
»Was macht ihn so schweinemäßig?«
Gunilla Strömholm antwortete nicht. Sie ließ den Lichtkegel über die Erhebung im Schnee gleiten bis hinunter zu der Stelle, wo die Füße des Toten sein mussten. Etwas ragte aus dem Schnee.
»Er hat etwas um die Beine«, sagte Strömholm.
»Wirklich?«
Fors stellte den Becher auf den groben Planken ab. Er ging an dem Körper entlang, der in einem Winkel von etwa fünfundvierzig Grad zur Tür des Schuppens lag. Dann bückte er sich und tippte mit dem Finger gegen das, was aus dem Schnee ragte. Vorsichtig stieß er Strömholm an und richtete den Lichtstrahl der Taschenlampe auf das, was er berührt hatte.
»Jeans«, sagte Fors. »Die Hosen des Jungen sind runtergezogen.«
Er setzte sich wieder auf den Platz, wo er vor einer Weile gesessen hatte.
»Ich glaub, der Wind hat sich gelegt«, sagte er und spähte in die Dunkelheit.
»Es hat auch aufgehört zu schneien«, sagte Strömholm.
»Dann hat er es wohl nicht selber getan«, sagte Fors.

»Nein«, sagte Strömholm. »Wenn man sich erschießen will, lässt man nicht erst die Hose herunter.«

»Also Unfall oder Totschlag.«

»Oder Mord«, sagte Strömholm.

»Mord ist in dieser Gegend nicht gerade üblich. Morde kommen meistens nur in Büchern vor. Jemand plant jahrelang etwas und bringt jemanden um. Das passiert hier nicht oft. Dass jemand seinen Bruder mit einem Elch verwechselt. Man erfährt, dass die Brüder sich bis aufs Blut gehasst haben, aber der, der geschossen hat, ist verzweifelt. Glaubst du an das Unbewusste?«

»Ich bin bereit alles zu glauben, was mir hilft zu verstehen, warum die Menschen so beschissen sind, wie sie sind«, sagte Strömholm.

»Auch an Gott?«

»Nein, an Gott nicht. Aber ich hab gelesen, was ein Pastor kürzlich gesagt hat. Ich hab's gelesen, weil er meine kleine Schwester konfirmiert.«

»Was hat der Pastor gesagt?«

»Mach es wie Gott – werde ein Mensch.«

Fors schraubte die Thermoskanne wieder auf und goss sich die dritte Tasse Kaffee ein. Dann lauschte er, mit der Tasse in der Hand.

»Da kommt was.«

Das stimmte. Es raschelte und dröhnte im Wald.

Nach einer Weile tauchte der Schneepflug auf, und Fors versuchte die Absperrung zu retten, aber der Fahrer rumpelte trotzdem auf den Platz vor dem Schuppen, um zu wenden. Gleich darauf kamen Stenberg und Karlsson von der Spurensicherung.

»Scheiße«, sagte Stenberg, als er aus dem Bus stieg. »Müsst ihr Bullen dauernd im Auto sitzen? Könnt ihr nicht zu Fuß durch den Wald gehen, wenn so viel Schnee liegt, dass ihr stecken bleibt?«

»Wir hätten gehen sollen«, sagte Strömholm.

»Hjelm ist gefahren«, sagte Fors. »Schimpf nicht auf Gunilla. Hier ist die Leiche.«

Er zeigte auf den Toten.

Jens Karlsson kam mit einer Leuchte und einem Stativ heran, das er fünf Meter entfernt aufstellte. Er holte noch ein Stativ und eine Leuchte, während Stenberg sich umsah.

»Ist Kaffee in den Thermoskannen?«, fragte Stenberg.

Fors holte die Kanne, die er noch nicht leer getrunken hatte, und während Karlsson die starken Leuchten einschaltete, betrachtete Stenberg das, was von dem Toten zu sehen war.

»Guter Kaffee«, sagte Stenberg.

»Es ist Irmas Kaffee.«

»Hat der sich bepinkelt?«, fragte Stenberg, während er über den Kaffee pustete.

»Er hat die Hosen runtergezogen«, sagte Fors.

»Das ist originell.«

Karlsson fotografierte, und nachdem er etwa ein Dutzend Bilder gemacht hatte, holte Stenberg eine Bürste und befreite den Toten vorsichtig und langsam vom Kopf bis zu den Füßen vom Schnee.

Der Tote trug einen weinroten Pullover mit Polokragen und weiße Boxershorts, weiße Sportsocken und weiße Nike-Schuhe. Die blauen Jeans waren bis zu den Knien heruntergezogen. In den Schlaufen war ein schmaler Ledergürtel. Der Tote lag auf dem Bauch. Der Kopf lag mit dem Gesicht zur Erde leicht abgewandt einen halben Meter von der Tür entfernt.

Strömholm, Stenberg, Karlsson und Fors standen im Halbkreis und betrachteten den Körper.

»Ich glaube, das ist der Junge, den ich suche«, sagte Fors. »Er soll mit einem roten Pullover, Jeans und weißen Schuhen bekleidet gewesen sein. Das Alter könnte auch stimmen.«

»Wir müssen den Metalldetektor holen«, sagte Stenberg zu Karlsson, »und in einem Halbkreis von zehn Meter Durchmesser vom Schuppen ausgehend suchen. Vielleicht solltest du noch ein paar Fotos machen, bevor wir alles zertrampeln.«

Karlsson nickte und holte die Kamera.

»Auch einige richtige Nahaufnahmen, wenn du verstehst, was ich meine.«

»Ich fahr zu dem Mann, der ihn gefunden hat«, sagte Fors.

5

Fors ging den frisch geräumten Weg zur Landstraße, ohne die Taschenlampe einzuschalten. Er brauchte kein Licht. Er sah nicht viel, aber nach einer Weile bemerkte er einen Lichtstrahl, der aus der entgegengesetzten Richtung auf ihn zukam. Dann traf er auf Hjelm, der ihm die Autoschlüssel gab. Als er den Golf erreichte, war ihm wieder warm geworden. Nachdem er ins Auto gekrochen war, startete er den Motor und stellte die Fahrersitzheizung höher. Er schaltete das Radio ein.

Er fuhr zu der alten Schule und fand Lyrekulls Haus. Alle Fenster waren erleuchtet und auf dem Hof stand ein vier Meter hoher Tannenbaum mit farbiger Beleuchtung.

Der Weg von der Pforte zur Haustür war frisch geräumt. Die Haustür wurde im selben Moment geöffnet, als Fors seine Schuhe auf dem Fußabtreter abputzte.

»Hallo, ich bin Sonja Lyrekull.«

Als die Frau beiseite trat, bemerkte Fors das Kind hinter ihr, ein Mädchen von etwa vier Jahren. Es war genau wie die Mutter gekleidet und es hatte die gleichen hellblauen Augen und die gleiche Frisur. Auf ihrem Kleid hatte es einen Milchfleck, groß wie eine Kinderhand.

»Fors«, sagte Fors und reichte der Frau die Hand. Das Kind verbarg den Kopf im Rock der Mutter, als Fors es anschaute.

»Es scheint milder zu werden«, sagte die Frau.

Fors nickte zustimmend, zog Mantel und Stiefel aus und tappte in Socken über den Flickenteppich in Richtung Wohnzimmer. Aus der Küche roch es nach Pfefferkuchen.

»Wir haben gerade das erste Blech aus dem Backofen genommen. Möchten Sie eine Tasse Kaffee?«

»Bitte, gern.«

»Mein Mann ist in der Badewanne. Er war vollkommen durchgefroren, als er nach Hause kam.«

»Das verstehe ich«, sagte Fors und Sonja führte ihn ins Wohnzimmer, wo ein riesiges geblümtes Sofa den größten Teil einer der Wände einnahm. Vor dem Sofa stand ein Kieferntisch, auf dem Illustrierte in zwei Haufen ordentlich gestapelt lagen. Auf der anderen Seite des Tisches standen drei Korbstühle.

»Mein Mann kommt gleich«, sagte Sonja und streichelte dem Kind über den Kopf.

»Ich heiße Harald«, sagte Fors und lächelte das Kind an, wie man ein Kind anlächelt, wenn man zeigen will, dass man mit guten Absichten gekommen ist, aber eigentlich an etwas anderes denkt.

Fors ließ sich auf dem Sofa nieder und die Frau ging in die Küche. Das Kind folgte ihr. Es gab keinen Fernseher im Zimmer. Die Wand zwischen den beiden Fenstern war von einem Ölgemälde bedeckt, in dem Braun, Rot und Gold vorherrschten. Es war groß wie ein Bettlaken. Das Braun ging hier und da in Rot über und an anderen Stellen trat das Gold hervor. Der Fußboden bestand aus dreißig Zentimeter breiten Planken, vielleicht Birke. An der Tür zur Diele gab es einen Kachelofen. Die Messingklappen sahen frisch geputzt aus. Fors beugte sich vor und warf einen Blick auf die Zeitschriften. Die oberste auf dem einen Stapel war eine amerikanische Zeitschrift über Wohnungseinrichtungen. An den Rücken sah Fors, dass der ganze Stapel aus verschiedenen Nummern dieser amerikanischen Zeitschrift bestand. Der zweite Stapel war ebenfalls eine Sammlung ein und derselben Zeitschrift, »House and Garden«.

Als Fors aufblickte, sah er das Kind zur Dielentür hereinspähen. Er hielt sich die Hände vors Gesicht, als wollte er sich verstecken, und das Kind zog hastig den Kopf zurück.

Dann waren Lars Lyrekulls Schritte zu hören. Sie klangen weich. Er trug ein weißes T-Shirt und darüber eine graue Strickjacke mit Lederknöpfen, dazu eine ausgewaschene Jeans und an den nackten Füßen Pantoffeln.

Lyrekull setzte sich in einen der Korbstühle, der unter ihm knarrte. Fors nahm den Duft nach Schaumbad wahr. Lyrekulls Haare waren nass und zurückgekämmt. Er drehte den Kopf zur Tür und rief der Tochter zu: »Komm, Lisa, sag Guten Tag!«

»Wir haben uns schon begrüßt«, sagte Fors.

Als er zur Tür sah, kam der Hund angetrottet. Seine Krallen verursachten ein hartes, tickendes Geräusch auf den Dielen. Der Hund setzte sich neben den Kaffeetisch, legte seinen Kopf schräg und betrachtete Fors mit großen, klaren Hundeaugen.

Das Mädchen stand in der Türöffnung und guckte von Zeit zu Zeit um die Ecke, dann versteckte es sich wieder. Sonja kam mit einem Kaffeetablett. Darauf standen eine italienische Kaffeekanne aus Glas und Metall und zwei Tassen. Auf einem Teller lagen vier Pfefferkuchen.

»Bitte! Ich muss zu meinem Gebäck zurück.«

Sie ließ sie allein und schloss hinter sich die Tür.

»Wir haben Lisa nichts erzählt«, sagte Lyrekull. »Es würde sie nur erschrecken. Einem so kleinen Kind kann man nicht erklären, um was es geht, nicht wahr?«

»Das ist richtig.« Fors nahm einen Notizblock und einen Kugelschreiber aus der Jacketttasche.

»Bitte sehr, der Pfefferkuchen kommt frisch aus dem Backofen.«

Lyrekull nahm eine Streichholzschachtel vom Tisch und zündete die beiden Kerzen in dem Kerzenhalter aus Messing an, der neben den Zeitschriftenstapeln stand.

Fors schrieb das Datum hin, sah auf die Uhr und notierte die Zeit.

»Können wir noch einmal von vorn anfangen?«, fragte er.

»Klar«, sagte Lyrekull und biss in einen Pfefferkuchen.

»Sie heißen Lars Lyrekull?«

»Ja.«

»Sie und Ihre Frau wohnen ständig hier draußen?«

»Ja, wir wohnen das ganze Jahr über hier.«

»Was sind Sie von Beruf?«

»Ich bin Website-Designer.«

»Und das machen Sie hier draußen?«

»Ja.«

»Und Ihre Frau?«

»Sie ist Innenarchitektin.«

»Sie arbeitet auch von hier aus?«

»Das meiste können wir übers Netz erledigen. Aber nicht alles. Heute hatte ich Kundenbesuch. Er ist länger geblieben, als ich dachte, deswegen bin ich erst losgekommen, als es dunkel war.«

»Sie haben eine Trainingsrunde gemacht?«

»Ich versuche mich jeden Tag daran zu halten.«

»Ist es jedes Mal dieselbe Runde?«

»Ich hab ein paar verschiedene. Heute hab ich die kürzeste gewählt. Dafür brauche ich eine Stunde.«

»Wann hat es angefangen zu schneien?«

»Dienstag Abend. Gestern hab ich zum ersten Mal in dieser Saison die Skier rausgeholt.«

»Welche Strecke sind Sie heute Abend gelaufen?«

»Um den Viklången.«

»Wie ist es, wenn es hell ist? Kann man den Schuppen von der anderen Seite des Sees aus sehen?«

»Ja, man sieht ihn im Frühling, bevor die Bäume grün werden. Aber es gibt viele Birken und Erlen am See, und wenn die Büsche erst mal grün sind, kann man den Schuppen nicht mehr sehen.«

»Sie sind also im Dunkeln gelaufen.«

»An beiden Seiten des Sees gibt es Forstwege. Nur ein kurzes Stück ist zugewuchert. Da hab ich die Stirnlampe benutzt.«

»Ihnen ist nichts Besonderes aufgefallen?«

»Nein.«

»Keine Autos unterwegs?«

»Nein.«

»Haben Sie keine Geräusche gehört?«

»Nein.«

»Und als Sie den Schuppen erreichten ...«

»Ich laufe normalerweise an der Rückseite vorbei, aber weil es dunkel war und Schnee lag, ist das Terrain vor dem Schuppen jetzt leichter zu passieren. Deswegen habe ich diesen Weg genommen. Da ist King verschwunden. Er hatte etwas gefunden. Ich fuhr hin und sah ... dass er den Kopf leckte.«

»Und dann?«

»Ich hab die Skier abgeschnallt, den Körper befühlt und angerufen.«

»Uns?«

»Ja.«

»Wie fühlte sich der Körper an?«

»Eiskalt.«

»Und Sie haben niemanden angerufen, bevor Sie uns informierten?«

»Ich hab erst Sie, dann zu Hause und dann meinen Bruder angerufen.«

»Wie heißt er?«

»Anders Lyrekull. Er wohnt ein Stück entfernt. Er ist Milchbauer.«

Lyrekull zeigte zum Kachelofen, um die Richtung anzudeuten, wo sein Bruder wohnte.

Fors notierte den Namen.

»Dann haben Sie angerufen und gesagt, ich soll noch mal meine Frau und meinen Bruder anrufen. Das habe ich getan und gewartet, bis die Polizisten kamen. Sie dürfen übrigens nicht die Thermoskanne vergessen.«

»Ich nehm sie nachher mit. Besitzen Sie Waffen?«

»Ja.«

»Darf ich die mal sehen? Kannten Sie – den Toten?«

»Noch nie gesehen.«

»Sind Sie sicher?«

»Ja.«

Lyrekull erhob sich und verließ das Zimmer, gefolgt von King und Fors. In der Diele öffnete Lyrekull die Kellertür und stieg Fors voran eine gewundene Kellertreppe mit grünen Stufen hinunter. Die Stufen waren mit einem Flickenteppich belegt, der wiederum mit Messingschienen gehalten wurde. Unten im Keller öffnete Lyrekull die Tür zum Heizungsraum. Neben dem Öltank befand sich ein Waffenschrank aus Metall, der an der Wand befestigt war.

»Ich muss nur den Schlüssel holen.«

Lyrekull verschwand mit drei Schritten die Treppe hinauf und der Hund blieb mit schräg gelegtem Kopf sitzen. Neben dem Öltank stand ein Bügelbrett mit einem Bügeleisen und einem Wäschekorb, in dem einige weiße Hemden lagen. An der Wand neben dem Waffenschrank hing eine Dartsscheibe. Darunter stand ein kleines batteriebetriebenes Radio. Neben dem Radio saß eine Lumpenpuppe mit gestreifter Schürze, Pippizöpfen und einem roten Mund aus Wolle.

Lyrekull kam zurück und öffnete den Schrank. Darin gab es eine doppelläufige Schrotflinte mit übereinander liegenden Läufen, Vollschaft, Stutzen mit Zielfernrohr und eine kleinkalibrige Wettkampfwaffe von der Art, wie sie Skischützen benutzen.

»Das ist alles, was ich habe«, sagte Lyrekull.

Fors hob den Stutzen heraus. Das Schlossstück steckte nicht in der Waffe.

»Wann haben Sie die zuletzt benutzt?«

»Im Herbst.«

»Was ist das für ein Kaliber?«

»Sieben zweiundsechzig.«

»Haben Sie im Herbst etwas damit geschossen?«

»In der letzten Woche habe ich etwas beim Training auf der Bahn geschossen, aber nichts bei der Jagd.«

»Sie haben keine anderen Waffen?«

»Nein.«

Fors reichte Lyrekull den Stutzen, der ihn zurück in den Schrank stellte und abschloss. Gefolgt von dem Hund gingen sie wieder nach oben.

»Vielen Dank noch einmal, dass Sie im Wald auf uns gewartet haben«, sagte Fors. »Es war verflixt kalt. Hoffentlich kriegen Sie keine Erkältung.«

»Sie dürfen die Thermoskanne nicht vergessen«, sagte Lyrekull. Er ging in die Küche und kam mit Irmas Thermoskanne in der Hand zurück. Fors nahm sie entgegen, nachdem er seinen Mantel angezogen hatte. Lyrekull beugte sich zum Fenster neben der Tür. Dort hing offenbar ein Außenthermometer.

»Jetzt ist es um null Grad.«

»Bleiben Sie lange in London?«, fragte Fors.

»Donnerstagabend bin ich zurück.«

»Haben Sie eine Adresse oder eine Telefonnummer, falls wir Sie erreichen müssen?«

»Ja.«

Lyrekull ging in den ersten Stock. Während er weg war, kam das kleine Mädchen in die Diele. Es hatte einen zweiten Fleck auf dem Rock.

»Bald kannst du Schneebälle machen«, sagte Fors zu dem Kind. »Und du kannst eine Schneelaterne bauen. Hast du schon mal eine Schneelaterne gebaut?«

Das Mädchen drehte auf dem Absatz um und verschwand in der Küche. »Jetzt schieben wir das nächste Blech in den Ofen«, hörte er die Mutter in der Küche sagen. Lyrekull kam mit der Hoteladresse und Telefonnummer die Treppe herunter. Fors steckte den Zettel in die Innentasche seiner Jacke und zog seine Stiefel an.

»Fröhliche Weihnachten!«, rief er in die Küche und sah kurz die Frau mit einem Teigklumpen in den Händen.

Er nickte Lyrekull zu und ging hinaus zu seinem Golf, kroch hinein und fuhr auf die Landstraße hinaus. Er kam an einem Bauernhof vorbei, den er vorher im Schneefall nicht bemerkt hatte. Nach einer Weile wurde sein Sitz warm. Er stellte das Radio an.

FREITAG **SAMSTAG** SONNTAG MONTAG DIENSTAG

6

Um neun versammelten sich alle, die an der Voruntersuchung mitarbeiten sollten. Die Besprechung wurde von Kommissar Örström geleitet. Dieser war ein hoch gewachsener Mann mit auffallend großen, abstehenden Ohren. Anwesend waren auch Kriminalinspektorin Carin Lindblom und von der Spurensicherung Stenberg und Karlsson. Außerdem waren die jungen Polizeibeamten Hjelm und Strömholm dabei.

Sie saßen in Fors' und Lindbloms Zimmer. Örström lehnte sich auf dem Stuhl zurück. Es war Fors' Stuhl.

»Nur Fors fehlt noch«, stellte Örström fest und warf einen Blick auf die Armbanduhr. »Hat ihn jemand gesehen?«

»Ich glaube, er ist bei den Eltern des Jungen«, antwortete Strömholm.

Carin Lindblom erhob sich und ging zum Fenster, wo ein prachtvolles Fingerblatt stand. Sie nahm die Flasche, die neben dem Blumentopf stand, und goss die Pflanze.

Da kam Fors zur Tür herein. Er hielt einen braunen DIN-A4-Umschlag in der Hand und trug den Mantel über dem Arm.

»Fangen wir an«, sagte Örström. Fors legte den Mantel ab und ließ sich auf einen Stuhl neben seinem Chef nieder. Dann nahm er zwei Fotos aus dem Umschlag, reckte sich über den Tisch und gab das eine Carin Lindblom, das andere Örström. Sie musterten die Bilder eingehend, bevor sie sie weiterreichten. Auf den Fotos war der Tote am Viklången. Fors begann mit seinem Vortrag:

»Dienstagabend kurz vor neun verließ der siebzehnjährige Ahmed Sirr die Wohnung, in der er mit seinen Eltern, einem jüngeren Bruder und einer älteren Schwester lebte. Die Wohnung ist im Folkungavägen 12. Sirr war bekleidet mit Jeans, weinrotem Baumwollpolo und Nike-Schuhen, als er die Wohnung verließ. Er wollte sich im Laden auf der anderen Straßenseite eine Cola kaufen. Er kehrte nicht zurück. Mittwochmorgen meldete der Vater sich per Telefon bei uns und teilte mit, dass der Junge verschwunden sei, und er sich Sorgen mache. Nach drei weiteren Telefongesprächen fuhr eine Polizeistreife zur Wohnung, wo sie im Großen und Ganzen das erfuhr, was ich eben erzählt habe. Der Junge war verschwunden, die Eltern verängstigt.«

»Wer war bei ihnen?«, fragte Örström.

»Dyberg und Lund.«

Örström nickte und Fors fuhr fort:

»Vater Sirr hat dann ungefähr jede zweite Stunde angerufen, um zu hören, ob wir seinen Sohn gefunden hätten. Als die Zentrale zum dritten oder vierten Mal erklärte, dass man nichts von dem Jungen wisse, wollte Vater Sirr wissen, welche Maßnahmen wir ergriffen hätten, um den Jungen zu finden. Bei dieser Gelegenheit hörte er ein Gespräch zwischen zwei nicht näher benannten Beamten in der Zentrale mit. Sie sollen ›Da ist wieder der alte Kerl dran‹ gesagt haben sowie ›Kann diese Brut nicht wieder nach Hause in die Wüste ziehen und auf eine Mine treten‹. Da Vater Sirr unangenehme Erfahrungen mit der Polizei in seinem Heimatland gemacht hat, regte er sich sehr auf. Er leidet unter Angina Pectoris und hatte im Frühling einen kleinen Infarkt. Er sagt, dass er – ich zitiere: ›... drei Tabletten genommen hat, aber glaubte, die Bullenschweine würden seinen Tod bedeuten‹.«

Örström seufzte und verdrehte die Augen.

»Was haben wir da eigentlich für Leute in der Zentrale?«

Die Frage blieb im Raum stehen. Fors fuhr fort:

»In der Zentrale hatten sie Sirr satt und Donnerstag haben sie einen Anruf zu mir durchgestellt. Ich hatte keine Zeit, sofort loszufahren, aber Freitagvormittag besuchte ich die Familie. Der Mann spricht ganz ordentlich Schwedisch, aber mit seiner Frau kann man sich nicht ohne Dolmetscher verständigen. Der Vater meinte, die Lage sei ernst. Der Junge hatte keine Jacke an, als er das Haus verließ, und draußen herrschten minus fünfzehn Grad. Es war windig und am späten Dienstagabend begann es zu schneien. Sirr sagte, Ahmed bleibe zwar manchmal über Nacht weg, aber nicht so. Auf die Frage, was passiert sein könnte, meinte er, dass Ahmed etwas zugestoßen sein müsse. Ich versuchte herauszubekommen, wer dem Jungen feindlich gesinnt sein könnte. Darauf konnte der Vater nicht antworten. Ich übte Druck aus und schlug ihm dies und das vor, aber Vater Sirr meinte, sein Sohn habe keine Feinde. Dann fragte ich ihn nach Ahmeds bestem Freund. Ich erfuhr, dass es ein Klassenkamerad ist, Jamal. Die ganze Zeit, während wir uns unterhielten, weinte Frau Sirr, und hin und wieder warf sie etwas in das Gespräch ein. Häufig waren es lange Sätze. Der Vater übersetzte nur sehr knapp. Ganz offenbar ließ er das meiste von dem aus, was sie gesagt hatte, und ich verfluchte mich, dass ich keinen Dolmetscher dabeihatte. Während wir uns unterhielten, kam Ahmeds kleiner Bruder nach Hause. Als er mich entdeckte, machte er auf dem Absatz kehrt und verschwand wieder. Freitag um die Mittagszeit habe ich mit Ahmeds und Jamals Lehrer gesprochen. Er sagte, Jamal sei an Computern interessiert und dass ich ihn vermutlich in der Stadtbibliothek beim Chatten antreffen würde. Ich hatte von den Lehrern eine Beschreibung des Jungen bekommen und wartete vor der Bibliothek auf ihn. Er wollte nicht gern mit mir reden. Also habe ich nicht allzu viel aus ihm rausbekommen. Jamal sagte – ich zitiere: ›Mit Sirr legt man sich nicht an.‹ Er sagte auch, dass er nicht mit mir sprechen könne, weil ich Polizist bin. Jamal ist mit Ava befreundet, die wir kürzlich verhört haben, weil wir fünfhundert Gramm Cannabis bei ihr gefunden haben. Ava sagt – ich zitiere: ›Jamal ist ein netter Junge.‹ Damit meint sie – vermute ich mal –, dass er nicht in kriminelle Machenschaften verwickelt ist. Jamal hat Sirr am Montagabend getroffen, zu Hause bei sich. Er wollte nicht erzählen, was da besprochen wurde.

Bei meiner Rückkehr von dem Treffen mit Jamal bekam ich die Nachricht von dem Jungen im Schnee. Hjelm und Strömholm waren schon unterwegs. Ich bin kurz vor Stenberg und Karlsson angekommen. Am Fundort war auch Lars Lyrekull, der den Toten entdeckt hatte. Das heißt, eigentlich war es sein Hund. Lyrekull war auf Skiern an der Stelle vorbeigekommen und sein Hund hatte den Körper gefunden.«

Fors nahm weitere Fotografien aus dem Kuvert und reichte sie herum. Er ließ den Anwesenden Zeit, die Fotos zu studieren, bevor er fortfuhr:

»Wie ihr seht, ist die Hose des Opfers heruntergelassen. Er ist mit einem Schuss in den Kopf getroffen worden. Keine weiteren Verletzungen am Körper. In der Tasche hatte Sirr achtzig Kronen. Der Obduzent hat versprochen, heute Nachmittag einen vorläufigen Bericht zu der Schussverletzung und dem Zeitpunkt des Todes abzugeben. Ahmed Sirr scheint, jedenfalls für uns, eine unbekannte Person zu sein. Mir ist nur dieser Ausspruch ›Mit Sirr legt man sich nicht an‹ aufgefallen. Ich glaube, das bedeutet, der Junge hat gewissen Kreisen Respekt eingeflößt, was übrigens auch vom Lehrer bestätigt wurde. Er sagte, dass Sirr trotz schlechter Leistungen in der Schule eine Art Leitfigur in der Klasse war.«

»Welche Art Schule hat er besucht?«, fragte Örström.

»Das erste Jahr, Fahrzeugbau.«

»Da gehört es wohl zur Qualifikation, dass man schlecht in der Schule ist«, meinte Lindblom.

»Gibt es heutzutage überhaupt einen Zweig, wo das nicht zur Qualifikation gehört?«, fragte Stenberg.

Örström klopfte mit einem Stift auf den Tisch.

»Wir haben also einen toten Jungen. Was haben wir noch?«

Er heftete seinen Blick auf Stenberg.

»Wir haben keine Waffe, keine Kugel, keine Patronenhülse. Wir haben den seltsamen Umstand, dass die Hose des Jungen heruntergezogen war. Sonst nichts. Der Obduzent kann uns in Bezug auf den Zeitpunkt des Todes weiterhelfen, und vermutlich kann er uns auch sagen, welches Kaliber die Waffe hatte, aber darüber hinaus haben wir nicht viel.«

»Vielleicht wollte er pinkeln«, schlug Hjelm vor.

Alle sahen ihn an.

»Ich meine ... vielleicht hat er seine Hose runtergelassen, weil er pinkeln wollte ...«

»Klar«, sagte Stenberg. »Und plötzlich taucht ein alter Freund auf und erschießt ihn.«

»Ein fahrlässig abgegebener Schuss«, sagte Hjelm. »Könnte doch sein. Jemand hat geschossen. Der Junge steht im Weg. So was ist früher auch schon passiert.«

»Ich verstehe«, sagte Stenberg. »Der Junge geht auf die Straße, um sich eine Cola zu kaufen. Plötzlich denkt er: Wenn man am Viklången durch einen fahrlässig abgegebenen Schuss ums Leben kommen will, ist das jetzt genau der richtige Zeitpunkt. Er ruft sich ein Taxi und fährt in den Wald, stellt sich zum Pinkeln hin und auf der anderen Seite des Sees befindet sich jemand mit einem Stutzen und hält den Jungen für einen Auerhahn und erschießt ihn mit einem wohl gezielten Schuss in den Kopf – trotz der Dunkelheit.«

Stenberg verzog voller Abscheu das Gesicht.

»Interessant, aber etwas zu fantasievoll.«

»In diesem Stadium können wir uns vielleicht ein bisschen Spaß gönnen«, sagte Örström, »fantasieren wir mal, also, wie ist er da hingekommen ... wie hieß der See noch?«

»Viklången«, sagte Fors.

»Genau. Wer hat ihn dorthin gebracht? Gelaufen ist er ja wohl nicht. Und da steht nirgends ein verlassenes Fahrzeug herum, oder?«

»Das wissen wir noch nicht«, sagte Fors. »Nichts hat bisher bestätigt, dass er auf demselben Weg zu dem Schuppen gelangt ist, auf dem wir dorthin gekommen sind.«

»Bei all dem Schnee muss er aber doch auf jeden Fall den Weg benutzt haben«, sagte Hjelm.

»Es hat erst am späten Dienstagabend zu schneien begonnen«, sagte Fors. »Aber wir wissen weder, ob er Dienstag dorthin gekommen ist, noch ob die Fundstelle gleichzeitig der Tatort ist. Sirr ist vielleicht ganz woanders umgebracht und hinterher in den Wald transportiert worden.«

»Er hatte doch sicher nicht nur einen Freund?«, sagte Örström.

Fors nickte.

»Wir sollten all seine Lehrer verhören und uns ein Bild davon verschaffen, mit wem er Umgang hatte. Ich möchte mich noch mal mit Jamal unterhalten. Vielleicht packt er aus, wenn er erfährt, dass Sirr tot ist.«

»Wurde er Sirr genannt?«, fragte Lindblom.

»Es scheint so«, antwortete Fors. »Jamal und sein Lehrer haben ihn Sirr genannt. Niemand hat Ahmed gesagt.«

»Vielleicht wollte er es nicht raushängen lassen, dass er Ausländer ist«, sagte Hjelm.

»Sirr klingt ja nun auch nicht gerade schwedisch«, meinte Lindblom.

»Ich hab gestern einen verhört, der heißt Bill – Reginald Bunkeflo. Klingt das vielleicht schwedisch?« Örström räusperte sich. »Fors sucht diesen Jamal auf, und vielleicht ist es auch sinnvoll, sich mit den Geschwistern zu unterhalten? Außerdem sollte man mal mit dem Lokalbesitzer sprechen.«

»Klar«, sagte Fors. »Ich kümmere mich darum.«

»Jemand sollte eine Liste mit den Lehrern des Jungen besorgen«, sagte Örström und sah Carin an.

»Ich fürchte, ich muss bald nach Hause«, sagte sie.

Örström nickte.

»Aber ich komme morgen rein«, sagte sie.

Fors sah Gunilla Strömholm an.

»Vielleicht könntest du uns helfen, wenn Nylander dich freigibt?«

Gunilla Strömholm schien der Gedanke zu gefallen.

»Ich rede mit Nylander«, sagte Örström und wandte sich an Hjelm.

»Danke, du kannst gehen.«

Hjelm erhob sich und ging zur Tür. Sobald er sie hinter sich geschlossen hatte, ertönte ein unverkennbarer Laut vom Korridor. Örström wurde rot.

»Was für ein Schwein«, sagte Fors und schnalzte mit der Zunge. Dann begegnete er Gunilla Strömholms Blick. »Es ist bestimmt kein Vergnügen, mit dem in einem Auto zu sitzen.«

Gunilla zog eine Grimasse, die andeutete, dass es einiges in ihrem Leben gab, was angenehmer war, als mit Hjelm zu fahren.

»Stenberg und Karlsson erstatten Bericht, wenn das Ergebnis der Obduktion vorliegt«, sagte Örström.

Stenberg nickte Richtung Fenster.

»Jetzt regnet es auf den Schnee. Das verbessert unsere Chancen, etwas zu finden. Am besten, wir fahren gleich rauf«, fuhr er fort. »Es war dunkel, als wir dort waren. Jetzt ist es wenigstens hell. Wir fahren auch ein bisschen die Waldwege ab. Vielleicht stoßen wir auf ein verlassenes Fahrzeug.«

»Ist denn ordentlich abgesperrt worden?«, fragte Örström.

»Wir haben einen Mann abgestellt«, sagte Stenberg. »Wir sollten dem armen Kerl ein bisschen Kaffee mitnehmen.«

»Weiß die Presse schon von der Sache?«, fragte Örström.

»Meines Wissens nicht«, antwortete Fors. »Aber es ist natürlich nur noch eine Frage von Minuten, dann steht sie auf der Matte.«

»Schickt sie zu mir«, sagte Örström.

Carin Lindblom erhob sich und nahm ihren Mantel.

»Falls wir uns vor den Feiertagen nicht mehr sehen sollten ... fröhliche Weihnachten.«

»Fröhliche Weihnachten«, sagten sie alle im Chor, und Carin Lindblom verschwand im Korridor. Strömholm erhob sich und ging mit Stenberg und Karlsson. Örström schloss die Tür hinter ihnen. Dann kehrte er zu dem Stuhl hinter dem Tisch zurück. Er setzte sich und sah Fors an, während er einen Bleistift zwischen seinen Fingern rollte.

»Warum bewirbst du dich nicht um meine Stelle?«

Fors nahm eine Plastikhülle aus der Tasche. Darin

waren zehn Tempos gewesen. Er rieb das Plastik eine Weile zwischen seinen Fingern, bevor er es in den Papierkorb warf.

»Du bist der Kompetenteste in diesem Haus«, fuhr Örström fort. »Warum bewirbst du dich nicht? Lönnergren möchte dich haben. Alle wollen dich haben. Wenn du dich nicht bewirbst, bekommen wir ... weiß der Himmel, wen wir dann vor die Nase gesetzt bekommen ...«

»Ich will nicht«, sagte Fors.

»Aber warum nicht? Du bist älter als ich. Wenn du nicht aufpasst, kriegst du nach dem ersten April Befehle von wer weiß wem.«

»Es gibt zu viele komische Typen bei der Polizei«, sagte Fors.

Örström schnaubte.

»Dann soll also ein anderer die Verantwortung übernehmen, die du nicht haben willst? Wird es dann besser?«

»Für mich wird es besser«, meinte Fors.

Örström schüttelte den Kopf.

»Weißt du, dass Strömholm Hjelm angezeigt hat? Sie hat Angst, er schickt sie ins Feuer und gibt ihr dann keine Deckung.«

»Das wusste ich nicht«, sagte Fors. »Das ist ja noch ein Grund, sie zu uns rüberzuholen. Sie ist ein aufgewecktes Mädchen. Glaubst du, Nylander lässt sie gehen?«

»Nur wenn er glaubt, dass wir sie nicht wollen.«

»Dann sorg dafür, dass er es glaubt«, sagte Fors und stand auf. »Ich versuch den Lokalbesitzer zu erreichen.

Außerdem brauche ich einen Dolmetscher, damit ich mich mit der Mutter des Jungen unterhalten kann.«

»Bis heute Nachmittag hab ich dir einen Dolmetscher besorgt«, sagte Örström.

7

Fors fuhr zu dem Lokal im Folkungavägen. Es war geschlossen. Er fuhr weiter zum Einkaufszentrum, das gerade seine Tore geöffnet hatte. Er drängte sich an drei Akkordeon spielenden Weihnachtswichteln vorbei und ging in einen Delikatessenladen. Nachdem er eine ganze Weile angestanden hatte, kaufte er ein Stück Parmesan, zwölf Scheiben Parmaschinken und sechs Scheiben geräucherten Lachs, dazu verschiedene Sorten Oliven, ein wenig Gemüse und Schokolade.

Er fuhr nach Hause und verstaute die Sachen im Kühlschrank. Ohne die Post vom vorhergehenden Tag durchzusehen, kehrte er zu seinem Golf zurück und war nach einer Weile vor »Grekens Wurre«, schräg gegenüber von Folkungavägen 12.

Achilles Seferis war gerade dabei zu öffnen. Fors ging in den Teil des Lokals, wo es acht unbequeme Stühle mit Plastiksitzen gab, einige wacklige Tische und zwei Lautsprecher, aus denen die Werbung für einen neuen Film dröhnte. Fors bestellte sich eine Dose Cola und während er sie trank, beobachtete er, wie Seferis Hamburger aus einem Karton in eine Tiefkühltruhe legte.

»Sie sind Polizist, oder?«, fragte Seferis, ohne sich umzudrehen.

»Ja.«

»Arbeiten rund um die Uhr, genau wie ich.«

»So ungefähr.«

»Ich habe sieben Tage in der Woche von elf bis neun geöffnet. Glauben Sie, man kann davon leben?«

»Das ist wahrscheinlich schwer.«

»Schwer ist nur der Vorname.«

»Sie meinen, schwer ist gar kein Ausdruck.«

»Sind Sie hergekommen, um mir Schwedisch beizubringen?«

Fors schüttelte den Kopf.

»Ich bin gekommen, weil ich Sie um Hilfe bitten wollte.«

»Meinen Sie, ich könnte Ihnen helfen?«

»Ja.«

»Das glaube ich nicht. Wissen Sie, wer Hilfe braucht?«

Achilles Seferis zeigte mit dem rechten Daumen auf seine Brust.

»Zwei Einbrüche hatte ich in diesem Jahr. Haben Sie die Kerle gefasst? Nein. Sie haben zwei Mädchen mit schweren Pistolen hergeschickt und die haben dann ein Protokoll aufgenommen. Wissen Sie, dass dieses Lokal als Restaurant eingestuft ist? Das bedeutet, dass keine Versicherung im ganzen Land es versichern will. Sie sagen, es gibt zu viele Brände. Damit meinen sie, dass es in der Restaurantbranche zu viel Versicherungsbetrug und Abrechnungsschwindel gibt. Und wer leidet darunter? Achilles Seferis. Die Diebe haben meine Stereoanlage mitgenommen. Das da ist meine dritte Anlage in diesem Jahr. Es sind Jugendliche, die einbrechen und meine Musik mitnehmen. Ich muss mir neue kaufen. Warum tut die Polizei nicht ihre Arbeit? Verbrecher gehören ins Gefängnis.«

»Bei uns gehen jährlich etwa eine Million Anzeigen ein«, sagte Fors.

Seferis verdrehte die Augen.

»In dieser Stadt?«

Fors schüttelte den Kopf.

»Im ganzen Land. Das meiste wird abgeschrieben, weil wir nicht genügend Mittel für die Nachforschung haben. Von dem, was untersucht wird, kommt nur ein Bruchteil vor Gericht. Von den Gerichtsverfahren enden manche mit Freispruch, andere führen zur Verurteilung. Einbruch in ein Restaurant führt meist nicht zu einer Gefängnisstrafe, erst recht nicht, wenn es sich bei den Tätern um Kinder handelt.«

Seferis verdrehte wieder die Augen.

»Warum sind wir nicht alle Verbrecher? Sieben Tage in der Woche bin ich hier. Ich komme vor elf. Ich gehe um halb zehn nach Hause. Sieben Tage in der Woche.«

»Dann waren Sie natürlich auch am Dienstag hier?«

»Dienstag und alle anderen Dienstage seit sieben Jahren. ›Grekens Wurre‹ hat in sieben Jahren nicht einen einzigen Tag geschlossen gehabt. Nicht einmal, wenn eingebrochen worden ist. Aber wenn ich mal so einen erwische, der meine Stereoanlage klaut und hässliche Wörter an die Wände sprayt, dann, Sie, dann ist Körperverletzung der Vorname.«

»Der Tatbestand«, korrigierte Fors.

Seferis seufzte und baute sich vor Fors auf. Der Grieche war ein breitschultriger, nicht besonders großer Mann mit einem wilden grauen Haarschopf.

»Sie schauen meine Haare an, zu früh grau geworden. So ein Laden wie dieser kann einen umbringen, kann ich Ihnen sagen. Seien Sie froh, dass Sie Ihr monatliches Gehalt bekommen und Ihnen Einbrüche und Misstrauen vom Finanzamt erspart bleiben. Seien Sie froh, dass Sie nicht in einem fremden Land leben und sich anhören müssen, dass Sie sich falsch ausdrücken.«

»Entschuldigung«, sagte Fors. »Ich wollte Sie nicht verletzen. Ich bitte Sie um Entschuldigung.«

»Möchten Sie eine Tasse Kaffee?«, fragte Seferis. »Ich habe gerade eine neue Espressomaschine installiert. Was meinen Sie? Keine blöden Pappbecher, sondern richtiges Porzellan.«

»Danke, gern«, sagte Fors.

»Gern ist nur der Vorname«, sagte Seferis und kehrte Fors den Rücken zu. Er bereitete zwei einfache Espressi zu und blieb Fors gegenüber stehen.

»So, mein Freund«, sagte Seferis, nachdem Fors den Kaffee getrunken hatte. »Was kann ich für Sie tun?«

»Dienstag«, sagte Fors. »Erinnern Sie sich an die Kunden, die Sie abends gegen neun hatten?«

»Ich mache um neun zu, jeden Abend. Der Kunde muss sich darauf verlassen können, dass geöffnet ist. Es geht nicht, dass man manchmal um acht und manchmal um neun und vielleicht auch mal an einem Feiertag um sieben schließt. Die Kunden werden verunsichert. Sie müssen sich auf mich verlassen können. Ich schließe jeden Abend um neun Uhr, seit sieben Jahren. Und Dienstag hab ich auch um neun zugemacht.«

»Erinnern Sie sich an Ihren letzten Kunden?«

»Ich hatte nur einen. Er heißt Larsson und fährt Taxi. Er kommt fast jeden Abend vorbei, kauft eine Wurst oder einen Hamburger und trinkt Kaffee. Er steht immer da, wo Sie jetzt stehen. Er kommt gegen Viertel vor, und er geht, wenn ich um neun schließe.«

»Wie heißt er noch außer Larsson?«

»Weiß ich wirklich nicht. Aber auf seinem Auto steht Larssons Taxi. Es ist ein hellgrauer Mercedes. Larsson ist ein wenig jünger als Sie und ich. Sein Sohn spielt in derselben Mannschaft Hockey wie meiner. Wenn mein Sohn spielt, verstehen Sie, dann bin ich nicht hier. Dann darf mein Bruder hier stehen. Oder meine Frau. Wenn mein Sohn spielt, dann feuere ich ihn an. Haben Sie einen Sohn?«

»Ja.«

»Spielt er auch Hockey?«

»Nein.«

»Schade. Das ist ein schöner Sport. Sie wissen ja, dass wir Griechen den Sport erfunden haben.«

»Ich weiß«, sagte Fors.

»Wie schmeckt Ihnen mein Kaffee?«

»Sehr gut.«

»Was also Ihre Frage angeht: Dienstag von ungefähr Viertel vor neun bis ich um neun zugemacht habe, hatte ich einen Kunden. Was wollen Sie sonst noch wissen?«

»Haben Sie vielleicht etwas auf der anderen Straßenseite gesehen?«

»Was soll ich denn gesehen haben? Ich hab mich mit Larsson unterhalten.«

»Ihnen ist nichts Besonderes aufgefallen?«

»Was sollte das gewesen sein?«

»Irgendwas Ungewöhnliches, irgendwas, das anders war, als es sein sollte.«

»Alles war, wie es sein sollte. Larsson war hier, es war schlechtes Wetter, die Leute mochten nicht vor die Tür gehen. Nicht mal die Einbrecher mochten vor die Tür. Sie haben meine Stereoanlage in Ruhe gelassen. Alles war wie immer.«

Fors nahm ein Foto aus seiner Innentasche, das er von Vater Sirr bekommen hatte. Das Foto war so groß wie eine Ansichtskarte. Darauf war das Gesicht von Ahmed Sirr. Das Bild war an dem Tag aufgenommen worden, als Ahmed die neunte Klasse beendete.

»Kennen Sie den Jungen?«

Seferis warf nur einen flüchtigen Blick darauf, bevor er es Fors zurückgab.

»Er wohnt gegenüber, auf der anderen Straßenseite. Er ist manchmal hier.«

»Wissen Sie, wie er heißt?«

»Nein.«

»Wie oft ist er bei Ihnen?«

»Nicht oft. Er kauft nie Wurst oder Hamburger. Er kauft immer eine große Cola.«

»Wann war er das letzte Mal hier?«

»Das ist mehr als einen Monat her.«

»Er sitzt nie mit seinen Kameraden bei Ihnen?«

Seferis schüttelte den Kopf.

»Nein.«

»Wissen Sie etwas über ihn?«

»Nein.«

»Und Sie sind sicher, dass Sie ihn Dienstagabend nicht gesehen haben?«

»Absolut.«

Seferis klopfte Fors auf den Arm.

»Ich muss jetzt arbeiten. Bald ist Mittagspause, dann kommen die Leute.«

»Vielen Dank für den Kaffee, er war sehr gut.«

Fors zahlte und ging zu seinem Golf, dann fuhr er zur Stadtbibliothek. Er parkte das Auto und betrat das Gebäude. Im Computerraum waren etwa zehn Personen unter fünfundzwanzig mit den Computern beschäftigt. Jamal war nicht zu sehen. Fors nickte der Bibliothekarin zu, die er kannte, und ging weiter in den Lesesaal. Er setzte sich mit einer Ausgabe der Zeitschrift »Vi« hin und las Rezepte für vegetarische Weihnachtsgerichte. Dann ging er in die belletristische Abteilung. Er strich eine Weile an den Regalreihen entlang. Schließlich nahm er sich Alberto Moravias »Agostino« aus einem Regal und ging damit zur Ausleihe.

Als er in den ersten Raum zurückkehrte, war Jamal immer noch nicht da, und Fors ging hinaus auf die Treppe. Da entdeckte er den Jungen, der schräg über den Parkplatz kam, die Hände in den Hosentaschen und leichten Regen im Gesicht.

Fors wartete an der Tür. Als der Junge die Treppe heraufkam, bemerkte er Fors und blieb zögernd stehen. Sie waren allein auf der Treppe.

»Sirr ist tot«, sagte Fors.

Jamal betrachtete Fors eine Weile. Sie standen zwei Meter voneinander entfernt.

»Wir haben ihn im Wald gefunden.«

»Das glaub ich nicht.«

»Er ist tot. Können wir uns unterhalten?«

»Es gibt nichts, worüber ich mich mit Ihnen unterhalten will.«

»Vielleicht müssen noch mehr sterben.«

»Wie meinen Sie das?«

»Dass Sirr Feinde hatte.«

»Mir doch egal.«

»Hast du Feinde?«

Jamal ging um Fors herum und wollte die Bibliothek betreten. Fors packte ihn am Jackenärmel.

»Du redest jetzt mit mir.«

»Ich rede nicht mit Bullen.«

»Sirr redet auch nicht mit Bullen«, sagte Fors. »Und das liegt daran, dass er mit aufgeschnittenem Magen auf einem Metalltisch liegt, weil der Obduzent feststellen will, woran er gestorben ist.«

»Glauben Sie, ich hab Angst?«

»Du solltest Angst haben.«

»Warum?«

»Das ist einer der Gründe, warum ich mit dir reden will. Mein Auto steht da unten.«

Jamal schüttelte den Kopf und riss sich los.

»Sie lügen. Es hätte in der Zeitung gestanden.«

»Liest du denn die Zeitung?«

Jamal glotzte ihn an.

»Morgen«, sagte Fors, »morgen steht es in der Zeitung. Aber es ist nicht sicher, dass du es lesen kannst, weil du vielleicht auch mit aufgeschnittenem Magen auf dem Metalltisch liegst und der Obduzent festzustellen versucht, ob du zwei oder fünf Stunden nach deiner letzten Mahlzeit gestorben bist. Mein Auto steht da unten. Komm und unterhalte dich mit mir.«

Jamal kehrte Fors den Rücken zu und verschwand durch die Tür.

Fors ging die Treppe hinunter zu seinem Auto. Als er den Platz überquerte, steckte er das Buch in den Mantel. Im Auto legte er es auf den Beifahrersitz.

Fors kehrte zum Polizeipräsidium zurück, parkte in der Garage und nahm den Aufzug zur Kantine hinauf. Irma servierte Schinken und Rotkohl. Fors kaufte einen Weihnachtsmost und nahm sich eine Portion Schinken mit viel Rotkohl und einer Kartoffel.

»Dass du so wenig isst«, hörte er eine Frauenstimme hinter sich. Er drehte sich um. Die Frau reichte ihm kaum bis zum Kinn. Sie trug eine Daunenjacke, Jeans und klobige Stiefel. Ihre Wangen waren rot, ihre Haare nass. Sie hingen ihr in Strähnen über Stirn und Wangen.

»Ich komme vom Viklången«, sagte Annika Båge.

»Dann musst du mit Örström reden«, sagte Fors und strich ihr über die Wange.

Annika lächelte.

»Er wollte eigentlich hier sein. Kann ich nicht lieber mit dir reden?«

»Nein.«

»Kannst du bestätigen, dass ihr am Viklången einen Erschossenen gefunden habt?«

»Nein.«

»Kannst du bestätigen, dass es Mord war und das Motiv rassistisch sein könnte?«

»Nein.«

»Kannst du etwas von den Ermittlungen erzählen?«

»Nein. Da kommt Örström.«

Fors formte die Lippen zu einem Kuss und Annika Båge lächelte. Fors zeigte zu den Aufzügen, wo Örström auftauchte.

»Wir sehn uns«, sagte Annika Båge und nahm einen Notizblock aus ihrer Jackentasche, bevor sie mit raschen Schritten auf den Mann im Jackett zuging.

Fors setzte sich an einen Fenstertisch. Örström und Båge verschwanden hinter einem Spalier, an dem grünes Plastikgestrüpp rankte, das eine Ecke vom übrigen Teil der Polizeikantine abtrennte. In diesem Bereich aßen der Polizeipräsident, der Polizeidirektor und die Kommissare. Zu essen gab es dasselbe wie für alle anderen auch, aber auf den Tischen standen zu dieser Jahreszeit Kerzen und zu Ostern Tulpen. Im Übrigen bestand kein Unterschied. Fors stellte das Tablett zurück und holte sich Kaffee.

Als er an seinen Tisch zurückgehen wollte, trat Kommissar Nylander aus dem Aufzug. Er entdeckte Fors und lächelte ein breites listiges Grinsen. Er kam auf Fors zu.

»Örström sagt, du möchtest Hjelm für deine Ermittlung haben. Das geht leider nicht. Wir haben so viele Kranke und Hjelm ist gut einzusetzen, wenn Heiligabend am Nachmittag die Auseinandersetzungen in den Wohnungen anfangen. Aber du kannst die Kleine haben.«

»Wen meinst du damit?«

Nylander lachte.

»Red mit Örström, dann erfährst du, wen du bekommen hast. Schließlich ist Weihnachten und der Weihnachtsmann möchte alle froh machen.«

Nylander klopfte Fors auf die Schulter, ging zum Tresen und bestellte Schinken mit Rotkohl. Fors sah, wie er sich fünf Kartoffeln auf den Teller lud.

8

Der Dolmetscher war ein hoch gewachsener feingliedriger Mann mit dunklen Augen und großer Nase. Er sprach vier Sprachen fließend und hatte in seinem Heimatland zwei Gedichtbände veröffentlicht. In Schweden hatte er eine Dreiviertel-Putzstelle angenommen, weil er für die Stellen, um die er sich beworben hatte, als zu hoch qualifiziert befunden worden war. Es war nicht ungewöhnlich, dass die Leute hinter seinem Rücken seine Herkunft kommentierten. Eine Beleidigung war zum Beispiel »Kamelficker«.

Jetzt saß er zusammen mit Fors vor Frau Sirr. Diese war auf dem Sofa zusammengesunken, an jeder Seite von einer Freundin gestützt. Die Frauen weinten. Kurz bevor Fors gekommen war, hatte ein Krankenwagen Herrn Sirr abgeholt, der einen Herzanfall erlitten hatte. Seine Tochter war mit ihm ins Krankenhaus gefahren. Auf einem Tisch standen Gläser mit Pfefferminztee. Fors wandte sich an den Dolmetscher.

»Fragen Sie sie, ob ich lieber ein andermal wiederkommen soll.«

Der Dolmetscher stellte die Frage. Frau Sirr setzte zur Antwort an, brach aber gleich wieder ab, weil ihr Körper von Schluchzen geschüttelt wurde. Die eine Freundin reichte ihr ein Taschentuch. Sie wischte sich die Wangen ab und putzte die Nase. Der Dolmetscher stellte eine weitere Frage. Vielleicht war es auch dieselbe Frage, Fors wusste es nicht. Die Freundinnen hielten Frau Sirrs Hände. Nach einer Weile antwortete sie. Sie sprach lange und unterbrach sich nur hin und wieder, um sich die Nase zu putzen.

Der Dolmetscher wandte sich Fors zu und übersetzte, was sie gesagt hatte.

»In ihrem Heimatland ist an einem frühen Morgen die Polizei gekommen. Es waren acht Männer. Sie schlugen sie und ihren Mann und vergewaltigten die Tochter, die nicht mehr am Leben ist. Sie drohten, das andere Kind umzubringen. Sie wollten wissen, wo der Bruder ihres Mannes sich aufhielt. Familie Sirr floh. Sie glaubten, hier würden sie es besser hinbekommen, ein neues Leben zu beginnen. Daheim hatten sie ein kleines Geschäft. Hier haben sie nichts. Frau Sirr sagt, es wäre besser, sie wären zu Hause gestorben.«

Der Dolmetscher verstummte und sah auf seine Hände. Er hatte schmale Finger und gut gepflegte Nägel.

»Fragen Sie sie, ob ich später wiederkommen soll«, bat Fors.

Der Dolmetscher stellte die Frage und die Freundinnen sprachen leise mit Frau Sirr. Nach einer Weile antwortete sie. Der Dolmetscher übersetzte.

»Sie sagt, dass ihr nichts mehr etwas bedeutet und

dass sie froh sein kann, wenn nicht alle ihre Kinder umgebracht werden. Sie will der Polizei nach Möglichkeit helfen, aber sie weiß nicht, ob sie die Kraft hat. Sie will gern auf die Fragen antworten.«

»Bitte sagen Sie ihr, dass es mir sehr Leid tut, was ihr widerfahren ist«, sagte Fors.

Als der Dolmetscher übersetzte, was Fors gesagt hatte, fingen die Frauen wieder an zu weinen, und alle drei benutzten Frau Sirrs Taschentuch. Das Taschentuch war weiß und hatte eine rosafarbene Borte. Es sah aus wie ein Taschentuch, das ein Kind im Werkunterricht angefertigt hatte.

»Sagen Sie ihr, ich hoffe, dass ihr Mann wieder gesund wird und nach Hause kommt.«

Der Dolmetscher übersetzte es und Frau Sirr schluchzte.

»Sagen Sie ihr, dass ich den Mörder ihres Sohn fassen werde.«

Der Dolmetscher übersetzte es und die Frauen nickten Fors mit tränenerfüllten Augen zu. Frau Sirr richtete sich auf und befreite sich aus der Umarmung der Freundinnen.

Fors nahm sein Teeglas und trank.

»Bitten Sie sie zu erzählen, was Dienstagabend passiert ist«, sagte er und stellte das Glas auf der Tischplatte ab, die mit Messing beschlagen war.

Der Dolmetscher übersetzte es. Frau Sirr schüttelte den Kopf und sprach lange. Als sie verstummte, übersetzte es der Dolmetscher.

»Sie sagt, dass niemand begreifen kann, wie es ist, einen Sohn zu verlieren. Sie sagt, dass sie in dieses Land gekommen ist, damit ihre Kinder in Frieden aufwachsen, eine gute Ausbildung bekommen und gute Menschen werden. Sie weiß nicht, was ihrem Sohn am Dienstag passiert sein könnte. Sie sagt, dass sie vom Schicksal geschlagen ist und dass sie fürchtet, dass es womöglich noch mehr Grausamkeiten für sie bereithält. Sie sagt, dass sie um das Leben ihres Mannes fürchtet.«

»Fragen Sie sie, was passiert ist, bevor Ahmed am Dienstag weggegangen ist.«

Der Dolmetscher übersetzte es. Frau Sirr begann zu reden, aber der Dolmetscher unterbrach sie und sprach lange. Frau Sirr sah Fors an, während der Dolmetscher sprach, dann nickte sie und sagte etwas, und nach einer Weile übersetzte der Dolmetscher es.

»Sie sagt, dass sie um Viertel nach acht gegessen haben. Ahmed hatte sich mit seinem kleinen Bruder gestritten. Das Telefon hatte geklingelt und der Bruder war drangegangen. Es war aber Ahmeds Handy. Ahmed wurde wütend und schlug seinen kleinen Bruder. Dann nahm er sein Telefon und ging in das Zimmer der Jungen. Dort blieb er eine Weile, und als er wieder zurückkam, sagte er, er wolle sich eine Cola kaufen. Er ging. Frau Sirr forderte ihn auf, eine Jacke anzuziehen, aber das tat er nicht. Er ist nicht zurückgekommen.«

Frau Sirr begann zu weinen.

»Wie heißt der Bruder?«, fragte Fors.

»Mohammed«, antwortete der Dolmetscher.

»Ist er zu Hause?«

Der Dolmetscher fragte, ob Mohammed zu Hause sei.

Frau Sirr schüttelte den Kopf.

»Wann kommt er zurück?«, fragte Fors.

Frau Sirr kehrte die Handflächen nach oben, wie um zu zeigen, dass sie es nicht wusste.

»Wo ist Ahmeds Handy?«, fragte Fors.

Frau Sirr antwortete, das habe er wohl bei sich gehabt, als er ging.

»Fragen Sie sie, ob ich das Zimmer sehen darf, in dem Ahmed gewohnt hat«, sagte Fors. Als der Dolmetscher die Erlaubnis bekommen hatte, erhob sich Fors und die drei Frauen und der Dolmetscher erhoben sich ebenfalls. Dann gingen sie in den Flur zu einer geschlossenen Tür. Frau Sirr öffnete die Tür. Nachdem sie einen Blick in das Zimmer geworfen hatte, fing sie lauthals an zu weinen. Eine der Freundinnen legte einen Arm um sie.

Fors betrat das Zimmer.

Darin waren zwei Betten mit bedruckten Bettüberwürfen. Vor dem einen Bett lag ein kleiner gemusterter Teppich. An die Wände waren mit Stecknadeln Plakate gepinnt. Zwei Stühle standen an den Kopfenden der Betten.

»In welchem Bett hat Ahmed geschlafen?«, fragte Fors.

Die eine Freundin zeigte auf ein Bett. Fors ging hin und hob den Bettüberwurf an. Das Bett war ordentlich gemacht. Auf dem Stuhl lagen zwei Illustrierte und ein Mathebuch, ein Schreibblock mit kariertem Papier und ein Bleistift. Fors blätterte in dem Block. Ganz hinten war mit Bleistift eine Telefonnummer notiert. Ein Stück weiter unten auf der Seite stand eine Adresse. Sie war mit blauem Kugelschreiber geschrieben. Die

Handschrift wirkte krakelig und ungeübt: Grönstavägen 37.

»Ich möchte das Heft mitnehmen«, sagte Fors zu dem Dolmetscher.

Er ging zu den drei Schränken, die an der Wand standen. Alle drei waren abgeschlossen.

»Wo sind die Schlüssel?«, fragte Fors.

Frau Sirr sprach lange darüber, wo die Schlüssel sein könnten, aber sie sprach eigentlich viel zu lange, als dass es sich nur um Schlüssel handeln konnte.

»Ahmed hat ihn«, sagte der Dolmetscher nach einer Weile.

Fors fragte nach dem Schlüssel der Zimmertür. Frau Sirr sagte, dass Ahmed auch den oft bei sich trug, aber dass er abhanden gekommen sei.

Fors nahm sein Handy und rief im Präsidium an. Er erwischte Gunilla Strömholm und bat sie zu kommen. Dann setzte er sich auf Ahmeds Bett und wartete. Währenddessen blätterte er langsam in dem Block. Aber er fand nichts weiter als Matheaufgaben, sorgfältig gelöst und akkurat angeordnet.

Zwanzig Minuten später kam Gunilla Strömholm. Sie begrüßte Frau Sirr und sprach ihr Beileid aus. Dann folgte sie Fors in das Zimmer der Jungen.

»Es ist nicht abschließbar«, sagte Fors. »Du musst hier bleiben. Lass niemanden herein. Ruf Stenberg an und bitte ihn zu kommen und die Schränke zu öffnen. Er soll das Zimmer haargenau untersuchen. Versiegelt es, bevor ihr geht. Ich habe ein Buch im Auto. Möchtest du, dass ich es hole? Es kann eine Weile dauern, ehe Stenberg kommt.«

»Was ist das für ein Buch?«, fragte Gunilla.
»Moravia.«
»Nie gelesen. Ist es gut?«
»Ja.«
»Wenn du es für mich holen willst ...«

Fors nickte, verabschiedete sich von den drei Frauen und bat den Dolmetscher, ihnen zu erklären, dass jemand kommen würde, um die Schränke zu öffnen. Gunilla Strömholm würde darauf achten, dass niemand sich daran zu schaffen machte. Fors holte das Buch und bedankte sich.

Dann verließ er die Wohnung und brachte den Dolmetscher nach Hause. Unterwegs erzählte ihm der Dolmetscher, wie schwer es für seine Landsleute war, in Schweden Arbeit zu finden, auch wenn sie gut qualifiziert waren. Er hatte zwei Freunde, die beide Taxi fuhren, obwohl sie in ihrem Heimatland an technischen Hochschulen ausgebildet worden waren. Fors fragte den Dolmetscher, ob er schwedische Dichter lese, und der Dolmetscher antwortete, er habe Ekelöf sehr gern.

Der Name des Dolmetschers war Abdallah.

Nachdem Fors ihn abgesetzt hatte, fuhr er zum Grönstavägen. Er brauchte nicht im Stadtplan zu suchen, denn dort war er schon einmal gewesen.

Es war ein eingeschossiges weiß geklinkertes Haus. Der Rasen war mit Schnee bedeckt. Neben dem freigeschippten Weg zur Haustür stand ein Schneemann, eine Mohrrübe als Nase, Zwetschgen als Augen. Dort, wo der Mund sein sollte, steckte eine große Tomate. Der Schneemann war fast genauso groß wie Fors, und im Schnee waren Spuren von den drei Kugeln, die gerollt und aufeinander gelegt worden waren. Außerdem gab es Spuren von großen Stiefeln und von einem Paar kleiner Stiefel.

An der Haustür hing ein Kranz aus Preiselbeerreisig. Fors klingelte und drinnen erklang »Wir lagen vor Madagaskar und hatten die Pest an Bord ...« Fors klingelte erneut, nur um die Melodie noch einmal zu hören. In der Hand hielt er den Block, in dem Ahmed Sirr seine Matheaufgaben gelöst hatte.

Dann ertönten Schritte und die Tür wurde geöffnet. In der Türöffnung stand Lars-Stellan Kuoppola. Auf dem Arm trug er ein Mädchen mit langen blonden Haaren und sehr blauen Augen. Das Mädchen trug einen roten Anzug mit weißen Borten. Es sah verschlafen aus und mochte vier Jahre alt sein.

»Hallo, Stellan«, sagte Fors. »Darf ich reinkommen?«

»Hallo, Fors«, sagte Stellan. »Klar dürfen Sie reinkommen.«

Lars-Stellan Kuoppola trat einen Schritt beiseite.

»Du hast aber einen schönen Schneemann gebaut«, sagte Fors zu dem Mädchen.

»Das war Papa«, flüsterte das Mädchen.

»Du bist wahrscheinlich Mona«, sagte Fors zu dem Mädchen.

Sie schüttelte den Kopf.

»Dann heißt du Monica«, riet Fors.

Wieder schüttelte das Mädchen den Kopf.

»Sag dem Onkel, wie du heißt«, ermahnte Kuoppola sie.

Das Mädchen drehte das Gesicht zur Schulter des Vaters und Kuoppola lächelte. Aber das Mädchen schwieg.

»Sie ist so schüchtern. Kommen Sie rein.«

Fors zog Mantel und Schuhe aus und folgte Kuoppola ins Wohnzimmer. Dort gab es einen offenen Kamin, in dem die Reste von heruntergebrannten Holzscheiten lagen. Neben dem Kamin stand ein Spankorb mit Birkenholz. Am Fenster zur Veranda hing ein roter Stern aus Pappe mit einem Glühlämpchen, das darin leuchtete. Zwei grafitgraue Ledersofas standen über Eck um einen quadratischen Glastisch. An der dritten Seite des Tisches standen ein roter Ledersessel und gegenüber ein Klavierhocker. Das Klavier stand an der einen Längswand. Der Fußboden war mit zwei weißen Pferdefellen bedeckt und auf dem einen Fell lagen hunderte von Legosteinen verstreut und ein gepunkteter Stoffhund.

Kuoppola setzte seine Tochter neben den Legosteinen ab.

»Spielst du jetzt ein Weilchen, Johanna?«

Das Mädchen schüttelte den Kopf und beobachtete Fors.

»Setzen Sie sich.« Kuoppola zeigte auf das eine Sofa und nahm selbst auf dem anderen Platz.

Lars-Stellan Kuoppola war ohne Schuhe eins neunundachtzig groß. Früher war er ein viel versprechender Boxer gewesen, Schwergewicht, aber die Boxerkarriere war zum Zeitpunkt seiner ersten Gefängnisstrafe beendet gewesen. Jetzt war er vierzig und hatte den Ansatz eines Kugelbauchs. Er trug schwarze Jeans und eine Lederweste mit Fransen. Beide Arme waren einschließlich der Handrücken tätowiert. Seine Haare hingen zu einem Pferdeschwanz gebunden tief in seinen Rücken. Er war barfuß.

»Sie möchten sicher eine Tasse Kaffee, oder?«
»Gern«, sagte Fors, »wenn Sie auch einen trinken.«
»Hab grad den Vormittagskaffee gemacht.«
Kuoppola verließ das Zimmer. Das Kind erhob sich und folgte ihrem Vater mit schnellen Schritten. Fors lehnte sich über den Tisch und blätterte in den Zeitungen. Es gab die Ortszeitung von heute und von gestern und ein »Svenska Dagbladet« von gestern. Zuoberst lag der Wirtschaftsteil mit der aufgeschlagenen Börsentabelle. Um das Unternehmen Cash Guard hatte jemand mit einem Bleistift einen Kreis gezogen.

Fors drehte den Kopf und sah aus dem Fenster hinter sich. Zwanzig Meter vom Haus entfernt ragte dichter Tannenwald auf. Als Fors sich wieder umdrehte, bemerkte er einen ausgestopften Wanderfalken, der an der Wand neben einem Bild mit Bergmotiv hing: ein See, ein an Land gezogenes Boot, in der Ferne Berge und roter Himmel.

Kuoppola kam mit dem Kaffeetablett zurück. Er stellte es auf den Zeitungen ab und warf Fors einen Blick zu.

»Kaufen Sie an der Börse?«
»Nein.«
»Dann haben Sie also keine Meinung zu Cash Guard?«
»Nein.«
»Sie wissen, meine Frau ist verrückt nach der Börse. Sie hat ja auch Geld. Sie will es sich leisten können, aber was soll ich sagen? Nur wer Begabung hat, Geld zu behalten, hat eine Zukunft, glauben Sie nicht?«
»Bestimmt«, sagte Fors.
Das kleine Mädchen lehnte sich an die Armlehne

von Fors' Sofa. Er legte den Kopf schräg. Das Mädchen machte es ihm nach. Fors führte eine Hand zur Nase. Das Kind machte es wieder nach.

Dann fing es an zu lachen und setzte sich bei seinem Papa auf den Schoß.

»Nehmen Sie doch von den Pfefferkuchen«, forderte Kuoppola Fors auf.

Fors griff zu und Kuoppola goss Kaffee in die beiden Tassen.

»Möchtest du Saft?«, fragte er das Mädchen.

Sie schüttelte den Kopf, und Kuoppola gab zwei Stück Zucker in seine Tasse.

»Wer hätte gedacht, dass wir so einen Winter kriegen würden«, sagte Kuoppola.

»Ja«, sagte Fors.

»Für die Kinder ist es schön. Johanna wünscht sich einen Schlitten zu Weihnachten.«

Fors biss von dem Pfefferkuchen ab.

»Kennen Sie Ahmed Sirr?«

»Sollte ich?«

»Kennen Sie Ahmed?«

»Schwarzkopf«, sagte Kuoppola. »Von der Sorte kenne ich nicht viele.«

»Sie kennen also keinen Ahmed Sirr?«

»Soviel ich weiß, nicht.«

»Was wissen Sie?«

»Tja, es gibt ja Leute, die treten unter Künstlernamen auf. Ich bin früher mal ›Der Lappe‹ genannt worden.«

»Dann hat Ahmed Sirr also keinen Grund, Ihre Adresse aufzuschreiben?«

»Nicht, soweit ich weiß«, antwortete Kuoppola. »Schmecken die Kekse nicht gut? Johanna hat sie fast ganz allein gebacken.«

»Mama hat mir geholfen«, sagte Johanna.

»Das stimmt.« Kuoppola lächelte. »Fast hätte ich es vergessen. Mama hat auch geholfen.«

Fors schlug den Block auf und blätterte bis zur letzten Seite, dann reichte er ihn Kuoppala über den Tisch. Fors zeigte auf die Adresse, die mit Kugelschreiber geschrieben war, krakelig und ungeübt.

»Das ist Ihre Adresse.«

Kuoppola nickte. Er blätterte in dem Block.

»Mathe«, sagte er. »Ist das sein Block?«

»Das ist Ahmed Sirrs Block«, sagte Fors.

Kuoppola reichte ihn an Fors zurück.

»Ich kenne keinen Ahmed«, sagte er. »Vermutlich ein Schuljunge?«

»Ja.«

»Man hätte in der Schule besser aufpassen sollen«, murmelte Kuoppola. »Man hätte ordentlich rechnen lernen sollen. Du kannst ja rechnen, Johanna, oder?«

Johanna nickte und steckte einen Daumen in den Mund. Kuoppola strich ihr übers Haar. Er hatte eine große Hand. Dann streckte er einen wurstigen Finger aus und zeigte auf Fors' Gesicht. Der Fingernagel war blau.

»Ich weiß, wer das ist!«

»Gut, wer?«

»Er hat für mich den Rasen gemäht.«

»Wann?«

»Na ja, nicht gerade gestern. Es war ... im September.«

»Ahmed Sirr hat für Sie im September Rasen gemäht?«

»Ja.«

»Warum?«

»Weil ich ihn dafür bezahlt habe.«

»Lassen Sie immer Jungen Ihren Rasen mähen?«

»Natürlich nicht, aber ich hatte mich verletzt.«

»Wie?«

»Wir waren mit ein paar Kumpels in Masens Sommerhaus am Österåsen. Kennen Sie Masen?«

»Ja.«

»Sein Sohn hatte sich ein Mountainbike gekauft. Der Junge ist achtzehn oder so. Wir haben über einen Hang gesprochen, den es da draußen gibt. Der Junge behauptete, er schafft ihn in fünfzig Sekunden rauf und runter. Ich hab gesagt, ich schaff es in neunundvierzig. Masen grölt: ›Das schaffst du nie!‹ Wir haben um zwei Liter Whisky gewettet. Ich nehm das Fahrrad und los. Rauf ging's gut, aber runter wurde ich zu schnell. Ich hab einen Baumstumpf gerammt und mich an der Hand verletzt. Ich hatte die Hand acht Wochen in Gips und brauchte natürlich Hilfe im Garten. Der Rasen musste gemäht und die Birken hinterm Haus mussten beschnitten werden. An einem Nachmittag saß ich im Mojen, am Nebentisch zwei Jungen. Da hab ich den einen gefragt, ob er für mich arbeiten wollte, und das wollte er. Jetzt ist mir wieder eingefallen, dass er Ahmed hieß. Dass er mit Nachnamen Sirr hieß, wusste ich nicht. Ich bin nicht sicher, ob er mir überhaupt seinen Nachnamen genannt hat.«

»Er wird Sirr genannt«, sagte Fors.

Kuoppola zuckte mit den Schultern.

»Vielleicht, ich weiß es nicht. Er hat jedenfalls gut gearbeitet. Ich hab ihm vier Stunden bezahlt.«

»Soll ich das alles glauben?«, sagte Fors.

»Glauben Sie, was Sie wollen. Wir leben in einem freien Land«, sagte Kuoppola.

»Ich glaube, Sie haben dem Jungen etwas verkauft«, sagte Fors.

»Glauben Sie, was Sie wollen. Wir leben in einem freien Land«, wiederholte Kuoppola.

»Was verkaufen Sie im Augenblick?«

Kuoppola lächelte.

»Ich hab Erziehungsurlaub, das sehen Sie doch. Ich mach keine Geschäfte mehr. Man könnte höchstens sagen, ich bin Margits Aktienratgeber, aber das ist auch alles. Ich kümmere mich um Johanna, das ist ein Ganztagsjob. Warum interessieren Sie sich so für den Jungen?«

Fors zeigte auf die Zeitungen.

»Ich sehe, dass Sie viele Zeitungen lesen. Morgen können Sie etwas über Ahmed Sirr lesen. Auf der ersten Seite.«

»Seien Sie nicht so verdammt geheimnisvoll«, sagte Kuoppola.

Johanna packte die Nase ihres Papas und drehte sie um.

»Du sollst nicht fluchen, Papa, dann wird Mama böse.«

»Ach ja, natürlich.« Kuoppola blinzelte Fors zu. »Das wollen wir lieber nicht, was? Dass Mama böse wird?«

»Ich sag ihr, dass du fluchst«, sagte Johanna und kletterte von Kuoppolas Schoß.

»Oh, oh, oh«, sagte Kuoppola. »Dann krieg ich vielleicht nichts zu Weihnachten.«

»Keine Weihnachtsgeschenke.« Johanna kicherte.

Sie setzte sich auf den Teppich zu den Legosteinen und fing an zu bauen.

Fors erhob sich.

»Vielen Dank für den Kaffee.«

»Keine Ursache«, sagte Kuoppola und begleitete ihn zur Tür. Als Fors an dem Klavier vorbeikam, sah er die Noten, die dort standen. Es war »Für Elise«.

Nachdem Fors seine Schuhe angezogen hatte, drehte er sich noch einmal um.

»Tschüss, Johanna!«

Aber das Mädchen antwortete nicht.

9

Im Auto rief Fors die Auskunft an und bat um die Telefonnummer von Larssons Taxi. Unter der Nummer meldete sich eine Männerstimme.

»Ich heiße Fors. Sind Sie dran, Herr Larsson?«

»Ja«, knisterte es in der Handyleitung.

»Ich bin Polizist und müsste mich mit Ihnen unterhalten. Können wir uns treffen?«

»Muss das noch vor Weihnachten sein?«

»Am liebsten sofort.«

»Ist es so eilig?«

»Ja.«

»Um was geht es denn?«

»Es geht darum, was Sie möglicherweise kürzlich gesehen haben, als Sie bei Seferis Kaffee getrunken haben.«

Es war eine Weile still.

»Ich wollte in den Schnapsladen. Daneben gibt es ein Lokal. Warten Sie da auf mich. Sie werden mich erkennen. Ich trage eine Lederjacke, auf der steht Taxi, und habe zwei Tüten vom Schnapsladen in der Hand.«

»Ich bin in zwanzig Minuten in dem Lokal«, sagte Fors.

»Bis gleich«, sagte Larsson.

Fors fuhr in die Stadt, fand nach einiger Suche einen Parkplatz und ging ins Einkaufszentrum. Es waren viele Leute unterwegs. Alle schienen es eilig zu haben, gelenkt von etwas, von einer Art inneren Liste, auf der stand, was alles erledigt, gekauft und nach Hause getragen werden sollte.

Bald würde er ausbrechen, der Friede des Festes.

Fors betrat das Lokal. Es waren nicht viele Gäste da. Er kaufte eine Flasche Mineralwasser und nahm an einem der Tische nah der überdachten Wege Platz.

Neben einem Weihnachtsmann sah er ein Mädchen, das ihm bekannt vorkam. Sie trug eine schwarze Stretchhose und einen blauen Mantel. Über der Brust hatte sie eine Banderole. Fors konnte nicht lesen, was darauf stand, da das Mädchen sich ein wenig zur Seite wandte. Aber jetzt erkannte er sie. Sie verteilte Flugblätter mit einem einnehmenden Lächeln. Fors versuchte zu lesen, was auf der Banderole stand, aber es gelang ihm nicht.

Anneli Tullgren.

Vor zweieinhalb Jahren hatte sie zusammen mit zwei Freunden einen Schulkameraden zu Tode getreten. Anneli war zu geschlossener Jugendverwahrung in der Anstalt Näs verurteilt worden. Jetzt hatte sie vermutlich Weihnachtsurlaub. Fors beobachtete sie durch die Scheibe und versuchte erneut zu lesen, was auf der Banderole stand. Dann drehte sie sich in seine Richtung um. Auf dem hellblauen Band stand in gelben Buchstaben der Name der neuen schwedischen Rechtspartei, Nya Sverige. Fors bemerkte noch ein Mädchen mit Banderole. Zunächst hatte er nicht gesehen, dass es zwei waren. Sie lächelten und hielten den Leuten Flugblätter hin. Die meisten wollten sie nicht haben, einige nahmen sie entgegen und warfen einen kurzen Blick darauf. Viele Blätter flatterten zu Boden.

Dann kam Larsson.

Genau wie er es beschrieben hatte, trug er eine schwarze Lederjacke mit der Aufschrift Taxi, und in der linken Hand hielt er zwei Tüten vom staatlichen Schnapsladen.

Fors erhob sich und sie gaben sich die Hand. Larsson ließ sich mit einem Seufzer auf einen Stuhl sinken.

»Soll ich Ihnen etwas bestellen?«, fragte Fors. »Der Staat lädt Sie ein.«

Larsson zog eine Grimasse.

»Vielleicht eine Tasse Kaffee, obwohl ich es eigentlich bleiben lassen sollte. Ja, ein Kaffee mit viel Milch.«

Fors ging zum Tresen und kaufte eine Tasse Kaffee, die er zu Larsson an den Tisch trug. Dann ließ er sich dem Mann in der Lederjacke gegenüber nieder.

Larsson mochte um die vierzig sein. Er hatte ein breites, viereckiges Gesicht mit narbiger Haut, einen gestutzten Kinnbart und kurze Haare, die grau wurden. Seine Zähne waren gelb.

»Gut, dass Sie gleich bereit waren, sich mit mir zu treffen«, sagte Fors und nahm seinen Block hervor. Er schlug eine leere Seite auf, sah auf die Uhr und notierte Zeit und Ort.

»Wie ist Ihr Vorname?«

»Åke.«

»Es geht um den Dienstagabend. Seferis sagt, Sie sind Stammkunde bei ihm.«

»Das stimmt. Ich bin fast jeden Abend da.«

»Arbeiten Sie jeden Abend?«

Larsson gab ein Schnauben von sich.

»Vom Taxifahren wird man nicht reich, das kann ich Ihnen versichern. Man fährt ständig und kommt trotzdem kaum über die Runden. Außerdem hab ich geerbt. Meine Mutter ist im letzten Winter gestorben und ich habe das Haus bekommen. Mit Seeblick, hundert Meter zum Strand. Auf dem See fahren sie nächtelang mit Wasserskootern und schnellen kleinen Booten herum, von Mai bis Anfang September. Wie auf der Rennbahn. Aber ich habe Seeblick und für die feine Lage muss ich ordentlich Steuern blechen.«

Larsson schnaubte noch einmal und sah sich um.

»Glauben Sie, man darf hier rauchen?«

»Es sind keine Aschenbecher auf den Tischen«, sagte Fors.

Larsson seufzte und führte die Kaffeetasse zum Mund.

»Dienstag waren Sie also bei Seferis?«

»Dienstag war ich dort.«

Åke Larsson schlürfte an seinem Kaffee.

»Um wie viel Uhr?«

»Er macht um neun dicht. Ich komme immer eine Viertelstunde vorher. So war das Dienstag wohl auch.«

»Sie waren nicht eher dort?«

»Ist das wichtig?«

»Ich weiß es nicht«, sagte Fors.

Larsson sah ihn eine Weile an und runzelte die Augenbrauen.

»Um was geht es eigentlich?«

»Eine Voruntersuchung. Sie waren also Viertel vor neun dort?«

»Ungefähr. Ich bin aus dem Auto gestiegen, als es anfing zu schneien. Es schneite sofort tüchtig. Ich bin genau in dem Augenblick ausgestiegen, als es anfing. So große Schneeflocken waren das. Hübsch war's. Ich hab neue Winterreifen auf den Rädern. Ich dachte, das ist gut, jetzt, wo der Schnee kommt.«

»Wo haben Sie geparkt?«

»Auf dem Parkplatz direkt neben dem Lokal. Um die Zeit ist da immer reichlich Platz. Ich hab das Auto zehn Meter vom Lokal entfernt abgestellt.«

»Haben Sie was Besonderes gesehen, als Sie ausgestiegen sind?«

»Nein.«

»Nichts Ungewöhnliches?«

»Was hätte das sein sollen?«

»Ich weiß es nicht.«

»Sie haben ja einen komischen Job«, knurrte Larsson

und schlürfte von seinem Kaffee. »Laden die Leute ins Café ein und fragen sie, ob sie was Ungewöhnliches gesehen haben. Machen Sie das den ganzen Tag lang?«

»Ja«, antwortete Fors.

Larsson gab etwas von sich, das ein Zwischending zwischen ersticktem Lachen und einem Grunzen war.

»Sie haben nichts gesehen auf der anderen Straßenseite?«, fragte Fors.

»Dort sind Mietshäuser.«

»Genau. Folkungavägen 12.«

Larsson dachte eine Weile nach.

»Vor der Tür stand ein Auto.«

»Was für eine Automarke?«

»Könnte ein Volvo oder ein großer BMW gewesen sein.«

»Welche Farbe?«

»Dunkel.«

»Welche Farbe genau?«

»Keine Ahnung. Vielleicht schwarz. Oder blau. Vielleicht grün. Dunkel.«

Fors notierte es.

»Hat jemand in dem Auto gesessen?«

»Ja.«

»Konnten Sie erkennen, wie die Person aussah?«

»Ich weiß, dass ich dachte, ein Auto voller Lucia-Bräute.«

»Warum haben Sie das gedacht?«

»Weil die Türen genau in dem Augenblick geöffnet wurden, als ich auf den Parkplatz fuhr, und ich sah die Mädchen aussteigen. Sie hatten alle lange blonde Haare.«

»Wie viele Mädchen waren es?«
»Drei oder vier.«
»Wie waren sie gekleidet?«
»Jacken, nehme ich an.«
»Können Sie die Kleidung näher beschreiben?«
»Nein. Aber sie hatten alle lange blonde Haare.«
»Wie alt waren sie?«
»Keine Ahnung.«
»Waren sie um die zwanzig? Oder dreizehn? Oder älter?«

Larsson schüttelte den Kopf.

»Sie wissen doch, wie das mit Mädchen ist. Eine Sechzehnjährige kann sich so herrichten, dass sie wie fünfundzwanzig aussieht. Ich hab sie nicht genauer angeschaut, hab nur gedacht, ein Auto voller Lucia-Bräute.«

»Und Sie wissen nicht, welche Farbe das Auto hatte?«
»Nein. Es hatte ja gerade angefangen zu schneien.«
»Vorhin haben Sie gesagt, es hat angefangen, als Sie ausgestiegen sind.«

»Es schneite, als ich die Mädchen aussteigen sah. Vielleicht hab ich deswegen an das Lucia-Fest gedacht. Die Schneeflocken fielen auf sie herunter, als sie ausstiegen.«

»Wie viele waren es, haben Sie gesagt?«
»Drei oder vier.«
»Und Sie können mir nicht sagen, wie sie gekleidet waren?«
»Nein.«
»Trug eine von ihnen einen Rock?«
»Das glaub ich nicht. Es wäre mir aufgefallen.«

»Sie haben also drei oder vier blonde Frauen unbestimmten Alters gesehen. Sie trugen Hosen und Jacken und stiegen aus einem Auto, das ein Volvo oder ein BMW gewesen sein könnte, und die Autofarbe war dunkel.«

»Das stimmt. Die Mädchen hatten lange Haare. Es können gut vier gewesen sein.«

»Mädchen? Keine Frauen?«

»Nein, Mädchen.«

»Warum Mädchen?«

»Sie wirkten noch mädchenhaft.«

»Inwiefern?«

»Ich weiß es nicht. Keine war über dreißig.«

»Sind Sie ganz sicher?«

Larsson dachte eine Weile nach, ehe er antwortete. Sein linkes Augenlid zuckte ein wenig. Das Zucken nahm zu, während er schwieg. Als er wieder anfing zu reden, verschwand es fast ganz.

»Nein.«

Fors lehnte sich auf dem Stuhl zurück und beobachtete Åke Larsson.

»Falls Ihnen noch was einfällt, von dem Sie annehmen, dass es mir Freude machen würde, dann können Sie mich unter dieser Nummer erreichen.«

Fors nahm eine kleine graue Visitenkarte mit dem Emblem der Polizeibehörde hervor, auf der Name, Dienstgrad und zwei Telefonnummern standen.

»Scheuen Sie sich nicht, mich anzurufen«, sagte Fors. »Lassen Sie mich entscheiden, ob es von Interesse ist, was Sie mir erzählen. Kleinigkeiten können bedeutungsvoll sein.«

Larsson nickte.

»Das Auto«, sagte er. »Das Lucia-Auto. Es war weg, als ich eine Viertelstunde später aus dem Lokal kam.«

»Wie alt mag das Auto gewesen sein?«

»Nicht alt.«

Fors notierte es, steckte den Block in die Innentasche seines Jacketts und erhob sich.

»Ich wünsche Ihnen frohe Weihnachten«, sagte er und streckte die Hand aus.

»Sie können mir nicht sagen, um was es geht?«

»Nein.«

Larsson bückte sich nach seinen Tüten und ging auf die Tür zu. Fors folgte ihm mit dem Blick. Als Larsson an Anneli Tullgren vorbeikam, versuchte sie ihm ein Flugblatt in die Hand zu stecken. Aber Larsson nahm es nicht an. Stattdessen holte er ein Päckchen Zigaretten aus der Innentasche seiner Jacke. Während er mit langen Schritten mit seinen Tüten in der linken Hand davonging, versuchte er sich eine Zigarette anzuzünden.

Fors erhob sich und verließ das Café. Ihm kam ein Mädchen entgegen, kaum älter als neunzehn, zwanzig Jahre. Es schob einen Kinderwagen, in dem Zwillinge in Overalls saßen. Die junge Frau trug etwas, das man in den Siebzigerjahren Afghanenpelz nannte. Der Pelz war bestickt und einigermaßen sauber. Das Mädchen hatte die Haare im Afrolook frisiert und in der Nase trug sie einen silbernen Ring.

Fors blieb stehen und grüßte sie.

»Hallo, Ellen.«

Er bückte sich und betrachtete die Kinder im Wagen.

»Wie groß sie geworden sind.«

Ellen Stare lächelte.

»Sie essen wie Bären und schlafen wie Murmeltiere. Und sie wachsen, dass es kracht.«

»Wie heißen sie noch?«

»Tove und Lydia.«

»Und wer ist wer?«

»Das ist Lydia«, sagte Ellen und zeigte auf das rechte Mädchen. Lydia drehte den Kopf und sah ihre Mutter an. »Und das ist Tove«, fuhr die Mutter fort. »Ich glaube, sie schläft.«

»Tove schläft«, sagte Lydia.

Und dann drehte sich Ellen Stare um und begegnete dem Blick der jungen Frau, die mit einer Banderole über der Brust einige Meter von ihr entfernt stand und Flugblätter verteilte. Anneli Tullgren lächelte Ellen Stare an. Ellen wurde blass und ihre Augen verdunkelten sich. Wortlos schob sie den Wagen davon und war gleich darauf verschwunden.

Fors begegnete Anneli Tullgrens Blick. Auch ihn lächelte Anneli an.

Der Junge, den Anneli Tullgren zusammen mit zwei Kameraden vor fast drei Jahren zu Tode getreten hatte, war der Vater von Tove und Lydia.

Fors ging zu seinem Golf und fuhr zurück zum Polizeipräsidium. Er parkte in der Garage und fuhr mit dem Aufzug zur Kantine hinauf. Dort aß er Stockfisch mit weißer Soße und gekochten Kartoffeln. Er saß allein am Tisch und redete mit niemandem.

10

Als er die Kantine verließ, begegnete er Gunilla Strömholm, die auf dem Weg hinein war.

»Stenberg ist vor einer Viertelstunde gekommen. Er und Karlsson öffnen jetzt die Schränke. Ich muss etwas essen.«

»Komm zu mir, wenn du fertig bist. Ich bin in meinem Zimmer«, sagte Fors.

Gunilla nickte und verschwand, und Fors nahm den Fahrstuhl nach unten, ging in sein Zimmer und setzte sich an seinen Schreibtisch. Nach einer Weile wählte er Örström über das Haustelefon an. Der war beschäftigt, aber trotzdem bereit, Fors in einer Viertelstunde zu empfangen.

Fors blätterte in Ahmed Sirrs kariertem Block. Er las jede Seite genau durch. Nirgends entdeckte er etwas anderes als Matheaufgaben. Als er zur letzten Seite kam, rief er die Auskunft an und fragte, wessen Telefonnummer es war, die ganz hinten mit Bleistift notiert war.

»Das ist die Nummer von Henrietta Sjöbring. Soll ich Sie verbinden?«

»Ja, bitte«, sagte Fors.

Er ließ es ein halbes Dutzend Mal klingeln, aber niemand meldete sich. Fors legte auf, wählte noch einmal die Nummer der Auskunft und fragte nach der Adresse von Henrietta Sjöbring. Die Frau am anderen Ende las sie von ihrem Computerbildschirm ab.

»Värdshusstigen 67. Möchten Sie die Telefonnummer haben?«

»Nein, danke«, sagte Fors und notierte sich die Adresse auf einem Zettel.

Dann legte er auf und lehnte sich im Stuhl zurück. Er verschränkte die Hände im Nacken und sah aus dem Fenster. Es wurde langsam dunkel.

Er rief beim Flughafen an und verlangte den Meteorologen. Es dauerte eine Weile, ehe er durchgestellt wurde.

Wie lange muss ich noch aushalten?, dachte er. Wie lange hab ich noch Kraft, mich für all das zu interessieren? Ich hätte mir schon vor langer Zeit einen neuen Job suchen sollen.

»Ja?«, sagte der Meteorologe.

»Mein Name ist Fors. Ich bin Polizist und möchte gern wissen, wann es am Dienstag angefangen hat zu schneien.«

»Kann ich in ein paar Minuten zurückrufen?«

»Klar«, sagte Fors und nannte seine Telefonnummer.

Dann beendete er das Gespräch, erhob sich und ging zu den Topfpflanzen am Fenster. Er prüfte die Erde. Sie war feucht. Carin vergisst nie, sie zu gießen. Nur um das Gefühl zu bekommen, dass die Pflanzen auch seine waren, nahm er die Flasche, die hinter dem Vorhang stand, und goss die Pflanzen mit einer Menge, die in einem Eierbecher Platz gehabt hätte.

Fors dachte an das Haus, das er einmal besessen hatte, als er noch verheiratet gewesen war und in Trollbäcken südlich von Stockholm gewohnt hatte. Er dachte an den Rasen, auf dem Osterglocken und Tulpen wuchsen, und an die Südwand, wo er Schneeglöckchen entdeckt hatte, als unter den beiden großen Tannen beim

Komposthaufen noch gelbbraune Schneehaufen lagen. Er dachte an die erste Bachstelze des Frühlings und wie sie auf dem Gartenweg herumgetrippelt war. Er dachte an einige Freunde, die er dort gehabt hatte.

Dann kehrte er an seinen Schreibtisch zurück und setzte sich. Im selben Moment klingelte das Telefon.

»Viertel vor neun«, sagte der Meteorologe. »Der Schnee kam mit Wind aus Westen, drei Meter in der Sekunde. Und es war Viertel vor neun.«

»Danke«, sagte Fors.

Eine Weile starrte er in die Luft, dann wählte er wieder eine Nummer.

Johan meldete sich.

»Grüß dich«, sagte Fors. »Wie geht's dir?«

»Gut«, antwortete sein Sohn. »Was machst du gerade?«

»Ich bin bei der Arbeit. Hör mal, hast du schon eine Fahrkarte gekauft?«

»Ja.«

»Wann kommst du?«

»Am zweiten Feiertag.«

»Um wie viel Uhr?«

»Gegen sechs.«

»Was wünschst du dir zu Weihnachten?«

Der Sohn lachte.

»Das weißt du doch.«

»Trotzdem, vielleicht hast du es dir anders überlegt.«

Der Sohn lachte wieder.

»Ich werde es mir nicht anders überlegen.«

»Na, bis dann also. Mama ist nicht zu Hause?«

»Sie arbeitet.«

»Ach, klar. Bis bald.«

»Ja«, sagte der Junge und legte auf. Fors saß da mit dem Hörer in der Hand. Gunilla Strömholm kam zur Tür herein. »Schon mit Essen fertig?«, sagte Fors.

Gunilla rümpfte die Nase. Sie hat eine kleine Nase, dachte Fors.

»Stockfisch oder Schinken, nein danke.«

»Stockfisch schmeckt doch gut«, sagte Fors.

Gunilla Strömholm verdrehte die Augen und schwieg.

»Was ist bei Sirrs passiert?«, fragte Fors dann, und Gunilla erzählte, wie sie gewartet hatte. Etwa eine Stunde später war die Tochter nach Hause gekommen.

»Sie heißt Shoukria«, sagte Gunilla. »Sie ist achtzehn, hübsches Mädchen. Sie setzte sich auf den Fußboden. Ich saß auf Ahmeds Bett. Sie fragte, wie es ist, Polizistin zu sein. Ich fragte, wie es ihrem Vater ging. Sie sagte, dass er morgen wieder nach Hause kommt, dass es nicht so schlimm sei.«

»Und, hast du ihr erzählt, wie es ist, Polizistin zu sein?«, sagte Fors.

Gunilla Strömholm nickte.

»Wie ist es, Polizistin zu sein?«, fragte Fors.

Gunilla Strömholm lächelte.

»Das weißt du doch.«

»Aber nicht, wie es für dich ist.«

Gunilla Strömholm seufzte.

»Es ist nicht so, wie ich es mir vorgestellt habe.«

»Nein«, sagte Fors. »So geht es mir auch. Es ist nicht so, wie ich es mir vorgestellt habe.«

»Es gibt zu viele Menschen, die Schreckliches tun. Das verkraftet man einfach nicht. Nicht auf Dauer.«

»Denkst du daran, aufzuhören?«
»Vielleicht«, sagte Gunilla.
»Wenn du das willst, dann tu es rechtzeitig. Wenn ich so alt wäre wie du, würde ich keinen Tag länger bleiben.«
Gunilla Strömholm sah ihn erstaunt an.
»Du würdest aufhören?«
»Ja.«
»Aber du bist doch *der* Bulle in diesem Haus. Alle bewundern dich. Du schaffst alles. Warum möchtest du aufhören?«
»Das Leben ist zu kurz«, sagte Fors. »Ich hab mir nicht vorgestellt, dass es so zugehen würde. Und jetzt, tja ...«
Sie schwiegen eine Weile.
»Shoukria hat mir etwas erzählt.«
»Was?«
»Letzte Woche, als Ahmed im Badezimmer war, hat sein Telefon geklingelt. Es lag vor der Tür auf dem Stuhl und Shoukria hat sich gemeldet, weil sie wissen wollte, ob ihr Bruder einen Anruf von einem Mädchen kriegt.«
»War es ein Mädchen?«
»Ja. Shoukria hat sich gemeldet, aber das Mädchen am anderen Ende der Leitung hat nicht gemerkt, dass nicht Ahmed dran war. Jemand hat gesagt: ›Wir kriegen dich, du Scheißkerl.‹«
»Wir kriegen dich, du Scheißkerl?«
»Ja, und es war ein Mädchen.«
Das Haustelefon auf Fors' Schreibtisch klingelte, er hob ab und hatte Örströms Stimme im Ohr.

»Ich bin jetzt frei, aber ich muss bald gehen. Was wolltest du?«

»Ich komm zu dir.«

»Mach das.«

Fors erhob sich. Bevor er ging, gab er Gunilla Strömholm den Zettel mit Henrietta Sjöbrings Namen und Telefonnummer.

»Fahr zu dieser Adresse und schau dir das Haus an. Überprüf in der Zulassungsstelle, ob die Frau ein Auto hat. Frag beim Finanzamt nach, was das für eine Person ist, Einkommen, Schulden, Beruf. Falls wir uns heute nicht mehr sehen, treffen wir uns morgen um neun.«

Und dann ging Fors zu Örström. Als er an der Tür war, sagte Gunilla:

»Sie sprach Dialekt aus Schonen.«

»Wer?«, fragte Fors und blieb stehen.

»Das Mädchen, das Ahmed angerufen hat.«

11

Örströms Zimmer war genauso groß wie das Zimmer, das Carin Lindblom und Fors sich teilten. Unter dem Fenster stand eine dreisitzige Couch mit zwei gepolsterten Stühlen vor dem Couchtisch. Auf dem Fußboden lag ein Teppich, die Vorhänge hatten die gleiche Farbe wie der Teppich. Örström hatte vier Geranien in beiden Fenstern. In der Ecke hinter der Tür stand ein Gestell mit einem Flipchart, aber der Block war leer.

Es hing nur noch die graue Pappe, an der die weißen Blätter befestigt gewesen waren, an dem Gestell. Der Schreibtisch war leer bis auf zwei Telefone. Hinter dem Schreibtisch standen ein Stuhl mit fünf Rollen, ein Bücherregal mit Aktenordnern und einem in blaues Leinen gebundenen Gesetzbuch.

Örström selber lag im Hemd und ohne Schuhe auf einer Unterlage auf dem Fußboden vor dem Schreibtisch. Er lag auf dem Rücken und zog die Knie zum Kinn, indem er die Knie fest umklammert hielt.

Fors schloss die Tür hinter sich und setzte sich auf die Couch.

»Der Krankengymnast sitzt mir im Nacken«, stöhnte Örström. »Diese Übung muss ich zweimal am Tag machen. Wie geht's?«

Fors erzählte von den Besuchen bei Sirr, bei Kuoppola und von dem Gespräch mit Larsson. Er erwähnte, dass Stenberg Sirrs Schränke untersuchte und dass Sirr anscheinend bedroht worden war.

»Wie macht sich Kuoppola eigentlich?«, fragte Fors, als er fertig war. Örström lag immer noch auf dem Rücken, zog aber nur noch ein Knie zum Brustkorb. Er stöhnte.

»Seit deinem missglückten Zugriff haben wir keine Angaben über ihn. Wir glauben, dass er sich jetzt nur noch Finanzierungen widmet. Da kommen wir nie ran, es sei denn, dass er jemanden mal zu hart angeht, der mit den Krediten im Rückstand ist. Sonst wird es schwer.«

Fors hatte vor einem Jahr zusammen mit einem Kollegen lange und personenaufwändige Nachforschungen betrieben. Die Fahnder waren der Meinung, dass Kuoppola, der in seiner Jugend Banken überfallen hatte, jetzt nur noch Hehlerei betrieb und Rauschgiftgeschäfte finanzierte. Man war auch der Meinung, dass er das Haupt einer Schutzorganisation war, die Geld von kleinen Dieben und kleinen Unternehmen verlangte, damit man sie in Frieden ließ. Vor gut einem Jahr hatte er sich einen sehr schönen Safe gekauft. Der wog sechshundert Kilo und stand festgemauert in einem Betonkasten in Kuoppolas Heizungskeller. Aufgrund umfassender Nachforschungen meinte Fors zu wissen, dass der Safe große Mengen Bargeld und vielleicht auch Rauschgift enthielt. An einem Montagmorgen hatte man mit vier Polizisten und einem Staatsanwalt zugeschlagen. Der Tresor war leer gewesen. Es ging das Gerücht, dass jemand aus dem Polizeipräsidium einen Tipp gegeben hatte. Eine unangenehme Stimmung hatte sich ausgebreitet, und es waren neue Vorschriften eingeführt worden, um vorzeitige Lecks zu verhindern.

Örström hatte sich aufgerichtet.

»Warum sollte Ahmed Sirr seinen Rasen mähen?«, fragte Fors mit leiser Stimme, fast so, als rede er mit sich selber.

»Vielleicht sagt Kuoppola die Wahrheit. Er hatte sich verletzt.«

Örström rappelte sich auf und rollte die Unterlage zusammen, schob ein dickes Gummiband über die Rolle und stellte sie in die Ecke neben dem Bücherregal. Dann zog er sein Jackett an und setzte sich an den Schreibtisch.

»Ich hab Anneli Tullgren in der Stadt gesehen«, sagte Fors. »Sie hat offenbar Urlaub.«

»Könnte sie was mit der Sache zu tun haben?«

»Keine Ahnung. Ich werde in Näs anrufen und fragen, wie sie sich dort macht.«

Örström zog eine metallene Zigarettenschachtel aus einer Hosentasche, öffnete den Deckel, bot sie Fors an, der den Kopf schüttelte, und nahm dann selber eine.

»Ich kann mir schwer vorstellen, dass so ein durchtriebener Kerl wie Kuoppola sich mit einem Siebzehnjährigen anlegt und ihn dann umbringt«, sagte Örström. »Und warum haben sie ihm die Hose runtergezogen? Könnte es ein Sexualverbrechen sein?«

»Du meinst, dass jemand mit homosexueller Neigung versucht hat, den Jungen im Wald zu vergewaltigen?«

Örström sah schuldbewusst aus. Ihm schien die Idee selber etwas an den Haaren herbeigezogen zu sein.

»Wenn es eine Art homosexuelles Verbrechen war, dann muss man sich ja fragen, warum eine Frau mit schonischem Dialekt ihn anruft und ihn bedroht«, sagte Fors.

»Was ist mit dem, der den Leichnam gefunden hat? Wissen wir mit Sicherheit, dass er Sirr nicht kannte?«

»Den hab ich abgeschrieben«, sagte Fors.

»Warum?«, fragte Örström. »Du hältst dir doch sonst alle Türen offen?«

»Der Mann ist genau das, wofür er sich ausgibt«, sagte Fors.

Örström warf einen Blick auf seine Armbanduhr.

»Ich bin in einer halben Stunde mit den Vertretern der Länderpolizei verabredet. Wir kriegen Hilfe aus Stockholm. Morgen kommt jemand dazu.«

»Wer?«, fragte Fors.

Örström zog eine Schreibtischschublade auf und nahm ein dickes Notizbuch heraus.

»Schyberg«, sagte er. Dann ging er zum Kleiderschrank und holte seinen schwarzen Mantel. Er zog ihn an und schlang sich einen gelben Seidenschal mit grünen Streifen um den Hals.

»Kennst du ihn?«, fragte er, als er die Tür öffnete.

»Ja«, sagte Fors. »Ich kenne Schyberg.«

Er stand auf und folgte Örström in den Korridor.

»Wir sehen uns morgen früh um neun«, sagte Örström.

Dann ging er.

»Ich bleib eine Weile in deinem Zimmer sitzen«, sagte Fors. Örström nickte.

Fors ging zu einem Raum, der feierlich Vorratskammer genannt wurde. Dort gab es zwei kaputte Schreibtischstühle, einen Schreibtisch, an dem sich ein Bein gelöst hatte, zwei leere Aktenschränke sowie sechs Kartons mit Toilettenpapier, acht Kartons mit Papierhandtüchern, eine Schachtel mit breiten Filzstiften sowie einen Stapel Flipchartblöcke.

Fors nahm einen Block und einige Filzstifte mit in Örströms Zimmer, klemmte den Block auf das Gestell und begann zu zeichnen und zu schreiben.

Als er fertig war, stellte er den Block so hin, dass er ihn von der Couch aus sehen konnte. Er ging zur Couch und ließ sich dort nieder. Er stand wieder auf und richtete den Strahl der Schreibtischlampe auf den Block, dann kehrte er zur Couch zurück und betrachtete die Skizze.

Nachdem er eine Weile dort gesessen hatte, wunderte er sich über sich selbst. Warum hab ich von den Frauen die Vornamen, aber von den männlichen Kollegen die Nachnamen hingeschrieben?

Er wusste darauf keine Antwort. Schließlich erhob er sich, ging zur Tür, machte das Licht aus und verließ das Zimmer.

Er nahm den Fahrstuhl zur Garage hinunter und ging den Schutzraumkorridor entlang am Schießstand vorbei zur Krafttrainingshalle. Die Halle war nicht besonders groß, aber gut bestückt mit Gewichten, Bänken und Trainingsgeräten.

Nach dem Training duschte er, zog sich an, kehrte in sein Zimmer zurück und begann den Bericht über die Voruntersuchung zu schreiben. Er war schon ein gutes Stück vorangekommen, als das Telefon klingelte.

Es war Lyrekull.

»Uns ist noch was eingefallen, nachdem Sie gefahren sind.«

»Ja?«

»Wir haben einen Schuss gehört.«

»Wirklich?«

»Ja.«

»Wann?«

»Dienstag.«

»Um wie viel Uhr?«

»Wir hatten uns gerade die Nachrichten angesehen.«

»Welche Nachrichten?«

»Die Spätnachrichten um neun Uhr. Wir wollten Tee trinken und waren beide in der Küche. Es klang wie ein Schuss.«

»Können Sie sagen, woher er kam?«
»Er könnte von dem Schuppen gekommen sein.«
»Und Sie sind sicher, dass es Dienstag war?«
»Ja.«
»Wie sicher sind Sie?«
»Wir sind beide ganz sicher. Mein Bruder hat mitten in den Nachrichten angerufen. Er wollte mich bitten, dass ich mich um ein paar Papiere kümmere, die wir Mittwoch brauchten. Da waren wir mit seinem Buchhalter verabredet. Mein Bruder und ich machen zusammen Geschäfte.«

»Ich verstehe«, sagte Fors. »Vielen Dank, dass Sie angerufen haben. Wie ist es in London?«

»Nett. Kein Schnee. Die Parks sind frühlingsgrün.«

»Grüßen Sie Ihre Frau«, sagte Fors. »Und nochmals danke.«

12

Drei Stunden später stand Fors in seiner Küche. Er gab Risottoreis in eine Bratpfanne, dann goss er einige Deziliter Sherry darüber und ließ die Flüssigkeit in den Reis einziehen, danach goss er die Bouillon darüber, die er vor einer Stunde auf Gemüsebasis gekocht hatte.

Während er vor dem Herd stand, dachte er überhaupt nicht an die Arbeit. Er dachte an Annika Båge.

Sie hatten sich vor zweieinhalb Jahren bei den Ermittlungen im Mordfall Hilmer Eriksson getroffen und waren sich langsam näher gekommen. Jetzt trafen sie sich im Allgemeinen ein-, zweimal in der Woche. Sie trafen sich bei Annika oder bei ihm zu Hause. Es gab ein stillschweigendes Übereinkommen, was ihre Beziehung betraf: Sie sprachen nie über die Arbeit.

Da Fors zu der Zeit, als er in Stockholm gewohnt hatte, Klavier in einer Jazzband gespielt hatte, und da Annika Båge in einem Chor sang, kam es vor, dass sie miteinander musizierten. Sie hatten versprochen, für die Weihnachtsfeier im Polizeipräsidium ein Programm zusammenzustellen und sie hatten auch schon einige Male geprobt. Sie wollten ein halbes Dutzend Cole-Porter-Melodien und die üblichen Weihnachtslieder bringen.

Als Annika kam, trug sie schwarze Jeans und eine moosgrüne kurzärmelige Bluse. Ihre Haare trug sie offen.

Annika rieb sich Parmesankäse über das vegetarische Risotto. Sie tranken den Wein, den Fors auf einer Herbstreise zusammen mit Annika in Mailand gekauft hatte, und sie sprachen über Weihnachtsgeschenke. Fors sagte, dass er sich Suetonius' Kaiserbiografien wünschte. Annika wünschte sich etwas Weiches.

Fors besaß eine Espressomaschine und er kochte Kaffee in kleinen Tassen. Sie tranken den Kaffee am Klavier im Wohnzimmer, Annika stand hinter Fors, eine Hand in seinem Nacken. Sie fingen mit »You are the Top« an.

»Klasse«, sagte Ellen Stare zu ihrer Mutter, als die Zwillinge eingeschlafen waren und die Mutter ihr erlaubt hatte, das Auto zu nehmen. Es war schließlich Samstagabend und Ellen war neunzehn. Sie hatte zwar ein eigenes Auto, »der Haufen« genannt, das aber von Rost angefressen war und abgefahrene Reifen hatte, die bei einer flüchtigen Prüfung vermutlich als Gefahr für den Verkehr eingestuft worden wären. Aina Stare gefiel es nicht, dass ihre Tochter mit diesem Fahrzeug unterwegs war, was sich jedoch vier Tage in der Woche nicht vermeiden ließ, weil Ellen die Schule in der Stadt besuchte, um das Abitur zu machen.

»Du bleibst doch nicht zu lange weg?«, fragte Aina, die am Küchentisch saß und an der Predigt schrieb, die sie am nächsten Tag halten wollte.

»Einige Stunden«, sagte Ellen.

»Füll bitte die Scheibenwaschanlage auf. Kauf einen Kanister.«

Ellen öffnete den Schrank über der Spüle und nahm zwei Scheine heraus. Sie hielt sie hoch und zeigte sie der Mutter, bevor sie die Scheine in die Jeanstasche steckte. Dann nahm sie die Autoschlüssel vom Haken neben dem Küchentisch und zog ihren Pelz an.

»Musst du dauernd in dem Fummel rumlaufen?«, fragte Aina Stare.

»Tschüss, Mama«, sagte Ellen und verschwand durch die Küchentür.

Auf dem Hof lag Schnee, obwohl es geregnet hatte. Auf dem Weg zum Auto rutschte Ellen aus, konnte sich aber gerade noch fangen. Sie setzte sich ins Auto, startete es und als die Scheinwerfer angingen und die zweihundert Meter entfernte Kirche anleuchteten, dachte sie, wie wunderbar es war, ein Auto mit einer ordentlichen Batterie zu haben. »Den Haufen« parkte sie möglichst an abschüssigen Stellen, damit sie ihn auch in Gang brachte.

»Kleiner Haufen«, sagte sie vor sich hin.

Dann fuhr sie rückwärts vom Pfarrhof und zur Umgehungsstraße hinauf, wo sie einen Augenblick anhielt, um einen Sender zu suchen, der die Art Musik brachte, die sie mochte.

Sie fuhr in Richtung Stadt. Während sie dort im Dunkeln hinterm Lenker saß und einer alten Rolling-Stones-Aufnahme lauschte, sprach sie mit Gott.

»Denk bloß nicht, dass ich dir vergeben habe«, sagte sie. »Ich werde dir nie vergeben.«

Und dann drehte sie die Lautstärke hoch. Sie spielten »Paint it Black«.

Jamal lag auf dem Rücken auf seinem Bett, die Hände hinter dem Nacken verschränkt. Seine Mutter putzte nachts im Krankenhaus und würde erst Sonntagmorgen zurückkommen. Sein Vater und seine Schwester saßen vorm Fernseher und sein kleiner Bruder war draußen. Jamal versuchte zu begreifen, dass sein Freund fort war, tot. Er konnte es nicht begreifen. Er versuchte mit Ahmed zu sprechen. Er sprach mit leiser Stimme, damit ihn keiner hörte. Leute, die mit sich selber reden, werden von ihrer Umgebung manchmal schräg angesehen. Jamal wollte nicht schräg angesehen werden, er wollte mit seinem Freund sprechen.

Aber es ist schwer, mit Toten zu reden. Sie antworten nicht gern. Er lag da und sprach mit seinem toten Freund und wusste nicht, dass fünfzehn Kilometer entfernt ein etwas älteres Mädchen auch mit jemandem sprach, der nicht antwortete.

Nach einer Weile stand Jamal auf, kniete sich hin und tastete unter dem Bett herum. Er musste sich auf den Bauch legen, um das zu erreichen, was er suchte. Als er sich nach einer Weile wieder aufrichtete, hatte er einen Aktenkoffer in der Hand. Er setzte sich aufs Bett und begann am Schloss zu fingern. Es war ein vierstelliges Codeschloss. Er versuchte alle möglichen Kombinationen, aber nach einer Weile gab er auf und legte sich wieder aufs Bett. Der kleine schwarze Aktenkoffer lag auf seinem Bauch.

»Gib mir vier Zahlen«, sagte er vor sich hin. »Nur vier Zahlen. Mehr möchte ich gar nicht.«

»Was möchtest du?«, fragte Ava, als sie die Tür öffnete und Ellen Stare im Treppenhaus erkannte.

»Rauchen.«

»Komm rein.«

Ava machte einen Schritt zur Seite und ließ Ellen eintreten. Dann schloss sie die Tür und legte die Sicherheitskette vor. An der Flurdecke hing eine Reispapierlampe, in der eine rote Glühbirne war. Schwaches rotes Licht fiel auf die Kleider an den Haken und das große, farbige Plakat von Ganesh.

Ellen entledigte sich ihrer Schuhe und folgte Ava in das einzige Zimmer.

»Möchtest du Tee?«, fragte Ava. Ellen nickte. Sie ließ den Pelz auf den Fußboden fallen und setzte sich auf die Dielen, die leberblümchenblau gestrichen waren. Zwischen dem Bett und der Flurtür war die Farbe verschlissen und teilweise abgeblättert.

Im Zimmer gab es eine breite Matratze mit vielen Kissen, und davor stand etwas, das früher einmal ein Küchentisch gewesen war. Ava hatte die Beine abgesägt. Jetzt war der Tisch gerade zwanzig Zentimeter hoch. An die Wand hatte sie mit riesigen schwarzen Buchstaben ein tibetanisches Zeichen gemalt. Ellen wusste, was es bedeutete. Es war ein tibetanisches Gebet: *Om mani padme hum* – Oh, du Juwel, das du in der Lotusblüte ruhst.

Ava kam mit zwei henkellosen Tassen aus der Küche und stellte sie auf den Tisch.

»Die Bullen waren Montag hier. Ich hab nicht viel.«

»Krieg ich eine Schachtel?«

Ava schüttelte den Kopf und setzte sich.

»Du kannst mit mir rauchen. Sie haben ein halbes Kilo mitgenommen.«

»Ein halbes Kilo!«, stöhnte Ellen. »Das ist ja wahnsinnig viel.«

Ava nickte und streckte sich nach einem kleinen Lederbeutel. Sie nahm eine Dose aus Neusilber und eine Schachtel Zigarettenpapier heraus, zog ein Stück Papier aus der Schachtel und öffnete die Dose, nahm einige Prisen Marihuana und rollte rasch einen kleinen dünnen Joint, erhob sich, ging zum CD-Spieler und legte eine Scheibe mit Ravi Shankar auf. Dann setzte sie sich wieder auf die Matratze und reichte Ellen den Joint. Sie gab ihr Streichhölzer, beim dritten Zug hustete Ellen und gab Ava den Joint zurück.

»Oh, der ist gut«, sagte sie und hustete.

»Klar ist der gut«, sagte Ava. »Ich hatte ein halbes Kilo. Die Hälfte wollte ich verkaufen. Den Rest hätte ich ewig rauchen können.«

»Solche Schweine«, sagte Ellen.

Ava legte den Kopf schräg.

»In einem anderen Leben könnten du oder ich es sein. Wenn man ein schlechtes Karma hat, wird man im nächsten Leben Bulle.«

Sie lachten.

Ellen streckte sich auf dem Fußboden aus und schloss die Augen.

»Gott«, sagte sie vor sich hin. »Gott, glaub bloß nicht, ich hätte dir vergeben.«

»Hast du was gesagt?«, fragte Ava.

»Nichts«, sagte Ellen. »Nur so.«

Ava ging in die Küche, um Teewasser in die Kanne zu gießen.

Achthundert Meter entfernt, auf der anderen Seite des Flusses, lagen Harald Fors und Annika Båge nackt nebeneinander. Annika strich Harald über die Wange.

»Hast du dich heute nicht rasiert?«, flüsterte sie.

»Nein.«

»Du piekst.«

»Ich rasier mich morgen.«

»Kann ich heute Nacht hier schlafen?«

»Mein Dienst beginnt um acht.«

»Das ist in Ordnung«, sagte Annika. »Passt mir gut.«

»You are the top«, sagte Harald.

»Du auch«, sagte Annika.
Ein Weilchen später waren sie eingeschlafen.

Ellen aber fuhr zurück nach Vreten. Sie hatte das Autoradio laut gestellt und hielt bei der Tankstelle an der Stadtausfahrt. Sie kaufte einen Kanister Reinigungsmittel für die Scheiben und eine Flasche Spiritus. Auf dem Weg nach draußen kehrte sie noch einmal um und kaufte eine Schachtel Streichhölzer.

FREITAG SAMSTAG **SONNTAG** MONTAG DIENSTAG

13

Um fünf Minuten nach acht betrat Fors sein Dienstzimmer. Er hängte seinen Mantel auf, ging zum Fenster und schaute hinaus, prüfte die Erde in den Blumentöpfen und blieb stehen.

Auf der anderen Seite des Bahnhofsparks sah er die Konturen von fünfstöckigen Mietshäusern. Die Fenster waren noch nicht alle erleuchtet. Fors beobachtete, wie ein Licht nach dem anderen anging. Der Tag warf jetzt endgültig die Dunkelheit ab. Er kleidete sich mit dem Licht der Dämmerung, das noch schwach war. Draußen fiel leichter Regen.

Das Telefon klingelte. Es war Stenberg.

»Wir sind in Vreten. Es ist nicht sicher, dass wir es bis zur Besprechung schaffen.«

»Was macht ihr denn in Vreten?«

»Die Kirche ist heute Nacht abgebrannt. Könnte Brandstiftung sein. Ist Örström schon da?«

»Ich weiß es nicht, bin selber grad erst gekommen.«

»Es qualmt immer noch, wir können also nicht viel tun.«

»Hast du was in Sirrs Schränken gefunden?«

»Nichts, aber die Hose war interessant.«

»Inwiefern?«

»Der Junge hatte Marihuana in der rechten Tasche.«

»Viel?«

»Ein paar Krümel.«

»Noch was anderes?«

»Nichts. Kann die Sitzung nicht erst um halb zehn anfangen?«

»Viertel nach neun«, sagte Fors. »Sieh zu, dass ihr dann hier seid. Die Kirche kann warten.«

»Das sagst du so leicht. Du bist wohl nie Christ gewesen?«

»Nein«, sagte Fors. »Ich bin nie Christ gewesen. Sieh zu, dass ihr um Viertel nach neun hier seid.«

»Ist Örström nicht da?«

»Ruf ihn auf seinem Handy an.«

»Das ist abgeschaltet.«

»Viertel nach«, wiederholte Fors. »Ich werde dafür sorgen, dass es Kaffee und Pfefferkuchen gibt.«

Stenberg beendete das Gespräch und Fors rief Irma über das Haustelefon an.

»Kaffee und Pfefferkuchen für sieben Personen für Viertel nach neun, schaffst du das?«

»Kaffee soll hier oben getrunken werden, das weißt du«, knurrte Irma.

»Es ist Sonntag.«

Irma seufzte.

»Aber nicht mehr als zwei Pfefferkuchen pro Person.«

»Hast du nicht auch noch Rosinenbrötchen?«

»Eins kannst du haben. Ist das für dich?«

»Nein, das möchte ich Stenberg schenken.«

Irma lachte.

Als Fors aufgelegt hatte, kam Carin zur Tür herein.

Sie trug Jeans und ihren neuen Mantel. Sie hängte ihn auf, ging zum Fenster und prüfte die Blumentopferde.

»Hast du sie gegossen?«

»Einen Fingerhut voll«, sagte Fors.

Carin seufzte.

»Entweder gießt du oder ich, aber nicht wir beide.«

»Am besten, du gießt.«

»Gut«, sagte Carin.

»Wie geht es den Jungs?«, fragte Fors.

»Mårten hat Fieber, aber die anderen sind fieberfrei. Nicht besonders lustig für sie. Ihre Weihnachtsferien sind im Eimer. Warum ist heute geflaggt?«

Carin wandte ihm den Rücken zu und sah aus dem Fenster.

»Siehst du denn schon eine Flagge?«

»Ich habe Anderberg im Empfang getroffen. Er hatte die Flagge unterm Arm und wollte sie hissen.«

»Hast du nicht gefragt, warum?«

»Nein. Man flaggt doch nicht einen Tag vor Heiligabend?«

»Vielleicht hat er sich im Datum geirrt.«

Carin ging zu ihrem Schreibtisch und setzte sich.

»Womit vertreiben sich deine Jungs die Zeit?«, fragte Fors.

»Computerspiele und Musik.«

»Ich hab ein paar Bücher gekauft.«

»Nett von dir.«

»Vielleicht kann ich morgen früh vorbeikommen?«

»Klar.«

Örström steckte den Kopf zur Tür herein.

»Wir fangen um Viertel nach an. Stenberg und Karlsson verspäten sich. Jemand hat die Kirche in Vreten angesteckt.«

»Ich weiß«, sagte Fors. »Irma hat versprochen, uns Kaffee zu bringen.«

Örström nickte und verschwand.

»Wissen wir was Neues?«, fragte Carin.

»Ahmed hatte einige Krümel Marihuana in der Hosentasche.«

»Hat das was zu bedeuten?«

»Schwer zu sagen. Vielleicht hat er selbst ein bisschen geraucht. Sensationell ist das nicht.«

»Oder er hat gedealt.«

»Vielleicht. Aber ich glaube nicht, dass er als Dealer bekannt ist.«

»Hatte er nichts anderes in den Taschen?«

»Ich weiß es nicht genau«, sagte Fors. »Wir müssen abwarten, was Stenberg erzählt.«

Er schaltete den Computer an und begann die Zusammenfassung der Voruntersuchung zu lesen, die er am Samstag begonnen hatte. Nach einer Weile schrieb er weiter. Carin versuchte herauszubekommen, was man über Ahmed Sirr und sein Marihuanarauchen wusste.

Viertel nach neun saßen sie alle in Örströms Zimmer. Es war eng, aber Örström fand es gemütlicher und inoffizieller, wenn sie sich bei ihm trafen statt im Konferenzraum. Irmas Thermoskannen mit Kaffee, Tassen und Pfefferkuchen standen auf einem Wagen, und Örström war damit beschäftigt, Kaffee und Kekse auf dem Tisch vorm Sofa zu verteilen. Carin ging ins Nebenzimmer und holte Stühle.

Sie waren sieben.

Der Mann, den sie alle ein wenig verstohlen anschauten, war Rutger Schyberg. Er war einige Jahre jünger als Fors, aber er sah älter aus. Er war groß und wirkte etwas ausgezehrt. Vor vielen Jahren hatte man Fors angeboten, an einem vierwöchigen Kurs einer FBI-Schule in Virginia teilzunehmen. Fors hatte es abgelehnt. An seiner Stelle war Rutger Schyberg geflogen. Zwei Jahre später war Schyberg Kommissar geworden. Fors hatte Stockholm verlassen. Jetzt erhob sich Rutger Schyberg und streckte die Hand aus.

»Hallo, Harald, schön, dich zu sehen.«

»Mein's auch so.«

Schyberg hielt sich eine Hand vor den Mund, wandte sich ab und nieste zweimal.

Da kamen Stenberg und Karlsson zur Tür herein. Sie setzten sich sofort, nachdem sie Schyberg begrüßt hatten.

»Wessen Rosinenbrötchen ist das?«, fragte Stenberg.

»Deins«, sagte Fors. »Irma hatte nur eins. Ich hab gesagt, es ist für dich.«

»Das ist genau richtig.« Stenberg streckte sich nach dem Brötchen. »Bullen brauchen keine Rosinen. Sonst werden sie zu fett.«

Stenberg hatte die Angewohnheit, von seinen Kollegen als »Bullen« zu sprechen. Er zählte sich zu einer besonderen Art von Polizisten und hielt auch nicht mit seiner Verachtung hinterm Berg für die Kollegen, die Fahndung betreiben, in Streifenwagen fahren und Waffen tragen mussten.

Örström setzte sich auf den Schreibtischstuhl und

rollte an den Kaffeetisch heran. Karlsson schloss die Tür und setzte sich neben Schyberg.

»Hier riecht es nach Rauch«, sagte Schyberg und rümpfte die Nase.

»Das sind wir«, sagte Karlsson. »Wir kommen von einem Feuer.«

»Dann fangen wir mal an«, sagte Örström. »Darf ich euch Kommissar Rutger Schyberg vorstellen. Er will uns helfen und vielleicht kommt noch jemand dazu ...«

»Das dürfte noch etwas dauern«, sagte Schyberg. »Er liegt im Bett und schlürft Mineralwasser.«

Von Schybergs Miene war abzulesen, dass er Mineralwasser nicht für ein menschenwürdiges Getränk hielt.

Dann wandte Schyberg sich ab und nieste.

Örström stellte ihm alle vor, die um den Tisch saßen. Das waren von ihm aus gesehen Fors, Carin und Gunilla auf Klappstühlen und Schyberg auf dem Sofa, Stenberg und Karlsson auch auf Klappstühlen und Örström auf seinem Schreibtischstuhl mit fünf Rollen.

»Dann informier uns mal über den neuesten Stand der Dinge, Harald.«

Fors lieferte eine Zusammenfassung der Lage seit Samstagabend. Während er sprach, zeigte er auf die Skizze, die er gestern auf dem Flipchart angefertigt hatte.

Danach hatten die anderen das Wort.

Stenberg mümmelte an seinem Rosinenbrötchen und Karlsson fing an.

»Der Junge hatte Marihuana in den Taschen. Es waren nur Krümel, aber wir haben sie überprüft. Mit unseren bescheidenen Mitteln meinen wir sehen zu können, dass die Krümel aus derselben Partie stammen, die wir kürzlich in der Wohnung von Ava Fridner beschlagnahmt haben. Im Übrigen hatte er achtzig Kronen in der Tasche, das schließt Raubüberfall vielleicht aus. Er hatte kein Handy und keine Schlüssel bei sich. Der Gerichtsmediziner hat einen vorläufigen Bescheid zum Zeitpunkt des Todes und ein paar Angaben über die Schussverletzung versprochen, aber bis jetzt hat er noch nichts von sich hören lassen. Wir haben den Fundort mehrere Male abgesucht, jedoch weder Waffe noch Kugel oder Patronenhülse gefunden, nur eine Dose Cola light. Nichts deutet aber darauf hin, dass sie etwas mit dem Verbrechen zu tun hat. Der Junge trug keine Uhr. Es deutet auch nichts darauf hin, dass er vor dem Tod in eine Form von Kampf verwickelt war. Keine Spuren, weder von Haaren in den Händen noch Hautfetzen unter den Nägeln, soweit wir sehen konnten. Der Gerichtsmediziner wird uns natürlich genauer darüber informieren. Tja, das ist alles.«

Stenberg spülte das Rosinenbrötchen mit ein paar Schlucken Kaffee hinunter und sagte dann:

»Wir haben die Wege dort oben abgesucht, aber nirgends ein verlassenes Fahrzeug gefunden. Wir warten, wie gesagt, auf den gerichtsmedizinischen Bericht.«

Jetzt ergriff Carin Lindblom das Wort.

»Ich habe mit seinem Klassenlehrer gesprochen. Der Junge scheint eine Führungsposition in der Klasse gehabt zu haben. Für die Schule soll er sich nicht besonders interessiert haben, aber er war gut in Mathematik. Der Klassenlehrer meint zu wissen, dass Ahmed irgendeine Art Geschäfte mit den Kameraden gemacht hat.«

»Was für Geschäfte?«, fragte Örström.

»Das wusste er nicht. Aber er hat mindestens einmal gesehen, wie Ahmed von einem Klassenkameraden Geld entgegennahm.«

»Wie heißt der Junge?«, fragte Örström.

»Daran konnte der Lehrer sich nicht erinnern, nur daran, wie Ahmed Geld angenommen hat, aber er erinnert sich nicht, von wem.«

»Wir müssen die Klassenkameraden befragen«, sagte Schyberg.

»Ist das sinnvoll?«, fragte Fors und dachte bei sich, dass die Jugend von heute selten kriminelle Kameraden verpfeift. Das erscheint ihnen zu gefährlich.

Schyberg nieste.

»Was sinnvoll ist, können wir kaum im Voraus wissen. Wie viele Schüler sind in der Klasse?«

»Zwanzig«, sagte Carin.

»Zwanzig Verhöre mit Jugendlichen brauchen furchtbar viel Zeit«, sagte Fors. »Das hält uns auf.«

»Wollen wir die Frage bis auf weiteres beiseite lassen?«, sagte Örström.

»Henrietta Sjöbring, deren Telefonnummer in Ahmeds Matheblock stand«, sagte Gunilla, »hat eine leitende Funktion im Sozialamt, sie verfügt über gute Einkünfte, bedeutend mehr, als jemand sonst in ihrem Job verdient. Sie besitzt einen roten Ford Escort und hat zwei Töchter, die eine ist zwanzig und daheim ausgezogen. Die Jüngere ist siebzehn und geht aufs Gymnasium. Sie sind nicht zu Hause. Ich bin dort gewesen und habe nachgeschaut. Das Haus ist dunkel und auf mein Klingeln hat niemand geöffnet. Sie haben keinen Anrufbeantworter. Auf dem Haus ist eine Hypothek und auf dem Auto auch. Finanziell wirkt alles sehr ordentlich.«

»Kann dieser Junge Sirr mit ihr zu tun gehabt haben? Könnte er ihr Klient gewesen sein?«, fragte Örström.

Gunilla schüttelte den Kopf.

»Das scheint nicht so. Solche Aufgaben gehören nicht zu Sjöbrings Bereich. Sie scheint sich meistens mit der Administration und Personalfragen zu beschäftigen.«

Carin goss sich eine Tasse Kaffee ein und ergriff dann das Wort.

»Der Lehrer, mit dem ich gesprochen habe, hat Sirr vor drei Wochen im Einkaufszentrum gesehen. Er schien Streit mit dieser Tullgren zu haben.«

Schyberg sah sich um.

»Wer ist ›diese Tullgren‹?«

»Vor zweieinhalb Jahren hatten wir hier einen Totschlag«, sagte Fors. »Ein Mädchen, das damals in die Neunte ging, Anneli Tullgren, hat zusammen mit zwei Kameraden einen Sechzehnjährigen zu Tode getreten. Tullgren wurde zu geschlossener Jugendverwahrung verurteilt. Sie hat vermutlich Weihnachtsurlaub, ich hab sie gestern im Zentrum gesehen.«

»Dann muss sie vor drei Wochen auch Urlaub gehabt haben«, sagte Örström. »Wenn es stimmt, was der Lehrer behauptet.«

Carin Lindblom räusperte sich.

»Der Lehrer sagte, sie waren kurz davor, sich zu prügeln, aber es ist jemand dazwischengegangen.«

»Wusste er, wer dazwischengegangen ist?«, fragte Örström.

»Ja«, sagte Lindblom. »Die Pastorin aus Vreten. Beide hatten wohl Freunde dabei und die Pastorin ist dazwischengegangen.«

»Es ist Stares Kirche, die heute Nacht gebrannt hat«, sagte Stenberg und streckte sich nach einem Pfefferkuchen.

»Sirr hat sie jedenfalls nicht angezündet«, sagte Lindblom. »Aber vielleicht spielt Tullgren gern mit Streichhölzern?«

»Das klingt ja, als könnte hier ein Zusammenhang bestehen«, sagte Schyberg.

Örström wandte sich an Fors.

»Du hast damals die Ermittlung geführt. Du kennst Tullgren ja.«

Fors seufzte.

»Ich habe sie während der Ermittlungen im Fall Eriksson viermal verhört. Beim ersten Mal hat sie mit mir gesprochen. Die anderen drei Male hat sie geschwiegen. Während des Prozesses hat sie auch kein Wort gesagt. Durch den Anwalt ließ sie mitteilen, dass sie nicht bereit ist, uns bei unserer Arbeit zu helfen. Ich glaube nicht, dass sie diesmal mit mir reden will.«

Örström sah Carin an.

»Kannst du sie übernehmen?«

Carin schüttelte den Kopf.

»Ich habe sie beim ersten Verhör geohrfeigt. Mir wird sie noch weniger sagen.«

»Dann lass es Gunilla versuchen«, schlug Fors vor.

Alle sahen Gunilla an. Zu ihrer Verärgerung spürte sie, dass sie rot wurde.

»Wir haben nicht viel zu verlieren und alles zu gewinnen. Ich glaube, Gunilla könnte sie zum Reden bringen. Wenn wir sie das allein machen lassen«, sagte Fors.

»Warum glaubst du das?«, fragte Schyberg.

»Weil Gunilla jung ist, weil sie eine Frau ist und weil Tullgren noch nie mit ihr zu tun hatte. Es besteht eine kleine Chance.«

»Die nehmen wir wahr«, sagte Örström. »Gunilla übernimmt so bald wie möglich Tullgren und versucht ein Gespräch zu Stande zu bringen. Jemand muss mit der Pastorin reden.«

»Ich kenne sie«, sagte Fors. »Mit ihr rede ich.«

»Ausgezeichnet«, sagte Örström.

»Und diese Henrietta Sjöbring«, sagte Schyberg.

»Sie könnte auf den Malediven sein«, sagte Lindblom. »Oder bei ihrer alten Mutter in Åmål. Es ist nicht sicher, dass sie dieses Jahr überhaupt noch mal auftaucht. Und wir können ja wohl keine Suchmeldung rausgeben.«

»Man könnte vielleicht einen Nachbarn fragen«, schlug Schyberg vor. »Wenn man eine weite Reise macht, lässt man manchmal den Nachbarn die Blumen gießen.«

»Ich fahr hin, wenn ich mit Tullgren fertig bin«, sagte Gunilla.

»Und dann ist da noch Kuoppola«, sagte Örström.

»Lars-Stellan?«, fragte Schyberg.

»Ja, kennst du den?«, sagte Örström.

»Ich glaub, ja, ich hab ihn mal vor fünfzehn Jahren festgenommen. Er hatte eine Bank am St. Eriksplan überfallen und ist mit zweihunderttausend in einer Plastiktüte geflohen. Wir haben ihn am nächsten Tag in Bagarmossen festgenommen. Er war nackt, als wir die

Wohnung stürmten, und unter dem Bett hatte er eine K-Pistole. Er bückte sich und wollte sie vorholen, aber das ließ er schön bleiben, als er sah, was wir in den Händen hatten. Zu der Zeit war er ein Mistkerl und ein Angeber. Wohnt der hier in der Gegend?«

»Er hat eine Villa und ist Familienvater«, sagte Fors. »Er finanziert in unserer Gegend die Rauschgiftgeschäfte. Aber wir haben es noch nicht geschafft, ihn zu erwischen.«

»Den möchte ich gern treffen«, sagte Schyberg.

»Wir können zu ihm rausfahren«, sagte Örström. »Ich zeig dir die Stelle, wo wir den Jungen gefunden haben, und auf dem Rückweg fahren wir bei Kuoppola vorbei.«

»Der wird sich freuen, wenn er mich sieht«, sagte Schyberg schmunzelnd.

»Ich glaub, Kuoppola hat nichts mit der Sache zu tun«, sagte Fors.

»Warum denkst du das?« Schyberg wandte sich Fors zu und runzelte die Stirn.

»Ich hab gestern mit ihm gesprochen. Ich glaube nicht, dass er damit zu tun hat.«

»Es kann nichts schaden, noch mal mit ihm zu reden«, meinte Schyberg.

»Wir haben die Sache noch nicht im Griff«, sagte Fors. »Aber das hat nichts mit Kuoppola zu tun.«

»Wollen wir die Arbeit verteilen?«, fragte Örström.

Er stand auf und ging zu der Skizze, die Fors angefertigt hatte. Als die Arbeit verteilt war, machten sich alle auf den Weg, um die Aufgaben in Angriff zu nehmen, die ihnen zugeteilt worden waren.

14

Gunilla folgte Carin und Fors zu ihrem Zimmer, Fors schloss die Tür und ging zum Fenster. Er schaute hinaus.

»Warum ist heute geflaggt?«, fragte er, ohne sich umzudrehen.

»Die Königin hat Geburtstag«, antwortete Gunilla. »Soll ich Tullgren hierher bestellen oder wie soll ich es machen?«

Fors drehte sich um.

»Fahr zu ihr nach Hause. Setz dich mit ihr ins Auto, frag sie, wie es in Näs ist. Sag ihr, dass wir etwas untersuchen müssen und dass das Los auf dich gefallen ist, sie zu fragen, was Anneli Tullgren Dienstagabend gemacht hat. Mach dann mit dem Feuer weiter und frag sie, ob sie in letzter Zeit in Vreten gewesen ist. Frag sie, ob sie sich an Ahmed erinnert. Eigentlich willst du drei Sachen von ihr wissen: Was sie Dienstag zwischen zwanzig und zweiundzwanzig Uhr gemacht hat, ob sie in der letzten Zeit in Vreten gewesen ist und ob sie Ahmed kannte. Stell dich dumm. Schreib alles auf, was sie sagt, lass sie spüren, dass du die Oberhand hast. Sie hat gern die Oberhand. Verdirb's dir aber nicht mit ihr, widersprich ihr nicht. Du kannst ein Tonbandgerät unter das Kissen auf den Rücksitz legen, falls du fürchtest, dir könnte etwas entgehen. Frag sie, ob du sie irgendwo hinbringen sollst. Bau eine Beziehung auf. Wenn es funktioniert, dann besuchst du sie vielleicht noch mal und dann legst du härtere Bandagen an. Aber heute bist du nett.«

Gunilla seufzte.

»Glaubst du, ich schaff das?«

»Klar«, sagte Fors. »Klar schaffst du das. Du bist diejenige im Haus, die die besten Voraussetzungen hat, es zu schaffen.«

Gunilla sah Carin an.

»Es stimmt«, sagte Carin. »Du bist diejenige von uns mit den besten Möglichkeiten, ein Gespräch mit der Verrückten in Gang zu bringen.«

Gunilla sah unsicher aus.

»Es wird schon gut gehen«, sagte Fors. »Weißt du, wo sie wohnt?«

Gunilla schüttelte den Kopf. Fors ging zu der Karte an der Wand und zeigte es ihr.

»Die Eltern sind im letzten Sommer aufs Land gezogen. Der alte Tullgren versteht was von unseren vierfüßigen Freunden. Sie haben einen Pferdehof.«

Das Telefon auf Fors' Tisch klingelte. Er ging hin und hob ab.

»Soll ich sofort fahren?«, fragte Gunilla.

»Ruf vorher an und sag, dass du unterwegs bist«, schlug Carin vor.

Nachdem Fors sich gemeldet hatte, hörte er nur ein Atmen am anderen Ende. Dann wurde aufgelegt.

»Der hat aufgelegt«, sagte Fors und drehte sich zu Gunilla um.

»Der alte Tullgren kann ziemlich unangenehm werden, aber er ist ungefährlich. Sie haben Hunde. Du hast doch keine Angst vor Hunden?«

»Nein«, sagte Gunilla. »Dann fahr ich also.«

»Viel Glück«, sagten Carin und Fors im Chor.

Gunilla ging und schloss die Tür hinter sich.
Da klingelte das Telefon erneut.
Fors meldete sich.
»Hier ist Jamal.«
Fors gab Carin ein Zeichen, ihren Hörer abzuheben und sich bei Fors einzuschalten.
»Hallo, Jamal, wie geht es dir?«
»Das waren Sie, oder?«, fragte Jamal.
»Wer?«
»Der vor der Bibliothek auf mich gewartet hat.«
»Ja.«
»Dann hab ich also mit Ihnen gesprochen?«
»Ja.«
Eine Weile war es still in der Leitung, ehe Jamal fortfuhr:
»Ich habe etwas, das Ahmed gehört.«
»Ach.«
»Ich möchte es nicht behalten.«
»Ach?«
»Vielleicht möchten Sie es haben?«
»Was ist es denn?«
»Ein Koffer.«
»Kannst du ihn herbringen?«
Jamal schnaubte.
»Nie im Leben.«
»Sollen wir uns lieber in der Stadt treffen?«
»Ich möchte nicht mit Ihnen gesehen werden.«
»Was ist das für eine Art Koffer? Ist er groß?«
»Klein.«
»Wir machen es so: Um zwölf öffnet die Bibliothek. Ich warte in der Abteilung für Fachliteratur im ersten

Stock auf dich. Fünf Minuten nach zwölf kommst du rauf. Du hast den Koffer bei dir. Ich sitze in einem der Sessel an dem runden Tisch. Du stellst den Koffer neben mir ab, guckst dir einige Bücher an und gehst wieder. Wenn du verschwunden bist, stecke ich deinen Koffer in einen Sportbeutel, den ich mitbringe. Hast du verstanden?«

»Ja.«

»Gut. Dann machen wir es so. Fünf Minuten nach zwölf.«

Fors legte auf und sah Carin an.

»Was kann in dem Koffer sein?«

»Weihnachtsgeschenke für die hart arbeitende Polizeibehörde.«

»Genau das hab ich auch schon gedacht«, sagte Fors. Dann sah er auf die Uhr, drehte sich zum Bildschirm und begann zu schreiben.

»Ich fahr jetzt zu Ahmeds Eltern«, sagte Carin. »Er wird ja nicht nur einen Freund gehabt haben, oder? Vielleicht kann ich mich auch ein bisschen mit den Geschwistern unterhalten.«

»Wir sehn uns heute Nachmittag oder morgen früh«, sagte Fors, ohne den Blick vom Bildschirm zu wenden.

Gunilla Strömholm setzte sich in Örströms leeres Zimmer. Sie suchte die Telefonnummer vom Jugendheim in Näs, rief dort an und verlangte die Leiterin, die jedoch Weihnachtsurlaub hatte. Stattdessen wurde sie zu einer Frau durchgestellt, die sagte, Anneli Tullgrens Kontaktperson zu sein. Diese bat zurückrufen zu dürfen. Wenige Minuten später kam der Anruf. Die

Kontaktperson stellte sich mit dem Namen Siv Falk vor.

»Hat Anneli Urlaub?«, fragte Gunilla.

»Ja, bis zum zweiten Feiertag.«

»Wie macht sie sich?«

»Ich glaube, wir haben noch nie eine Jugendliche gehabt, mit der wir so wenig Schwierigkeiten hatten. Während der Schulzeit hat sie Freigang. Sie geht aufs Gymnasium in Bergsjön und belegt den naturwissenschaftlichen Zweig. Wir müssen sie hinfahren.«

»Wohnt sie während des Urlaubs bei ihren Eltern?«

»Ja.«

»Könnte ich bitte die Telefonnummer haben?«

»Natürlich. Sie hat doch hoffentlich nichts angestellt?«

»Nein.«

»Ich habe einen richtigen Schreck bekommen. Wir haben so selten jemanden hier, der sich anscheinend wirklich anpassen will.«

Gunilla Strömholm bekam die Nummer und rief auch gleich darauf an. Anneli war am Apparat. Gunilla stellte sich vor und sagte, sie würde Anneli gern in einer halben Stunde treffen. Anneli Tullgren sagte, sie sei auf dem Weg in die Stadt. Vielleicht sei das die Chance, im Auto mitgenommen zu werden? Gunilla sagte, das lasse sich leicht einrichten. Als das Gespräch beendet war, wurde ihr bewusst, dass Anneli gar nicht danach gefragt hatte, um was es ging und warum die Polizei mit ihr sprechen wolle.

Gunilla nahm die Umgehung nach Lunde und bog auf einen Schotterweg ab, der in den Wald führte. Es hatte aufgehört zu regnen und sie brauchte die Scheibenwischer nicht mehr. In Lunde fuhr sie an dem Haus vorbei, in dem ihr Geliebter, Henning Fransson, wohnte. Sein weißer Volvo stand auf dem Hof. Als Gunilla ihn sah, schlug ihr Herz schneller.

Wie kannst du nur mit einem verheirateten Mann, Vater von drei Kindern, ein Verhältnis haben, hatte ihre Schwester bei einem Treffen vor ein paar Monaten gesagt. Gunilla hatte geantwortet, das habe sich einfach so ergeben. Sie hatten getanzt. Ihr hatte die Art gefallen, wie er sie festhielt. Aber ein Vater von drei Kindern, hatte Astrid eingewandt. »Hast du keine Moral?« Gunilla dachte an ihre Schwester, die an allem und jedem herumzunörgeln hatte und überhaupt immer alles besser wusste. Doch, vielleicht ist es unmoralisch, hatte Gunilla geantwortet. Vielleicht ist es falsch. Aber ich bin verliebt und es ist mein Leben. Die Schwester hatte den Kopf geschüttelt. Und wenn du nachher der Grund bist, dass er Frau und Kinder verlässt? Dann ist er es, der das tut, hatte Gunilla geantwortet. Dafür muss er die Verantwortung übernehmen. Astrid hatte sich aufgeregt und ihr weiter Vorhaltungen gemacht. Seitdem hatten sie nicht mehr miteinander gesprochen.

Nachdem es aufgehört hatte zu regnen und die Sonne hin und wieder hervorschaute, war die Landschaft, durch die Gunilla fuhr, fast frühlingshaft. Unter den Tannen lag noch Schnee, aber die weiße Decke auf der Straße war verschwunden. Kurz bevor sie den Hof erreichte, begegnete sie einem Elch. Er lief ihr genau vors Auto. Bei der tief stehenden Sonne hätte sie ihn fast angefahren. Sein Fell glänzte regennass.

Tullgrens Hof lag an einem Abhang zu einem der Quellflüsse des Brydån hin, ein Bach, der Spillingen hieß. Das Wohnhaus war einstöckig und rot gestrichen. Es hatte zwei Schornsteine. Die Hausecken waren weiß. Es gab einen Stall, eine Scheune und ein weiteres Wirtschaftsgebäude. Auf einer eingezäunten Weide ritt ein Junge ohne Sattel einen stattlichen Hengst. Nebenher lief ein Hund, der wie ein Collie aussah.

Gunilla hielt an und drehte sich auf dem Sitz um. Sie stellte das Tonbandgerät ein und schob es unter eine Decke. Dann fuhr sie weiter.

Die Sonne schien ihr direkt in die Augen, als sie den Spillingen über eine Brücke überquerte. Auf dem Hof wendete sie, bevor sie neben einem Range Rover parkte, der neu aussah, und einem Volvo.

Anneli musste am Fenster gestanden und auf sie gewartet haben, denn Gunilla war kaum aus dem Auto gestiegen, als Anneli schon auf die Vortreppe trat und Gunilla mit raschen Schritten entgegenging. Sie trug eine hellblaue Daunenjacke und Jeans. Die Jacke war offen und ihre langen Haare wehten. Sie gab Gunilla die Hand. Es roch schwach nach Pferd und feuchter Erde.

»Wir haben uns wohl noch nie gesehen?«, sagte sie zur Begrüßung.

»Ich glaube nicht«, antwortete Gunilla. »Möchtest du sofort fahren?«

»Gern. Ich hab einen Termin beim Friseur.«

»Wie schön ihr hier wohnt.«

Gunilla atmete tief ein.

Anneli zupfte an einer Haarsträhne.

»Ich wollte mir die Haare färben lassen. Rot. Was meinen Sie?«

Gunilla musterte das Mädchen, das auf dem Beifahrersitz Platz genommen hatte. Unvorstellbar, dass diese junge Frau vor zweieinhalb Jahren einen Klassenkameraden zu Tode getreten hatte.

»Haben Sie sich schon mal die Haare gefärbt?«, fragte Anneli, während sie sich anschnallte.

»Einmal«, antwortete Gunilla. »Ich hab sie mir auch rot gefärbt. Aber ich hab mich nicht wohl gefühlt damit.«

»Manchmal möchte man sich wie ein neuer Mensch fühlen, nicht?«, sagte Anneli.

Sie fuhren zurück über den Spillingen. Der Junge, der ohne Sattel ritt, ließ das Pferd über ein niedriges Hindernis springen.

»Reitest du häufig?«, fragte Gunilla.

»Ich wohn ja nicht zu Hause. Meine Mutter und mein Bruder reiten am meisten. Ich war nie so richtig von Pferden begeistert, falls Sie das meinten. Eigentlich mag ich sie nicht.«

»Du wohnst auf Näs?«

»Ja.«

»Wie ist es dort?«

»Es schlaucht.«

»Wie meinst du das?«

»Sie als Polizistin müssen das doch wissen? Dass diese Art Fürsorge schlaucht.«

»Nein.«

»Das bedeutet, dass man es verdammt satt hat, nicht

das tun zu können, was man will. Am liebsten würde man auf alles kotzen. Das bedeutet es. Man möchte kotzen.«

»Und tust du's?«

»Nein, ich verhalte mich ganz ruhig.«

»Dann bist du wohl bald wieder frei?«

»Ja. Im Herbst fange ich an zu studieren.«

»Was willst du studieren?«

»Staatswissenschaften und Jura.«

»Und du gehst in Näs zur Schule?«

»Sie fahren mich nach Bergsjön.«

»Läuft's gut?«

»Ich habe in allen Fächern Einser.«

Es wurde still. Gunilla hörte das schwache Kratzen des Tonbandes auf dem Rücksitz. Sie hätte natürlich überprüfen sollen, ob es zu hören war. Das Kratzen war sehr schwach. Gunilla streckte die Hand aus und stellte das Radio an. Dort wurde gerade »Der Traum von Elin« von Carl Jularbo gespielt.

»Hier gibt es viele Elche«, sagte Gunilla. »Vorhin hätte ich fast einen angefahren.«

»Mein Vater hat im Herbst einen riesigen Elch geschossen. Jeden Tag müssen wir dieses verdammte Viech essen. Das ist das Beste an Näs. Da bleibt einem die Elch-Diät erspart. Morgen gibt's allerdings Schinken, Weihnachtsschinken, aber den essen ja wohl alle zu Weihnachten.«

Gunilla schwieg eine Weile, und als sie die Stelle passierten, wo sie dem Elch begegnet war, sagte sie:

»Hier war das, hier hätte ich ihn fast angefahren. Er

kam zwischen den Tannen heraus und mir schien die Sonne in die Augen. Was hast du Dienstagabend gemacht?«

Anneli antwortete nicht.

»Abends, zwischen acht und Mitternacht«, fuhr Gunilla fort.

»Warum wollen Sie das wissen?«

»Wir machen eine Voruntersuchung.«

»Und ich gehöre zu den üblichen Verdächtigen?«

»So könnte man es vielleicht ausdrücken.«

»Was ist das für eine Voruntersuchung?«

»Würdest du bitte auf meine Frage antworten?«

»Klar. Dienstag war ich auf einer Versammlung.«

»Was war das für eine Versammlung?«

»Mögen Sie Akkordeonmusik?«

»Nicht besonders.«

Anneli streckte die Hand aus und suchte nach einem anderen Sender.

»Was war das für eine Versammlung?«

»Nya Sverige.«

»Was ist das?«

»Das ist die Partei, die bald in dieser Gemeinde das Sagen haben wird. Bald wird sie eine der großen Parteien im Reichstag sein.«

»Und da bist du Mitglied?«

»Ja, vielleicht haben Sie schon von uns gehört?«

»Nein, ich bin leider nicht besonders gut auf dem Laufenden.«

Anneli lächelte.

»Es hat aber ziemlich viel in den Zeitungen gestanden.«

»Ich weiß nichts«, sagte Gunilla. Anneli stellte die Lautstärke höher und lehnte sich zurück.

Der Sender brachte einen Song, den Gunilla nicht kannte. Es war ein schwedischer Text mit vielen albernen Reimen.

»Aber Sie haben bestimmt Vorurteile, Nazis, Reaktionäre, Rassenhetzer, oder?«

»Wenn man nichts weiß, hat man Vorurteile, das hab ich vermutlich.«

»Wir wollen die Verantwortung übernehmen, das ist das Einzige, was wir wollen«, sagte Anneli. »Wir wollen die Verantwortung für dieses Land übernehmen, damit es sich hier wieder gut leben lässt. Das wollen wir.«

»Wollen das nicht alle politischen Parteien?«

Anneli schnaubte.

»In der Rhetorik mag das ja so klingen. Aber in Wirklichkeit, wie sieht es da aus? Schauen Sie sich doch mal um. Sie als Polizistin merken doch wohl, in welche Richtung es geht. Schweden ist dabei, ein Ort zu werden, wo wir Schweden froh sein können, wenn wir überhaupt noch geduldet werden.«

»Steht es so schlecht?«

»Nein, es ist schlimmer. Wenn Sie zur Schule gingen, würden Sie merken, wie verlogen das Ganze ist. Sie haben ja keine Ahnung, was für ein Teppich von Lügen ständig über alles gebreitet wird. Nehmen Sie nur mal die Sache mit den deutschen Lagern. In allen Schulbüchern steht, dass man dort Menschen vergast hat. Dass die Nazis Menschen ausgerottet haben.«

»So hab ich es jedenfalls gelernt«, sagte Gunilla, »als ich zur Schule ging.«

Anneli war erregt.

»Alles Lüge. Hitler war ein glänzender Politiker, aber sein Werk wurde von den Engländern zerstört. Churchill konnte nicht ertragen, dass Deutschland auch eine Großmacht wurde.«

»Waren viele Leute auf der Versammlung am Dienstag?«

»Ja.«

»Wie viele?«

»Siebenundzwanzig, einer davon Polizist und eine Journalistin.«

»Weißt du, wer der Polizist war?«

»Nein, aber er taucht hin und wieder auf. Er ist groß, hat einen Schnurrbart, immer im Anzug. Kommt von der Sicherheitspolizei.«

»Und die Journalistin?«

»Von der Lokalzeitung. Sie hat mich interviewt.«

»Wann hat die Versammlung angefangen?«

»Ich war um halb sieben dort und hab die Tür geöffnet. Um sieben hat es angefangen und es ging bis Viertel nach neun. Da bin ich interviewt worden.«

»Wie lange hat das Interview gedauert?«

»Vielleicht eine Viertelstunde.«

»Und du warst die ganze Zeit auf der Versammlung? Du bist keinmal weggegangen?«

Anneli lachte, kurz, ein wenig heiser.

»Ich bin die Sprecherin.«

Sie schwiegen, bis sie die Umgehungsstraße erreichten. Als Gunilla sich in den Verkehr einordnete, fragte sie:

»Kennst du Ahmed Sirr?«

»Ich weiß, wer das ist. Jemand hat ihn erschossen. Es hat in der Zeitung gestanden.«

»Du hast keine Auseinandersetzung mit ihm gehabt?«

Anneli seufzte.

»Ich sitze in Näs und lege großen Wert darauf, mich mit niemandem anzulegen. Wenn Sie mir eine runterhauen würden, würde ich Ihnen die andere Wange hinhalten. Ich bin die weibliche Antwort auf Jesus geworden. Ich will da weg. Ich stelle nichts an.«

»Jemand hat gesehen, wie du dich mit Sirr im Einkaufszentrum gestritten hast.«

Anneli dachte eine Weile nach.

»Das war kein Streit. Er hat Stoff an ein paar kleine Jungs verkauft. Ich hab ihm gesagt, er soll nach Hause fahren in sein verdammtes Entwicklungsland und das Zeug an die Neger verkaufen. Da wollte er mir eine langen.«

»Was ist dann passiert?«

»Jemand ist dazwischengegangen.«

»Wer?«

»Die Mutter von der mit den Zwillingen, die Pastorin.«

So nannte sie sie. Die Mutter des Mädchens, dessen Freund sie zu Tode getreten hatte. »Die Mutter von der mit den Zwillingen.«

»Sie ist dazwischengegangen?«

»Ja.«

»Bist du in der letzten Zeit dort draußen gewesen, wo sie wohnt?«

»Warum sollte ich?«

»Ich weiß es nicht.«

»Das ist am anderen Ende der Stadt. Ich bin nie dort gewesen.«

»Diese Journalistin, hat sie einen Artikel über dich geschrieben?«

»Sie hat über Nya Sverige geschrieben.«

»Ist der Artikel schon erschienen?«

»Er steht in der Mittwochausgabe. Es war auch ein Fotograf da. Er hat mich fotografiert. Sie glauben doch wohl nicht, dass ich den Schwarzkopf erschossen habe?«

»Bei einer Voruntersuchung versucht man gar nichts zu glauben. Man sammelt Fakten und stellt sie zusammen.«

Anneli schüttelte den Kopf und schwieg eine Weile, ehe sie sagte:

»Wahrscheinlich hat er seine Zulieferer nicht bezahlt, oder wie das in diesen Kreisen heißt, ich weiß es nicht, aber ich würde ihn nie erschießen, ihn nicht und auch keinen anderen. Ich will weg von Näs und dann will ich studieren. In sechs Jahren sitze ich im Reichstag. Dort habe ich bessere Möglichkeiten, mit diesen Schwarzköpfen fertig zu werden, als wenn ich rumlaufe und einen nach dem anderen erschlage.«

Anneli zog an einer Haarsträhne.

»Finden Sie es blöd?«

»Was?«

»Wenn ich es färbe.«

»Nein«, sagte Gunilla, »es wird sicher hübsch.«

15

Um Viertel vor zwölf setzte Fors sich ins Auto und fuhr zur Stadtbibliothek. Er blieb im Auto sitzen und sah eine Bibliothekarin die Tür aufschließen. Dann nahm er seine große blaue Sporttasche und folgte der Frau. Er begrüßte die Frauen am Ausleihschalter und an der Information, wünschte ihnen frohe Weihnachten, ging hinauf und setzte sich in einen der vier Sessel an dem runden Birkentisch.

Nur abends hielt sich hier jemand auf. Fors hatte schon viele Male hier gesessen und Bücher gelesen, die er genauso gut hätte mit nach Hause nehmen können. Er mochte den Geruch in dem Raum, ihm gefiel die Anonymität in einer Sammlung von Büchern, die nicht seine waren. Er mochte die Stille. Er nahm eine Biografie über General Lee aus dem Regal, setzte sich damit in den Sessel und betrachtete die Kartenskizzen.

Jamal kam Viertel nach zwölf. In der Hand hielt er einen schwarzen Aktenkoffer. Er ging geradewegs auf Fors zu und stellte den Aktenkoffer neben ihm ab.

»Setz dich«, sagte Fors.

Jamal spähte ängstlich zur Tür und zur Treppe.

»Ich kann nicht mit Ihnen reden.«

Fors seufzte hörbar.

»Erstens kann man hören, wenn jemand die Treppe heraufkommt, zweitens kennst du niemanden, der hierher kommt, und drittens muss ich mit dir reden. Wenn du nicht hier mit mir redest, schick ich dir zwei Streifenwagen vor deine Haustür. Die nehmen dich mit aufs

Polizeipräsidium, und dann wissen deine Nachbarn, wo du den Tag vor Heiligabend verbracht hast und vielleicht auch einen Teil von Heiligabend.«

Jamal setzte sich. Sein linker Fuß begann sofort den Takt zu einem inneren Musikstück zu wippen.

»Was ist in dem Koffer?«, fragte Fors.

»Ich weiß es nicht.«

»Aber du möchtest ihn loswerden. Warum?«

»Er hat Sirr gehört.«

»Warum ist er bei dir, wenn er Ahmed gehört?«

»Er hat mich gebeten, ihn eine Weile zu verwahren.«

»Warum?«

»Sein kleiner Bruder schnüffelte ihm nach.«

»Aber Ahmed hat dir doch wohl erzählt, was drin ist?«

»Nein.«

»Warum haben wir Marihuana in Ahmeds Taschen gefunden?«

»Wahrscheinlich, weil Sie in seinen Taschen gesucht haben.«

»Versuch nicht mich zu verarschen, Jamal. Habt ihr Marihuana verkauft?«

Der Junge war erregt und hob die Stimme.

»Ich hab noch nie was verkauft.«

»Aber Ahmed hat was verkauft?«

»Das weiß ich nicht.«

»Warst du im Einkaufszentrum dabei, als jemand eine Auseinandersetzung zwischen Ahmed und Anneli Tullgren verhindert hat?«

»Ich weiß nicht, wovon Sie reden.«

»Wer in der Klasse hat Ahmed etwas abgekauft?«

Jamal schaute nervös zur Tür.

»Wer?«

»Mehrere.«

»Gib mir einen Namen.«

»Effe.«

»Hast du auch verkauft?«

»Nein, das hab ich doch gesagt.«

»Wo warst du Dienstagabend?«

»Zu Hause.«

»Bist du sicher?«

»Ja.«

»Wo warst du Dienstagabend zwischen acht und zehn?«

»Zu Hause, hab ich doch gesagt.«

»War sonst noch jemand zu Hause?«

»Meine Eltern, mein Bruder, meine Schwester.«

»Sonst noch jemand?«

»Nein. Ich kann hier nicht mehr bleiben.«

»Setz dich wieder hin!«

»Wenn rauskommt, dass ich mich mit Bullen unterhalte ...«

»Dann kann es dir wie Ahmed ergehen. Von wem hat Ahmed das Zeug bekommen?«

»Was?«

»Das Marihuana.«

»Woher soll ich das wissen, verdammt noch mal!«

»Fluch nicht, Jamal. Wir haben besonderes Personal, das wir zu Typen schicken, die sich im Ton vergreifen oder schlecht benehmen. Die Leute sind uniformiert und kommen immer zu zweit, manchmal auch zu mehreren, und sie sind bewaffnet. Ich bin ein freundlicher

Mann, aber wenn du unverschämt wirst, dann kannst du dich mit einem anderen unterhalten. War es Ava?«

»Wer?«

»Ava sagt, du bist ein netter Junge. Aber vielleicht weiß sie nicht, wie du wirklich bist? Hat Ahmed das Marihuana von Ava bekommen?«

»Vielleicht.«

»Antworte mir richtig, oder ich sorge dafür, dass du bei uns sitzt, bis der Weihnachtsmorgen dämmert.«

Jamal schwieg eine Weile, bevor er antwortete.

»Er hat es von Ava gekauft.«

»Warst du dabei?«

»Wann?«

»Stell dich nicht dumm, Jamal. Ich weiß, dass du ein kluger Junge bist. Verstell dich nicht.«

»Ich bin einmal dabei gewesen. Bei Ava.«

»Wann?«

»Vor zwei Wochen vielleicht.«

»Wie viel hat er gekauft?«

»Hundert Gramm.«

»An wen hat er sie verkauft?«

»Freunde.«

»In der Schule?«

»Ja.«

»Verkaufen noch mehr außer Ahmed in der Schule?«

»Weiß ich nicht.«

»Vielleicht musst du eine Nacht drüber schlafen?«

»Sie können mich nicht festhalten. Ich habe nichts getan.«

»Du wirst wegen Rauschgiftdeliktes und wegen Totschlags deines guten Freundes Ahmed Sirr verdächtigt.

Ich kann dich über Nacht behalten und vielleicht auch eine vorübergehende Festnahme erwirken.«

Jamal schwieg.

Fors schwieg.

Der Fuß des Jungen wippte auf und ab, sodass sein ganzer Stuhl vibrierte.

»Ich weiß nichts, ehrlich nicht«, flüsterte Jamal.

»Wer sind die anderen in der Schule, die Stoff verkaufen?«, fragte Fors.

»Niemand.«

»Warum nicht? Die Schule ist doch ein guter Markt?«

»Sirr hätte das nicht zugelassen.«

»Nicht?«

»Die Schule war sein Revier.«

»Aber bestimmt hat auch mal jemand anders was verkauft?«

»Nein.«

»Warum nicht?«

»Das kann man mit Sirr nicht machen. Ich meine, niemand hat es gewagt.«

»Was wäre passiert, wenn jemand anders versucht hätte, in Sirrs Revier zu verkaufen?«

»Niemand hätte so was Dämliches getan.«

»Warum nicht?«

»Das hab ich doch gesagt – mit Sirr legt sich niemand an.«

»Und jetzt«, sagte Fors, »wer übernimmt es jetzt? Jetzt, wo Sirr nicht mehr da ist.«

»Weiß nicht.«

»Doch wohl nicht du?«

»Ich geb mich nicht mit solchem Scheiß ab.«

»Wirklich nicht?«
»Nein.«
»Du rauchst nicht mal?«
»Manchmal, aber ich verkauf nichts. Das bringt nur Trouble.«
»Was, glaubst du, ist in dem Koffer?«
»Weiß nicht.«
»Ich habe gefragt, was du glaubst.«
»Ich weiß es nicht.«

Auf der Treppe ertönten Schritte, der Junge erhob sich, ging zu einem Regal und nahm ein Buch heraus, als eine Bibliothekarin in der Tür erschien.

»Hallo, Harald«, sagte sie, »musst du keine Weihnachtsgeschenke kaufen?«

»Eigentlich schon«, sagte Fors und steckte Ahmed Sirrs Aktenkoffer in seine große Sporttasche. Dann nahm er die Tasche und ging, während Jamal ihm den Rücken zukehrte und die Nase in ein Buch über Erik Gustaf Geijer steckte.

16

Gunilla Strömholm setzte Anneli Tullgren vor dem Frisiersalon ab und wollte zurück ins Polizeipräsidium. Sie machte dann aber einen Umweg zu Henrietta Sjöbrings Villa. In einem Fenster leuchtete ein Weihnachtsstern. Auf Gunillas Klingeln hin öffnete niemand. Der Deckel des Briefkastens an der Gartenpforte war hochgeklappt. Tageszeitungen und Werbung ragten heraus. Gunilla nahm die Zeitungen heraus, schaute aufs Datum und steckte sie wieder zurück. Drei Zeitungen.

In einem Haus auf der anderen Straßenseite meinte sie gesehen zu haben, wie sich eine Gardine bewegte. Sie ging rasch hinüber, öffnete die eiserne Gartenpforte und stieg die Treppe zu einem gelben Ziegelsteinhaus hinauf. Die Treppe war zu beiden Seiten von zypressenähnlichen kleinen Büschen gesäumt. Sie klingelte an der Haustür. Durch das Haus schrillte ein altmodisches Klingelsignal.

Nichts rührte sich.

Wieder legte Gunilla den Zeigefinger auf den Klingelknopf und ließ ihn eine Weile nicht los.

Von innen wurde die Klinke heruntergedrückt, und die Tür öffnete sich so weit, dass Gunilla einen kleinen Finger hätte hindurchstecken können, wenn sie ihre Handschuhe ausgezogen hätte.

»Ich hab die Polizei gerufen«, ertönte von drinnen eine Stimme.

»Ich bin die Polizei«, sagte Gunilla.

»Das soll ich glauben?«, sagte die Stimme von drinnen.

Den Dialekt kannte Gunilla. Die Gegend um Jönköping. Dort war sie aufgewachsen.

»Ich stecke meinen Ausweis durch die Tür«, sagte Gunilla, nahm ihn aus der Tasche und schob ihn durch den schmalen Spalt. Er wurde ihr aus der Hand geschnappt und nach einer Weile wurde die Tür geschlossen. Gunilla hörte, wie innen die Sicherheitskette abgenommen wurde. Als die Tür sich öffnete, stand eine weißhaarige, kleine Frau vor ihr. Sie reichte Gunilla bis zur Brust, trug ein groß geblümtes Baumwollkleid und eine gelbe Strickjacke mit braunen Punkten. Ihre Füße steckten in karierten Pantoffeln.

»Darf ich hereinkommen?«, fragte Gunilla.
»Wenn's nötig ist.«
»Ich fürchte, ja.«

Gunilla betrat die Diele. Auf dem Fußboden lag ein Flickenteppich aus Plastik. Es roch nach grüner Seife und Hyazinthen.

»Haben Sie die Polizei angerufen?«, fragte Gunilla, als sie ihren Ausweis zurückbekam.

Die Alte lächelte ein listiges kleines Lächeln.

»Das hab ich nur so gesagt. Es gibt ja so was wie Nachbarschaftshilfe. Man passt auf. Und Sjöbrings sind verreist. Im letzten Jahr ist in meinen Keller eingebrochen worden. Aber jetzt hab ich ein Vorhängeschloss. Und abends schließe ich die Kellertür ab, damit niemand raufkommen kann.«

Die kleine Frau hatte einen leichten Buckel.

»Wissen Sie, wo Sjöbrings sind?«, fragte Gunilla.
»Sie sind nach Schonen gefahren. Dort haben sie Verwandte.«
»Wissen Sie, wann sie nach Hause kommen?«
»Keine Ahnung.«

Die kleine Frau streckte den Kopf vor, als wollte sie eine Witterung aufnehmen.

»Haben sie etwas getan?«
»Wie meinen Sie das?«
»Na, was Kriminelles.«
»Nicht, soweit ich weiß.«

Die Alte hustete und nahm ein Taschentuch aus der Kleidertasche. Sie hustete wieder und ging in einen Raum, der die Küche sein musste. Gunilla hörte den Wasserhahn rauschen.

Wahrscheinlich trank sie ein Glas Wasser.

Dann tauchte sie in der Küchentür auf.

»Wenn Sie die Schuhe ausziehen, können Sie reinkommen.«

»Danke«, sagte Gunilla, zog sich die Schuhe aus und stellte sie auf ein Gitter aus Schmiedeeisen. Darauf stand schon ein Paar brauner Schuhe der Größe fünfunddreißig oder sechsunddreißig. Ungewöhnlich kleine Füße für einen erwachsenen Menschen, dachte Gunilla.

»Sie können ein Paar dicke Socken von mir bekommen«, sagte die Alte. »Der Fußboden ist kalt. Jetzt heize ich nur noch mit Strom. Wenn der ausfällt, ist man total aufgeschmissen. Ich hab natürlich einen Kamin, aber das Feuerholz ist so teuer. Den heize ich nur Heiligabend ein.«

Gunilla zog die dicken Socken an, die ihr die Frau reichte. Dann führte die Alte sie ins Wohnzimmer. Auf dem Parkettboden lagen Teppiche. Der Raum wurde von einem grünen Plüschsofa und zwei Sesseln beherrscht. In einem Bücherregal standen zwei Dutzend Fotografien, wahrscheinlich die Enkelkinder. Auf dem Couchtisch lag ein Prospekt von »Konsum« neben einem Kerzenhalter mit weißem Moos und zwei Wichteln aus Stoff.

»Bitte, setzen Sie sich«, sagte die Alte und wartete, bis Gunilla sich in der Couchecke niedergelassen hatte.

»Darf es eine Tasse Kaffee sein?«, fragte die alte Frau. »Ich hab noch welchen in der Thermoskanne.«

»Wenn es keine Mühe macht«, sagte Gunilla.

Die Alte verschwand wieder in der Küche.

Gunilla betrachtete die Socken. Sie waren zu groß und schienen nie benutzt worden zu sein. In den Fenstern standen mehrere Weihnachtssterne und einige blaue Hyazinthen. Die Alte kam mit einem Tablett zurück, auf der zwei rot geblümte Tassen, eine Zuckerschale, eine Thermoskanne und eine kleine Flasche Branntwein standen. Die Flasche war fast voll.

Die Frau stellte das Tablett auf die Ecke des Couchtisches und setzte sich in einen der Sessel.

»Um diese Jahreszeit braucht man einen kleinen Schuss in den Kaffee«, sagte sie. »Meine Mutter hat immer eine Kapsel voll in den Vormittagskaffee getan. Sie ist siebenundneunzig geworden. Der Arzt hatte es ihr empfohlen. Fürs Herz. Ich mach es genauso. Aber ich bin erst zweiundachtzig. Möchten Sie einen Pfefferkuchen dazu?«

»Danke, gern«, sagte Gunilla.

»Himmel!«, rief die Alte aus. »Ich hab sie vergessen!«

Sie stand wieder auf, ging in die Küche und holte einen Teller mit zwei Pfefferkuchenherzen. Sie goss sich einen Spritzer Branntwein in ihren Kaffee, steckte sich ein Stück Zucker zwischen die Zähne, führte die Tasse zum Mund und trank. Das Stück Zucker verschwand. Es knirschte, als sie ihn zerkaute.

»Wie schön, dass die Nachbarn hier zusammenhalten«, sagte Gunilla.

»Das muss man heutzutage. Bitte, nehmen Sie einen Pfefferkuchen.«

»Danke. Kennen Sie Sjöbrings gut?«

»Das kann man nicht sagen. Sie wohnen noch nicht lange hier.«

»Ach nein?«

»Sie sind erst vor acht Jahren hergezogen. Ich hab mein halbes Leben hier verbracht. Mein Mann Gunnar hat das Haus gebaut. Er war Maurer. Heute kann das niemand mehr. Es gibt keinen Berufsstolz mehr, nur Geldgier und Eile. Dann kommt der Schimmel. Gunnar hat hunderte von Häusern gebaut. Von denen hatte keins Schimmel. Er wusste, dass man die Feuchtigkeit nicht einsperren darf. Was man einsperrt, will raus, so oder so, nicht wahr?«

»Das stimmt wohl«, sagte Gunilla. »Fällt Ihnen die Gartenarbeit nicht schwer, in Ihrem Alter?«

»Ich hab ein bisschen Hilfe. Aber ich kann mehr, als man glaubt. Meine Mutter hatte neun Kinder. Ist nie einen Tag krank gewesen. So was vererbt sich.«

»Haben Sie selber viele Kinder?«, fragte Gunilla.

»Drei waren genug. Und natürlich Enkel, das langt. Und Urenkel.«

Sie zeigte zum Regal mit den Fotografien.

»Sjöbrings helfen Ihnen nicht im Garten?«, fragte Gunilla.

Die Alte sah misstrauisch aus.

»Warum sollten sie das tun?«

»So unter Nachbarn, meine ich.«

Die Alte schaute finster.

»Nein, das ist bei uns nicht üblich. Wir begnügen uns

damit, ein bisschen aufeinander zu achten. Behalten das Haus des anderen im Auge, wenn der verreist ist. Ich verreise ja nicht mehr viel. Aber morgen kommt mein ältester Sohn und holt mich ab. Dann fahre ich nach Hause.«

»Nach Jönköping?«

»Husqvarna«, sagte die Alte. »Woher wissen Sie das?«

»Ich stamme aus Jönköping.«

»Mein Vater hat in der Waffenfabrik gearbeitet«, erzählte die alte Frau.

»Und Ihr Mann?«

»Er ist tot.«

Sie seufzte, fast unmerklich, und schob den Teller mit dem zweiten Pfefferkuchen ein Stück näher zu Gunilla heran.

»Nehmen Sie den auch.«

»Danke, einer reicht mir«, sagte Gunilla und hielt den Pfefferkuchen hoch, von dem sie gerade abgebissen hatte.

»Ja, die Polizei hat heutzutage entsetzlich viel zu tun. Man liest es ja in der Zeitung, was los ist. Mord. Das hätte man nicht erwartet. Mord. Hier bei uns. Wir sind eine Gesellschaft von Gangstern geworden.«

»Sie wissen nicht, wann Sjöbrings nach Hause kommen?«

Die Alte verzog den Mund.

»Das haben Sie mich schon mal gefragt.«

»Ach ja, natürlich. Sie sind in Schonen.«

»Genau. Der Vater der Mädchen wohnt wohl da. Oder ist es ihre Mutter?«

»Die Mutter von Frau Sjöbring?«

Die Alte sah jetzt sehr misstrauisch aus.

»Genau, ja, die haben es nicht leicht gehabt.«

»Nicht?«

»Ach nein, wirklich nicht.«

»So ein Umzug ist schwer.«

»Das glaub ich. Und dann auch noch von Schonen.«

»Sie arbeitet beim Sozialamt, nicht?«

»Sie arbeitet beim Sozialamt. Außerdem hat sie Bücher geschrieben. Ich hab eins gekriegt, weil ich im letzten Sommer ihre Post angenommen habe, als sie auf Santorin waren.«

Die Alte stand auf und ging zum Bücherregal. Ganz unten standen eine Reihe »Das Beste« und ein dickes Buch mit weißem Umschlag. Sie ächzte, als sie sich wieder aufrichtete und mit dem Buch in der Hand zum Sofa zurückkehrte. Sie reichte es Gunilla. »Soziale Arbeit« hieß das Buch.

»Sie hält auch Vorträge«, sagte die Alte. »Manchmal in Stockholm, manchmal in Göteborg. Sie reist durchs ganze Land. Sie ist gefragt. Aber ihre eigenen Probleme kann sie nicht lösen.«

»Ach?«

»Sie hatte ja solche Schwierigkeiten mit der ältesten Tochter.«

»Wirklich?«

»Wissen Sie das nicht? Sie ist sogar angezeigt worden.«

»Das wusste ich nicht.«

»Doch. Körperverletzung. Aber sie hat sich gebessert.«

Wieder erhob sich die Alte und ging zum Bücherregal. Ächzend zog sie die Schublade unter dem untersten Brett auf. Sie nahm eine Nummer der Lokalzeitung heraus, kehrte zum Couchtisch zurück und hielt sie Gunilla hin. Da war ein Foto, groß wie eine Ansichtskarte, von einem Mädchen mit langen blonden Haaren. Sara Sjöbring.

»Sie hat eine gute Stimme«, sagte die Alte. »Zum Lucia-Fest war sie mit ihrer Schwester bei mir und hat gesungen. Das war das Jahr, bevor sie Lucia-Braut des Ortes wurde.« Sie nahm einen tiefen Schluck aus ihrer Tasse. »Hat sie wieder was verbrochen?«

»Nein«, sagte Gunilla. »Niemand hat etwas verbrochen. Wir brauchen nur ein paar Angaben.«

Die Alte lachte ein kurzes, heiseres Lachen. Dann begann sie zu husten. Sie erhob sich, ging in die Küche und ließ dort Wasser laufen. Als sie zurückkam, wischte sie sich die Lippen mit dem linken Handrücken ab.

»Wenn die Polizei kommt, hat immer jemand was verbrochen. Das hat jedenfalls mein Vater gesagt. Aber vielleicht gilt das heute nicht mehr?«

»Nein, das gilt wohl nicht mehr.«

»Es gibt zwei Arten Menschen, das wissen Sie ja«, fuhr die Alte fort.

»Nein«, sagte Gunilla.

»Die Festgenommenen und die noch nicht Festgenommenen.«

Als Gunilla ihrem Blick begegnete, dachte sie, diese alte Tante ist bestimmt keine nette Tante.

»Das hat jedenfalls mein Vater gesagt«, behauptete die Frau.

»Ich muss jetzt gehen«, sagte Gunilla. »Vielen Dank für den Kaffee.«

Sie erhob sich.

»Dann sind sie also wegen gar nichts verdächtigt?«, fragte die Alte.

»Absolut nicht. Wir brauchen nur ein paar Angaben.«

Die alte Frau stieß Luft aus, als ob sie damit ausdrücken wollte, sie wüsste schon, um was es geht. Noch nicht festgenommen, ja, ja.

Gunilla zeigte auf den Kerzenhalter.

»Solche Kerzenhalter mit Moos sind feuergefährlich, aber das wissen Sie natürlich?«

Die Alte schnaubte:

»Ich sollte wohl wissen, was brennt! Zu Hause hatten wir einen Herd, der wurde mit Holz geheizt. Ich weiß alles, was man wissen muss. Ich wäre ein guter Pyromane geworden, wenn das Leben das mit mir vorgehabt hätte.«

»Bestimmt auch ein guter Feuerwehrmann«, sagte Gunilla und zog die Socken aus, die sie der Alten reichte.

Dann ging sie in die Diele und zog ihre Schuhe an. Als sie hinaus auf die Straße kam und in ihr Auto steigen wollte, sah sie, wie sich die Gardine in dem Zimmer mit den Kerzenhaltern bewegte.

17

Tove auf dem Fußboden mit den Buchstaben, Lydia schlafend, mit offenem Mund und feuchtem Haaransatz.

Die Mutter erhob sich von dem Schaffell vor dem Kachelofen, ging zu dem Haufen von Buchstaben und baute einen Turm.

T
T
O
G

»Tritt zu, Tove! Tritt!«

Und das Kind kam angelaufen und trat zu.

Die Bauklötze flogen um.

»Gut, Tove!«, sagte die Mutter, und das war Ellen Stare. »Du bist aber tüchtig, Tove!«

Dann holte sie die Bauklötze und legte sie wieder übereinander.

G
O
T
T

»Tritt zu, Tove! Tritt!«

Und Tove trat zu. Dann klatschte sie in die Hände und zeigte auf den Tannenbaum, der noch ungeschmückt in seinem grün lackierten Metallfuß stand.

»Tannenbaum«, sagte das Kind. »Tannenbaum!«

»Wir machen Feuer«, sagte die Mutter und setzte sich wieder auf das Fell vor den Kachelofen. Sie spähte zu dem anderen Kind, das noch schlief.

»Tannenbaum«, sagte Tove wieder und setzte sich neben die Mutter auf das Schaffell.

»Jetzt machen wir Feuer«, sagte die Mutter und nahm dünne Holzscheite aus dem Spankorb neben dem Kachelofen. Sie stellte sie ganz hinten aufrecht in das schwarze Ofenloch. Sie riss Seiten aus einer Tageszeitung, knüllte sie zu einem Ball zusammen und steckte sie hinter das Holz. Dann lehnte sie mehr dünne Scheite gegen das Papier.

»Brennen«, sagte das Kind.

»Brennen«, sagte die Mutter und nahm eine Schachtel Streichhölzer aus der Tasche. Eins zündete sie an. Das Kind wollte die Flamme ausblasen, aber die Mutter hielt sie an das Papier im Bauch des Kachelofens.

»Brennen«, wiederholte das Kind, als das Feuer aufflammte. »Kirche brennen.«

»Die Kirche brennt«, wiederholte die Mutter und warf der schlafenden Tochter einen Blick zu.

Da wurde die Tür geöffnet, und Pastorin Aina Stare kam mit einem länglichen grünen Karton im Arm herein.

»Probier mal, ob sie noch funktionieren«, sagte sie und gab Ellen den Karton mit der Tannenbaumbeleuchtung. Ellen legte den Karton neben sich auf den Fußboden, ohne ihre Mutter, die Großmutter der Zwillinge, anzuschauen.

»Ich muss dir noch was sagen«, sagte Ellen, ohne den Blick vom Feuer abzuwenden.

»Was?«, fragte Aina und kauerte sich neben Tove nieder. Sie lächelte das Kind an und bekam ein Lächeln zurück.

»Wir hören jetzt mit dem Beten auf.«
»Was meinst du damit?«
»Das Abendgebet, das Tischgebet, alles.«
»Was meinst du?«
»Wir hören damit auf.«
»Wollen wir nicht mehr beten?«
»Du kannst machen, was du willst, aber nicht mit meinen Kindern.«
Aina schwieg.
»Tannenbaum«, flüsterte Tove.
»Darüber reden wir später«, sagte Aina.
»Da ist nichts, worüber wir reden müssen«, sagte Ellen. »Wir hören jetzt damit auf. Sofort.«
»Musst du ausgerechnet heute davon anfangen?« Aina seufzte und ging zum Fenster.
»Kommt da jemand?«, fragte Ellen und legte ein Holzscheit auf das Feuer im Kachelofen.
»Brennen!«, sagte das Kind und klatschte in die Hände.
»Ich weiß nicht«, antwortete Aina.
»Ich hab mich jedenfalls entschieden«, sagte Ellen.
Aina drehte sich zu ihrer Tochter um.
»Was hast du entschieden?«
Aina fiel es schwer, ihren Zorn und ihre Enttäuschung zurückzuhalten, sie dachte, man würde es ihr nicht anmerken, aber die Tochter merkte es genau.
»Ich glaube nicht mehr.«
Ellen drehte den Kopf und sah ihre Mutter an.
»Brennen«, sagte Tove und klatschte in die Hände.
Aina wandte sich zum Fenster und verbarg ihr Gesicht in den Händen.

»Es ist Fors«, sagte sie dann und verließ das Zimmer. Ellen kramte ein weiteres Birkenscheit aus dem Korb und legte es aufs Feuer. Die Rinde rollte sich ein und es knisterte, als das Feuer danach griff. Das Kind legte seinen Kopf in Ellens Schoß.

»Wollen wir den Tannenbaum schmücken?«, fragte Ellen und strich ihrer Tochter über die hellen Haare.

»Tannenbaum«, sagte Tove und stand auf.

Ellen nahm den Karton mit der Tannenbaumbeleuchtung, ging zur Steckdose und steckte den Stecker der Lichterkette ein. Als sie an einigen Kerzen drehte, leuchteten alle anderen im Karton auch auf.

»Brennen«, sagte das Kind.

»Jetzt schmücken wir den Tannenbaum«, sagte Ellen.

Sie zog den Stecker wieder heraus, holte einen Stuhl, und als sie hinaufgestiegen war und die erste Kerze befestigt hatte, betraten Aina und Fors das Zimmer.

»Hallo, Ellen«, sagte Fors und hockte sich neben Tove.

»Bist du Lydia?«, fragte er.

Tove wandte das Gesicht ab, stand auf und stellte sich auf die andere Seite des Stuhls, auf dem Ellen stand.

»Harald möchte mit uns sprechen«, sagte Aina.

»Worüber?«, fragte Ellen und befestigte eine Kerze am äußersten Ende eines Zweiges.

»Ist Lydia die, die schläft?«, fragte Fors.

»Ja«, sagte Aina. »Was möchtest du wissen?«

»Euer Tannenbaum riecht gut«, sagte Fors und nahm sein Notizbuch hervor. Er ging zum Kachelofen und setzte sich auf das Fell vor dem offenen Feuer.

»Darf ich mich hierher setzen?«

»Natürlich«, sagte Aina.

»Kirche brennen«, sagte Tove und baute sich vor Fors auf. Sie zeigte zum Fenster. »Kirche brennen«, wiederholte sie.

»Könnt ihr nicht erzählen, was passiert ist?«, bat Fors.

»Tja.« Aina setzte sich seufzend auf einen Stuhl an der Wand, der direkt unter einer Ikone stand. »Ich bin um halb drei wach geworden, weil es an der Tür klingelte. Es war Frans Jonsson. Er sagte, dass die Kirche brennt. Ich fragte ihn, ob er schon die Feuerwehr gerufen habe. Das hatte er. Ich fragte ihn, wann er sie gerufen hat. Er sagte, vor wenigen Minuten. Ich schaute aus dem Fenster. Alles stand in Flammen.«

»Brennen!«, sagte Tove. »Kirche brennen.«

Ellen befestigte eine weitere Kerze.

»Dann hat also Frans Jonsson das Feuer entdeckt?«, fragte Fors.

»Ich nehme es an«, sagte Aina. »Es sah entsetzlich aus. Das Feuer schlug wie eine Lohe aus einem riesigen Schornstein. Aus dem Turm züngelte Feuer. Ich glaube, ich habe einen Schock bekommen.«

»Du hast geschrien, wir sollen uns anziehen, weil alles brennt. Ich bekam Angst«, sagte Ellen, während sie mit dem Karton in der Hand vom Stuhl herunterstieg.

»Ich weiß«, sagte Aina. »Ich dachte, das Feuer würde auf das Haus übergreifen.«

»Es sind zweihundert Meter bis zur Kirche und es war windstill.« Ellen ging auf die andere Seite des Tannenbaums und befestigte eine Kerze an einem Zweig. »Du warst hysterisch.«

Aina seufzte.

»Ist das ein Wunder? Schließlich ist es ja nicht gerade die Zeit, in der man sich wünscht, dass die Kirche brennt.«

»Gottes Wille geschehe«, sagte Ellen.

»Was hast du gesagt?«, fragte Aina.

»Nichts«, antwortete Ellen.

»Was hast du gesagt?«

»Es ist mir nur so rausgerutscht.«

»Reiß dich zusammen«, zischte Aina.

»Brennen«, sagte Tove. Sie ging zu ihrer Schwester und tippte ihr auf die Schulter. Lydia schlug die Augen auf und fing an zu weinen.

»Bist du wach, Lydia?«, fragte Aina mit milder und fast flüsternder Stimme. Sie hob das schlaftrunkene Mädchen hoch und setzte sich mit dem Kind auf dem Arm wieder hin.

»Als ihr aufgewacht seid, brannte die Kirche also?«

»Es brannte teuflisch«, sagte Ellen nachdrücklich und befestigte eine weitere Kerze. Dann drehte sie sich zu ihrer Mutter um.

»Sitzen sie richtig?«

Aina sah ihre Tochter an, ohne zu antworten.

»Sitzen sie richtig?«, wiederholte Ellen. »Oder hab ich zu viele an der Vorderseite angebracht?«

»Nein.«

»Dann ist es also gut.«

Ellen wandte sich zu Fors um, der mit dem Rücken zur Wand auf dem Fell saß. Er betrachtete die schlaftrunkene Lydia auf Ainas Schoß.

»Was meinen Sie?«, fragte Ellen.

»Gut«, sagte Fors. »Was ist dann passiert?«

»Ich bin raus und hab das Auto weggefahren. Ellens Auto wollte nicht starten, das ließ ich stehen. Ich fand das Ganze unheimlich.«

»Es war windstill«, sagte Ellen. »Vollkommen windstill.«

»Dann kam Frans«, sagte Aina. »Er war bei der Kirche gewesen, so nah, wie man ihr eben kommen konnte. Er sagte, es sei gefährlich, nah heranzugehen. Der Turm könnte zusammenbrechen. Nach einer Weile kam die Feuerwehr. Sie haben gelöscht, bis es fast hell wurde.«

»Gibt es jemanden, der in der letzten Zeit auffallendes Interesse für die Kirche gezeigt hat?«, fragte Fors.

Aina Stare runzelte die Stirn, während sie Lydia über die Haare strich.

»Was für ein auffallendes Interesse?«

»Na ja, irgendwie ungewöhnlich.«

»Nein, niemand. Es waren die üblichen Besucher. Ich glaube, ich habe in den letzten drei Jahren keinen neuen Kirchenbesucher gehabt.«

»Keine Drohungen?«

»Nein.«

»Nicht das Geringste, was irgendwie ungewöhnlich war?«

»Nein.«

»War die Kirche abgeschlossen?«

»Sie soll abgeschlossen sein.«

»Wer hat Schlüssel zur Kirche?«

»Ich habe zwei, Frans hat einen und Lars Lettström hat einen. Das ist alles. Vier Schlüssel.«

»Wann warst du zuletzt in der Kirche?«

»Gestern Abend gegen elf. Ich war mit Frans und Frau Evelina dort.«

»Und da war alles in Ordnung?«

»Jetzt ist es gut, oder?« Ellen machte drei rasche Schritte rückwärts, weg vom Baum.

»Willst du die Beleuchtung nicht einschalten?«, fragte Aina.

»Natürlich.« Ellen ging zur Steckdose. Das ganze Zimmer wurde von der Tannenbaumbeleuchtung erhellt. Die beiden Kinder schauten den Baum an, Lydia auf Ainas Schoß begann zu weinen, Tove klatschte in die Hände.

»Brennen!«, rief Tove und lachte. »Brennen!«

»Alles war in Ordnung«, sagte Aina. »Wir hatten die Kirche schon für das Weihnachtsfest geschmückt. Alles war bereit.«

»Kann ich dein Auto haben?«, fragte Ellen.

»Natürlich.« Aina seufzte. »Bleib aber nicht zu lange weg. Ich brauch es später.«

»Ich will nur kurz in die Stadt. Kann ich die beiden bei dir lassen?«

»Ja«, sagte Aina, »aber komm nicht zu spät. Ich brauch das Auto.«

»Tschüss«, sagte Ellen und kniete sich vor Tove hin. »Mama kommt bald wieder.« Dann ging sie zu Aina und küsste Lydia auf die Stirn. Sie drehte sich zu Fors um.

»Tschüss – an mich haben Sie doch keine Fragen mehr?«

»Im Augenblick nicht«, sagte Fors. »Fröhliche Weihnachten, falls wir uns nicht mehr sehen.«

Ellen fuhr sich mit der Hand durch die langen Haare,

wickelte sie um die Hand, stellte sich vor den kleinen Spiegel mit den beiden Lämpchen an den Seiten, holte eine Haarnadel nach der anderen hervor und steckte sich die Haare zu einem Knoten hoch.

»Mama!«, sagte Tove, als Ellen durch die Tür verschwunden war. Lydia fing an zu weinen.

»Mama kommt bald«, tröstete Aina sie. Fors beugte sich vor und sah ins Feuer.

»Wo finde ich Frans Jonsson?«

»Ruf an und frag, ob er zu Hause ist. Er wohnt auf der anderen Seite der Kirche«, sagte Aina. Sie gab Fors die Nummer. Fors nahm sein Handy und wählte. Am anderen Ende wurde fast unmittelbar abgenommen.

»Hier ist Harald Fors. Ich bin Polizist. Kann ich mit Ihnen sprechen? Ich bin auf dem Pfarrhof.«

Nachdem er das Gespräch beendet hatte, steckte er das Telefon in die Tasche. Tove ging zu ihm und streckte eine Hand aus.

»Telefonieren«, sagte das Kind.

Fors lächelte.

»Könnte es Brandstiftung sein?«, fragte Aina.

»Das kann man noch unmöglich wissen. Wir haben einen guten Brandingenieur. Er sieht meistens, um was es geht, aber er kann im Augenblick noch nicht viel tun. Es muss erst abkühlen.«

»Wem liegt daran, so eine schöne alte Kirche abzubrennen?«, fragte Aina. »Sie ist aus dem fünfzehnten Jahrhundert. Oder sie war es, muss man wohl sagen.«

»Wohnt Ellen hier bei dir?«, fragte Fors.

»Natürlich. Sie ist ja noch nicht mit der Schule fertig.«

»Klar, stimmt ja«, sagte Fors. »Erst muss sie die Schule abschließen.«

Draußen auf dem Hof startete Ellen das Auto. Sie ließ den Motor hochtourig laufen, legte den Gang ein und fuhr davon.

»Für dich als Pastorin muss es ein schreckliches Gefühl sein, wenn die Kirche abbrennt«, sagte Fors.

Aina seufzte.

»Meine Gemeinde tut mir Leid und ich trauere um das schöne alte Gebäude. Es war eine sehr schöne Kirche.«

»Ich geh jetzt zu Frans Jonsson.« Fors erhob sich.

»Telefonieren!«, heulte Tove und klatschte in die Hände, dann lief sie zu den Bauklötzen, die auf dem Fußboden lagen. Sie zielte gegen den mittleren Klotz, verfehlte ihn und plumpste zu Boden. Einen Augenblick später fing sie an zu weinen, schließlich schrie sie wie am Spieß.

»Ich gehe jetzt«, sagte Fors, »frohe Weihnachten.«

Er verließ das Haus durch die Küchentür. Mit ausgestreckten Händen wie ein Seiltänzer schlidderte und stolperte er über den Hof, stieg in seinen Golf und fuhr davon.

Im Radio sangen die »Mädchen von der Post« aus den Fünfzigerjahren. Er erinnerte sich an die Aufnahme aus seiner Kindheit. Sein Vater, Straßenmeister Fors, hatte die Platte für seine Sammlung anspruchsloser Fünfundvierziger gekauft, die unter anderem »Kiss of Fire« mit Louis Armstrong enthielt und eine LP mit einer schwedischen Aufnahme von »My Fair Lady«.

Bis zu Frans Jonssons Pforte war es nicht weit, sodass

die »Mädchen von der Post« noch nicht mal mit ihrem Lied fertig waren, als Fors anhielt. Er blieb sitzen, bis das Lied zu Ende war. Dann stellte er den Motor ab und stieg aus.

Die Pforte hatte nur noch ein funktionierendes Scharnier und stand halb offen. Dem Zaun fehlten hier und da einige Latten und die Obstbäume schienen seit Jahren nicht beschnitten worden zu sein. Aus dem Schornstein ringelte sich eine dünne Rauchfahne. Am Fenster rechts von der Haustür war ein blaues Rollo heruntergelassen.

Fors klopfte an die Tür. Als sie geöffnet wurde, stand ein schmaler Mann von etwa siebzig Jahren vor ihm. Er war nachlässig rasiert und oberhalb des ausgefransten Hemdenkragens spitzten ein paar lange Barthaare hervor. Das Hemd war einmal weiß gewesen, jetzt war es eher gelb. Frans Jonsson trug einen schmutzigen Anzug mit zerknautschten Ärmeln und einen schwarzen Schlips.

»Kommen Sie herein«, sagte Jonsson und machte einen Schritt beiseite. Fors betrat den schmalen Flur. Unter der Hutablage hingen einige Mäntel, ein Regenmantel und eine braune, mittellange Lederjacke.

»Sie brauchen die Schuhe nicht auszuziehen. Ich will heute sowieso putzen.«

Der Flickenteppich im Flur war einigermaßen sauber.

»Draußen ist es matschig«, sagte Fors und zog seine Schuhe aus.

»Der Fußboden ist kalt. Soll ich Ihnen Pantoffeln leihen?«

»Danke.«

Jonsson holte ein Paar verschlissene schwarze Pantoffeln hinter einer Tür hervor, die vermutlich den Aufgang zum Speicher verbarg. Sie war wie der Flur mit der gleichen fleckigen Tapete bedeckt. Ein kalter Windhauch kam aus dem ausgekühlten Bodenraum, als die Tür geöffnet wurde.

Fors zog die Pantoffeln an und folgte Jonsson in die Küche.

Dort gab es außer zwei Elektroplatten einen Holzherd und neben dem Herd die Art Warmwasserbehälter mit großem Hahn, wie Fors ihn im Haus seiner Großeltern gesehen hatte. Der Linoleumboden war abgetreten und vor dem Herd waren Löcher. Der Tisch vorm Fenster war mit einer gelbweißen Wachstuchdecke mit verblassten roten Rosen bedeckt. Keine Blumen im Fenster. Eine Kaffeetasse ohne Untertasse auf dem Tisch. Zwei ungleiche Stühle.

»Setzen Sie sich«, sagte Jonsson.

»Bei Ihnen ist es schön warm«, sagte Fors und setzte sich.

»Ja, aber die Fußböden werden nie warm in diesem Haus. Möchten Sie Kaffee?«

»Gern.«

Jonsson holte eine Tasse und zwei Untertassen hervor. Eine Tasse mit Teller stellte er vor Fors hin, auf den anderen Teller stellte er die Tasse, die schon dort stand.

»Nehmen Sie Zucker?«

»Wenn Sie haben.«

Jonsson holte eine Zuckerschale aus der Speisekammer. Genau wie bei der Speichertür strich ein kalter Windhauch heraus, als die Tür geöffnet wurde.

Die Ränder der handbemalten Zuckerschale waren abgestoßen und der Deckel fehlte. Aber es lag eine silberne Zuckerzange darin.

»Ich esse keinen Zucker«, sagte Jonsson. »Als Kind habe ich gelernt, dass es nicht gut ist. Heutzutage essen die Leute zu viel Zucker. Sie sind schwer wie Ochsen, wenn man sie zu Grabe trägt. Meine Eltern waren leicht wie Vogeljunge, alle beide. Sie haben nie Zucker gegessen. Auch keinen Branntwein getrunken. Sie möchten hoffentlich keine Milch haben?«

»Nein, danke«, sagte Fors und griff mit der Zuckerzange nach einem der drei Stückchen Zucker, die auf dem Boden der Schale klirrten.

»Meistens hab ich keine Milch im Haus. Aber heute werde ich welche kaufen. Morgen muss es ja Reisgrütze geben.«

Jonsson kam mit dem Kaffeekessel. Der war so groß, dass man darin Kaffee für ein Dutzend Personen kochen konnte. Er hat nicht oft Besuch, dachte Fors. Und noch seltener kommt ein Dutzend Personen, um Frans Jonsson zu besuchen.

»Vielleicht mögen Sie keinen gekochten Kaffee?«, fragte Jonsson.

»Es gibt keinen besseren«, log Fors.

»Heutzutage mag den kaum noch jemand.«

»Die Leute haben keinen Geschmack mehr.«

»Da haben Sie was Wahres gesagt.« Jonsson goss sich selbst zuerst ein. Dann Fors. Schließlich stellte er den Kessel zurück auf den Herd.

»Gemütlich, dieser alte Herd«, sagte Fors. »So einen hatten wir zu Hause auch.«

»Ach? Woher kommen Sie denn?«

»Finnskogen.«

»Ach ja? Aus Värmland, oder?«

»Außerhalb von Hagfors.«

»Und dann sind Sie hier gelandet?«

»Ja.«

Fors führte die Tasse zum Mund und trank. Jonsson tat das Gleiche.

»So ein Holzfeuer ist doch was Feines«, sagte Fors.

Sie lauschten, wie das Holz in den Flammen knackte.

»Klingt wie Kiefernholz«, sagte Fors.

»Genau«, sagte Jonsson. »Birke nehme ich für den Kachelofen.«

An der Wand hinter Jonsson hing eine Kreuzstickerei, die ein kleines Schiff und ein kleines Haus darstellte. Am unteren Rand stand der Text: *Trautes Heim, Glück allein.* Die Stickerei war hinter Glas gerahmt.

»Reizende Hütte.«

»Ja, ja«, sagte Jonsson. »Im Sommer war ein Deutscher hier, der wollte sie mir abkaufen. Sie würden nicht erraten, was er dafür zahlen wollte. Er ist mit einem Bankier wiedergekommen, der sprach Deutsch. Der war ernsthaft interessiert. Aber ich kann ja nicht verkaufen. Wo sollte ich dann wohnen? Er war aus München. Gar nicht so dick, wie man sich die Leute da unten immer vorstellt. Dünn wie ein Stecken. Er hatte auch eine kleine Frau, aber keine Kinder, soweit ich sehen konnte.«

»Und jetzt ist die Kirche abgebrannt«, sagte Fors.

»Ja«, sagte Jonsson, »das ist sie.«

»Aina hat gesagt, Sie haben das Feuer entdeckt.«

»Das stimmt.«

»Dann waren Sie also der Erste, der es gesehen hat?«
»Muss wohl so gewesen sein.«
»Und was glauben Sie?«
»Jedenfalls ist das Feuer nicht aus Fahrlässigkeit entstanden.«
»Nicht?«
»Im Frühling sind neue Leitungen gelegt worden. Ein Kurzschluss wäre ja wohl das Einzige, was den Brand hätte verursachen können. Aber die Leitungen sind neu. Wir hatten eine Überhitzung der Spulen im Glockenwerk. Aber der Fehler ist behoben. Jemand hat die Kirche angesteckt, wenn Sie mich fragen.«
»Wer könnte so etwas tun?«
»Da gibt es wohl viele.«
»Denken Sie an eine bestimmte Person?«
»Nicht gerade, aber vielleicht gibt es Leute, die sich ärgern, dass sie so schön war. Es gibt Menschen, die mögen keine Kirchen.«
»An wen denken Sie?«
»So was darf man nicht laut sagen. Man hält besser den Mund.«

Jonsson hob seine Tasse und trank.

»Der Kaffee ist wahrscheinlich nicht warm genug?«
»Gerade richtig«, sagte Fors.
»Wie geht es Aina?«
»Sie steht wohl unter Schock«, sagte Fors.
»Kann ich mir vorstellen. Und dann die Sache mit dem Mädchen.«
»Wie meinen Sie das?«
»Tja, sie kommt ja nicht mehr in die Kirche.«
»Ach?«

»So was fällt auf, wissen Sie. In ihrer ganzen Kindheit hat sie auf der vordersten Bank gesessen, wenn ihre Mutter predigte. Seit dem Frühling kommt sie nicht mehr. Ostern. Seitdem ist sie nicht mehr gekommen. Die beiden Kleinen sind noch nie da gewesen, glaube ich, in Gottes Haus.«

»Aber sie sind doch getauft?«

»Schon, aber seitdem waren sie nicht mehr in der Kirche. Das ist wahrscheinlich schwer hinzunehmen, wenn man selber Pastorin ist.«

»Hat sie ihren Glauben verloren?«

»Das nehme ich an. Ist wohl die Sache mit dem Jungen. Dem Vater der Kinder. Dass er umgebracht worden ist. Das kann Unheil im Kopf eines jungen Menschen anrichten.«

»Bestimmt«, sagte Fors.

Jonsson erhob sich und ging zum Herd. Neben dem Warmwasserbereiter stand ein Korb mit Feuerholz. Er nahm ein Scheit, mit dem er geschickt die Herdklappe öffnete, steckte das Scheit hinein und mit einem anderen Holzscheit schloss er die Klappe. Das Scheit legte er auf den Warmwasserbehälter.

»Möchten Sie mehr Kaffee?«

»Nein, danke. Dann hat Aina also ein Problem. Mit dem Mädchen.«

»Ja«, sagte Jonsson. »Das hat sie wahrhaftig. Noch dazu die Zwillinge. Sie muss wirklich viel aushalten. Und keiner kann sich vorstellen, wie die Kirche wieder aufgebaut werden soll.«

»Sie sind der Kirchendiener?«

»Ja.«

»Wie sah es aus, als Sie das Feuer entdeckten?«

»Es brannte lichterloh. Die Fenster fingen an zu springen. Das hat mich wahrscheinlich geweckt. Es krachte. Vermutlich die Fenster.«

»Was haben Sie getan?«

»Die Feuerwehr angerufen. Dann hab ich mich angezogen und bin hingegangen, aber es war nichts mehr zu machen.«

»Wie konnte es so kommen?«

»War wohl ein Pyromane oder einer von der Art.«

»Meinen Sie?«

»Warum sollte es sonst mitten in der Nacht anfangen zu brennen?«

»Sie waren am Abend dort, Aina und Sie?«

»Und Evelina. Aber wir haben keine Kerzen angezündet. Da hat also nichts gebrannt. Das war Brandstiftung, wenn Sie mich fragen.«

»Haben Sie jemanden gesehen bei der Kirche?«

»Nein, bevor die Feuerwehr kam, war nur ich da. Evelina kam zusammen mit der Feuerwehr an. Dann kam auch Lettström. Er ist Hausmeister, wollte eigentlich Pastor werden, ist aber lieber Bauer geworden. Er macht biologischen Anbau. Dahinten können Sie sein Dach sehen.«

Jonsson beugte sich vor und zeigte aus dem Fenster.

»Seine Frau war auch da. Aber niemand konnte etwas machen.«

»Und was anderes haben Sie nicht gesehen?«

»Was hätte das sein sollen?«

»Ich weiß es nicht. Irgendwas Merkwürdiges, Ungewöhnliches.«

»Das einzig Merkwürdige war, dass die Kirche brannte.«

Sie schweigen eine Weile und Fors sah aus dem Fenster. Dort draußen war ein Holzstapel, penibel geschichtetes Holz, bedeckt mit einer Wellblechplatte und darüber ein Birkenkloben, damit das Blech nicht wegwehte.

»Hat sich niemand Ihren Schlüssel geliehen?«, fragte Fors.

»Nein, der andere Polizist, der heute Morgen hier war, hat ihn mitgenommen. Er braucht ihn wohl nicht mehr zurückzugeben.«

Jonsson sog an einem Zahn und strich sich übers Haar. Das lag wie geleckt an seinem Kopf, wie fettiges, ungewaschenes Haar wirken kann.

»Das war alles«, sagte Fors, »wenn Ihnen noch was einfällt, können Sie mich ja anrufen.«

Er gab Jonsson seine Karte mit den beiden Telefonnummern, der sie ohne hinzuschauen neben seine Tasse legte.

»Im Sommer hatten wir einen Vandalen hier«, sagte Jonsson.

»Wirklich?«

»Jemand hat die Kirchentür bekritzelt.«

»Ach?«

»Er wohnt nicht hier.«

»Wie meinen Sie das?«

»Das stand da. Er wohnt nicht hier. Mit so einer Sprayfarbe. Die kann man an der Tankstelle kaufen. Wir haben es angezeigt. Von der Polizei hat sich hier niemand blicken lassen. Jetzt kann man mal sehen, was dabei rausgekommen ist.«

Jonsson starrte Fors an, als ob er die Kirche niedergebrannt hätte.

»Wie sah es aus?«, fragte Fors.

»Die Schrift?«

»Ja.«

»Als ob es eine Frau war. Oder ein Mädchen. Es waren so runde Buchstaben.«

»Haben Sie eine Idee, wer das getan haben könnte?«

»Darüber möchte ich mich nicht äußern, aber man denkt sich ja das seine.«

»Klar«, sagte Fors. »Wir denken ja alle nach. Haben Sie gesagt, es war rote Farbe?«

»Graffiti, rot. Über die ganze Tür. Sie ist aus dem achtzehnten Jahrhundert, die Beschläge handgeschmiedet.«

»Ich verstehe«, sagte Fors. »Stand da noch mehr?«

»Er wohnt nicht hier. Das war alles. Große Buchstaben.«

Fors notierte es in seinem Notizbuch. Die ganze Zeit sah Jonsson ihn an. Als Fors fertig war, steckte er das Notizbuch weg, und Jonsson sagte:

»Sie kriegen ihn nie.«

»Wen?«

»Der das gemacht hat. Sie kriegen ihn nie.«

»Warum nicht?«

»Man weiß vielleicht, wer es war, aber man kann nie etwas beweisen.«

»So was kommt vor«, sagte Fors. »Danke für den Kaffee.«

Er stand auf und ging hinaus zum Golf. Als er den Motor gestartet hatte, rief er Gunilla an.

»Wo bist du?«, fragte er.

»Auf dem Weg zur Bibliothek.«

»Können wir uns in einer Stunde in meinem Zimmer treffen?«

»Klar.«

Dann stellte Fors das Radio an. Er suchte eine Weile nach Musik, die er kannte, aber er hatte kein Glück. Er fuhr zur Kirche hinauf und stieg aus dem Auto, ohne den Motor abzustellen. Er ging einmal um die Kirche herum, hier und da qualmte es noch. Es war windstill. Die ganze Südwand war zusammengebrochen. Es wird wieder kälter, dachte Fors. In der Luft liegt Schnee.

Er holte eine Kamera aus dem Handschuhfach, machte ein paar Bilder und fuhr weg. Als er an Jonssons Hütte vorbeikam, sah er den Alten in seinem schwarzen Anzug mit dem Holzkorb über den vereisten Pfad zum Holzschuppen wanken.

18

Die Bibliothek war leer bis auf das Personal hinter den Schaltern. Der Tag vor Heiligabend ist vielleicht nicht der Tag, an dem am meisten zu tun ist, dachte Gunilla und ging zu dem Schalter, der auf einem weißen Schild mit großen blauen Buchstaben »Information« versprach.

»Bücher über den Zweiten Weltkrieg«, sagte Gunilla.

Die Bibliothekarin, eine Frau mittleren Alters mit

schlechter Haut und unvorteilhafter Brille, zeigte zur Treppe.

»Oben bei der Fachliteratur.«

»Danke.«

Gunilla stieg die Treppe hinauf und kam in den Raum, wo Fors mit Jamal gesessen hatte. Sie ging zu einem Regal und begann zu suchen. Nach einer Weile hatte sie gefunden, was sie zu brauchen meinte. Bald saß sie mit drei dicken und zwei dünnen Büchern auf dem Stuhl, auf dem Jamal vor ein paar Stunden gesessen hatte.

Sie blätterte in den Büchern und nach einer Weile stellte sie zwei von ihnen zurück ins Regal. Mit drei Büchern unterm Arm ging sie hinunter zum Ausleihschalter.

»Ich möchte diese Bücher ausleihen, aber ich habe keinen Bibliotheksausweis.«

Auf der anderen Seite des Schalters stand eine großbusige Frau mit roten Haaren. Sie erklärte Gunilla, was nötig war, um einen Ausweis zu bekommen.

Nach einer Weile konnte Gunilla die Bibliothek mit den Büchern verlassen. Sie fuhr zum Präsidium, parkte in der Garage und nahm den Fahrstuhl nach oben.

Fors saß vorm Computer.

»Hast du dir Bücher aus der Bibliothek geholt?«, fragte er und spähte zu dem, was Gunilla unterm Arm hatte.

»Vielen Dank fürs Leihen.« Gunilla übergab ihm den dünnen Band, »Agostino« von Moravia, den sie von ihm bekommen hatte, als sie zu Hause bei Sirrs auf Stenberg gewartet hatte.

»Hast du es gelesen?«

Gunilla schüttelte den Kopf.

»Aber die da willst du lesen?«

Gunilla legte die Bücher vor Fors auf den Tisch. Er nahm eins nach dem anderen in die Hand und las die Titel.

Sie erzählte von ihrer Begegnung mit Anneli Tullgren.

»Ich war furchtbar wütend auf mich selber, als mir klar wurde, dass ich überhaupt nicht wusste, was ich sagen sollte, wenn ich es gewollt hätte. Wenn es eine andere Situation gewesen wäre. Ich wusste einfach nicht, was ich sagen sollte. Ich weiß zu wenig. Ich hab in der Schule zu wenig Geschichte gelernt, weiß nicht sicher, wann der Zweite Weltkrieg anfing und endete. Dermaßen unwissend wie ich darf man einfach nicht durch die Welt laufen. Ich werde die Bücher über Weihnachten lesen.«

»Keine dumme Idee«, sagte Fors.

Und dann erzählte er von seinem Treffen mit Jamal und dem Ausflug nach Vreten und der Begegnung mit Familie Stare und Frans Jonsson.

»Wir müssen abwarten, was Flodén sagt«, sagte Fors. »Wahrscheinlich wird er erst zwischen Weihnachten und Neujahr mehr wissen. Ich habe ihn gesucht, aber niemand weiß, wo er ist. Alle in dieser Stadt, die sich Heiligabend bewusstlos saufen, werden in ihren Wohnungen verbrennen, ausgelöst durch die hölzernen Kerzenhalter, die die Enkel im Werkunterricht hergestellt haben. Damit das Feuerchen auch richtig schön brennt, drapieren die Wahnsinnigen auch noch Moos um die Kerzen.«

Er lehnte sich zurück und verschränkte die Hände im Nacken.

Gunilla hatte sich auf Carins Stuhl gesetzt.

»Was hättest du jemandem geantwortet, der behauptet, Hitler war ein guter Kerl?«, fragte sie.

Da klingelte das Telefon.

Es war Stenberg.

»Du kannst jetzt runterkommen und dir Sirrs Koffer ansehen«, sagte er. »Wir haben ihn geöffnet.«

»Danke«, sagte Fors, »wir kommen sofort.«

Er stand auf und verließ zusammen mit Gunilla das Zimmer. Sie gingen zum Fahrstuhl.

»Die Schwierigkeit«, sagte Fors, »besteht nicht darin, zu lernen, was in den Dreißiger- und Vierzigerjahren wirklich passiert ist. Die Schwierigkeit besteht darin, die Nazis zum Zuhören zu bringen. Das ist das Problem. Sie wollen es nicht wissen. Aber natürlich musst du es lernen, natürlich musst du es wissen. Ohne Wissen steht man ganz schön blöd da. Aber glaub nicht, dass Wissen allein reicht. Es gehört noch etwas anderes dazu.«

»Was?«, fragte Gunilla.

»Ich weiß es nicht. Ich kriegte zum Beispiel auch nicht viele Worte raus, als ich Tullgren verhört habe. Vielleicht ist Liebe nötig.«

»Wie meinst du das?«

»Man muss sie so gern haben, dass man die Kraft hat, sich ihrer anzunehmen.«

Der Fahrstuhl fuhr in den Keller.

Dort war das, was Stenberg sein Labor nannte, in dem er zusammen mit Karlsson arbeitete. Die beiden kleinen Räume waren mit Gegenständen voll gestopft, jeder einzelne Gegenstand war mit einem weißen Etikett gekennzeichnet, das, wenn möglich, an einem Band befestigt war. Auf dem Weg durch den Korridor wurde der Tabakduft immer aufdringlicher. Stenberg war Pfeifenraucher, aber er rauchte nur unten in seinen eigenen vier Wänden, niemals woanders.

Sirrs Aktenkoffer lag auf etwas, das meistens aussah wie der Tisch eines Lumpensammlers.

»Sechsundzwanzig, neununddreißig«, sagte Stenberg, und Fors legte seinen Finger auf das Ziffernschloss, stellte den Code ein und öffnete den Deckel. Gunilla neben ihm beugte sich vor.

In dem Koffer lagen ein Dutzend Streichholzschachteln und eine Pistole mit einem Kolben aus Edelholz und sehr langem Lauf.

»Das ist eine Hammeli, Kaliber 22«, sagte Stenberg. »Eine kleinkalibrige Sportwaffe. Nichts, was man benutzt, wenn man jemanden umbringen will, aber natürlich geht das auch, wenn man gut schießen kann und auf die richtige Stelle zielt.«

»Was ist die richtige Stelle bei so einer Waffe?«, fragte Gunilla.

»Das Auge, nehme ich an«, antwortete Stenberg. »Du musst allerdings mehrere Male abdrücken. Sirr wurde mit einer 9-Millimeter-Waffe erschossen. Der Schuss ist augenblicklich tödlich, wenn er so trifft, wie er Ahmed Sirr getroffen hat, aber mit diesem Ding ... tja.«

»Die sieht benutzt aus«, sagte Fors.

»Benutzt ja, aber wir wissen nicht, wem sie gehört. Das Waffenregister meldet leider momentan einen Computerfehler.«

»Und die Streichholzschachteln?«, fragte Fors.

»Zwei enthalten Marihuana. Sieht aus wie dieselbe Sorte, die wir kürzlich bei dem Mädchen beschlagnahmt haben. Die anderen sind leer.«

»Wahrscheinlich hat er Streichholzschachteln gesammelt, um sie mit Stoff aufzufüllen«, sagte Gunilla.

»Vermutlich«, sagte Stenberg. »Ich habe auch mit dem Gerichtsmediziner gesprochen. Er glaubt, dass Sirr an der Stelle umgebracht wurde, wo man ihn gefunden hat, und dass er Dienstagabend zwischen einundzwanzig und vierundzwanzig Uhr gestorben ist. Die Schusswaffe ist vermutlich eine 9-Millimeter-Pistole oder ein Revolver. Die Mündung ist gegen seine Wange gedrückt worden, als abgefeuert wurde. Im Übrigen gibt es keine Anzeichen von Kampf oder sexueller Gewalt. Das ist alles, was er vor Weihnachten sagen will. Zwischen den Festtagen meldet er sich wieder. Er glaubt – mit der Betonung auf *glaubt* –, dass die Kugel ein Vollmantelgeschoss war.«

Sie sahen sich an.

»Werden wir dadurch schlauer?«, fragte Fors.

»Sirr war Dealer«, sagte Gunilla. »Das wissen wir jetzt, wenn wir es nicht schon vorher kapiert haben.«

»Und er wurde von jemandem erschossen, der ihn aus dem Weg haben wollte«, sagte Karlsson, »jemand, der sich im Hintergrund gehalten hat.«

»Vielleicht«, sagte Stenberg. »Vielleicht. Aber das ist Bullenjob, das rauszukriegen, du und ich, wir kümmern uns nur um die Technik. Um den Rest dürfen sich die Kollegen von der Fahndung kümmern.«

Stenberg hielt eine kalte Pfeife in der rechten Hand. Er zeigte mit dem Pfeifenschaft auf die Pistole.

»Natürlich werden wir die untersuchen, Fingerabdrücke nehmen und sehen, was wir sonst noch so finden. Wir haben sie nicht berührt, wissen nicht mal, ob sie geladen ist. Soweit ich mich erinnere, haben wir seit Ewigkeiten keine Morde mit kleinkalibrigen Waffen gehabt. Die Waffe ist vielleicht nur zum Selbstschutz benutzt worden.«

»Oder zur Abschreckung«, sagte Gunilla. »Sie sieht imponierend aus. Habt ihr was in seinem Schrank gefunden?«

»Eine Jeansjacke mit einigen Marihuanakrümeln und Jeans.«

Als Stenberg »Jeans« sagte, zog er eine Augenbraue hoch.

»Und was war mit der Hose?«, fragte Gunilla.

Stenberg schien sein Vorwissen zu genießen.

»An der Innenseite des Hosenbundes ist ein kleiner Ölfleck. Wenn wir den näher untersuchen, werden wir wahrscheinlich feststellen, dass es Waffenöl ist. Der Junge hat die Pistole im Hosenbund getragen.«

Karlsson schüttelte den Kopf.

»Vollkommen unverantwortlich. Entweder schießt man sich in den Schwanz, wenn man die Waffe rausholt, oder man verliert sie, wenn man sich vorbeugt oder läuft. Dann kann sich ein Schuss lösen und die Kugel trifft wer weiß was.«

»Was anderes«, sagte Fors, »was, glaubst du, war mit der Kirche?«

»Nichts«, sagte Stenberg. »Das muss Flodén rausfinden. Die Elektroleitungen sollen im Frühling erneuert worden sein. Ob das erhöhtes oder vermindertes Risiko bedeutet, wissen die Götter. Es gibt Elektriker, die können keine Taschenlampe zum Leuchten bringen, wenn man ihnen nicht zeigt, wo man die Batterie einsetzt. Als es vor zwei Jahren in Dalgryten gebrannt hat, war es Brandstiftung, das ist sicher. Es sind auch Briefe gekommen, in denen stand, dass es nicht bei einer Kirche bleiben sollte, die brennen würde. Aber dann haben sie einen Satanisten festgenommen und eingelocht. Seitdem hat in dieser Gegend keine Kirche mehr gebrannt. Flodén weiß natürlich auch über die Kirchenbrände Bescheid. Das ist nicht gerade mein Spezialgebiet. Wir haben die Kirchenschlüssel eingesammelt und mit hergebracht. Auf den Schlüsseln der Pastorin sind keine Fingerabdrücke. Die sind sorgfältig abgewischt. Ich hab keine Ahnung, ob das was zu bedeuten hat. Zu dieser Jahreszeit tragen ja alle Handschuhe oder Fäustlinge, und man reibt den Schlüssel, wenn man ihn hält.«

Stenberg stopfte seine Pfeife, steckte sie in den Mund, hockte sich auf die Tischkante, zündete die Pfeife an und nahm einige Züge. Dann legte er die Streichholzschachtel auf den Pfeifenkopf und drückte sie auf die Glut.

»Jetzt machen wir für die Feiertage zu.«

Er zeigte mit dem Pfeifenstiel auf Karlsson.

»Er hat Bereitschaftsdienst. Ich fahr nach Leksand und bin Silvester zurück.«

Er nahm einen Zug aus der Pfeife und blies den Rauch gegen die Decke. In den Leuchtstoffröhren summte es. Dann legte er die Pfeife in einen Aschenbecher aus Messing. Er war groß und sah schwer aus. Vielleicht war das eine Waffe, ein Untersuchungsobjekt, das beschlagnahmt und für unbrauchbar befunden worden war. Durch den Stiel ringelte sich eine dünne Rauchschleife, die Gunilla fasziniert beobachtete.

»Frohe Weihnachten euch allen.«

»Schönen Urlaub«, sagte Fors. »Und euch beiden frohe Weihnachten.«

Dann kehrten sie in Fors' Zimmer zurück und setzten sich.

»Mein Vater hat auch diese Art Pfeife geraucht«, sagte Fors. »Genau wie Stenberg. Zeigte immer auf alles mit dem Pfeifenstiel. Er war Schachspieler, und wenn er mögliche Eröffnungen erklären wollte, benutzte er den Pfeifenstiel als Zeigestock. Das ist vielleicht die stärkste Erinnerung, die ich an ihn habe, wie er dasaß und die Finessen einer spanischen Eröffnung mit dem Pfeifenstiel erklärte.«

In dem Moment kam Carin zur Tür herein.

»Ich habe eine Zeugin«, sagte sie. »Jemand hat Sirr Dienstagabend kurz vor neun beim Volvo gesehen.«

Gunilla, die auf Carins Stuhl gesessen hatte, stand auf, aber Carin gab ihr ein Zeichen, sich wieder zu setzen. Sie hängte ihren Mantel auf und stellte sich ans Fenster.

»Es wird wieder kalt«, sagte sie und rieb sich die Hände. »Ich krieg mein Auto nicht warm.«

»Willst du uns deshalb auf die Folter spannen?«, fragte Fors.

»Ist Stenberg hier gewesen?«, fragte Carin.

»Nein, wir waren bei ihm.«

»Es riecht nach Pfeifenrauch«, sagte Carin.

»Jetzt erzähl«, bat Fors.

»Ich bin zu Sirrs gefahren«, sagte Carin, »aber da war niemand zu Hause. Dann hab ich, ganz oben angefangen, die Türen abgeklappert. Auf jeder Etage gibt es vier Türen. Sechs Stockwerke, zweiunddreißig Türen, Sirrs mitgerechnet. Hinter sieben Türen war jemand zu Hause. Zwei davon wurden von Kindern geöffnet, die wussten nicht, welcher Tag nach Dienstag kommt. Solche Art Kinder. Ganz unten wohnt eine Frau, Lotta Stjernkvist. Sie ist Busfahrerin, und Dienstag hat sie sich verspätet, weil sie einen Platten hatte. Sie musste den Bus zur Werkstatt bringen und neue Reifen aufziehen lassen. Deswegen ist sie erst kurz vor neun nach Hause gekommen, was sie ärgerte, da sie eine Fernsehserie sehen wollte, die dienstags abends um acht läuft. Sie war sich also sehr genau bewusst, wie spät es war, als sie den Folkungavägen entlangkam. Sie sagt, vor der Nummer zwölf stand ein Audi, ein dunkelblaues Auto, und dass vier Mädchen neben dem Auto standen. Sie unterhielten sich mit einem Jungen, der keine Jacke, nur einen roten Pullover trug. Lotta Stjernkvist ist sicher, dass es Ahmed Sirr war. Sie wohnt seit fünf Jahren in diesem Haus und hat Ahmed häufig im Treppenhaus gesehen. Die Mädchen hatten alle lange blonde Haare und waren um die zwanzig.«

»Die Lucia-Bräute«, sagte Fors.

»Sie trugen Hosen. Zwei der Mädchen hatten rote Steppanoraks an, so aufgeplusterte Modelle, zwei dunkle Jacken. Ein Mädchen war größer als Sirr. Die anderen waren kleiner.«

»Wie groß war Sirr?«, fragte Fors.

»Eins zweiundachtzig«, sagte Gunilla.

»Dann suchen wir also nach einem blonden Mädchen, das größer als eins zweiundachtzig ist«, sagte Fors.

»Ja«, sagte Carin. »Und dieses Mädchen hat drei blonde Freundinnen.«

»Was wollten sie von Sirr?«, fragte Fors.

»Gras kaufen«, schlug Gunilla vor.

»Zum Beispiel«, sagte Carin, »oder ihn erschießen.«

»Oder erst Gras kaufen und ihn dann erschießen«, sagte Fors.

»Wie viele Mädchen mag es in der Stadt geben, die blond und über eins zweiundachtzig groß sind?«, fragte Gunilla.

»Gute Frage«, sagte Carin. »Aber wir können ja nicht sicher sein, dass die Große oder die anderen Mädchen überhaupt aus der Stadt sind.«

»Eine von denen stammt vielleicht aus Schonen«, sagte Gunilla.

»Eine große Blonde aus Schonen, die sich am Dienstagabend mit Ahmed Sirr auf dem Folkungavägen vor der Hausnummer zwölf unterhalten hat, wie soll man die finden?«

»Die Schulkrankenschwester«, sagte Carin. »Große blonde Mädchen um die zwanzig, die schonischen Dialekt sprechen.«

»Es ist ja nicht sicher, dass es die große Blonde war, die den Dialekt spricht«, sagte Fors. »Das Mädchen, das Sirr am Telefon bedroht hat, und diese vier Mädchen vor seiner Haustür brauchen ja nichts miteinander zu tun zu haben. Aber wir haben jedenfalls einige Zeugen, die Sirr gesehen haben, kurz bevor er starb. Die Frage ist nur, ob diese Mädchen ihn umgebracht haben.«

»Frauen benutzen keine Schusswaffen, wenn sie töten«, sagte Gunilla. »Das haben wir in der Schule gelernt.«

»Das ist wohl richtig«, sagte Fors. »Aber für jede Regel gibt es eine Ausnahme. Vielleicht haben wir es hier mit der Ausnahme zu tun.«

»Nur – warum?«, fragte Carin.

»Wir lassen Jamal kommen«, sagte Fors. »Ich will, dass er morgen früh um sieben geholt wird. Holt ihn aus dem Bett.«

Fors sah Gunilla an.

»Verstehst du?«

»Willst du, dass ich das mache?«

»Ja, und sieh zu, dass du Lund und Berggren dabeihast.«

Lund und Berggren waren beide um die vierzig, beide waren kräftig gebaut und fast zwei Meter groß. Lund war Methodist und sang im Chor. Berggren hatte drei Kinder und war im Elternbeirat der Klasse seiner ältesten Tochter. Als sie 2001 zu den Krawallen in Göteborg abkommandiert waren, hatten Jugendliche aus der Mittelschicht mit Straßensteinen nach ihm geworfen. Ein mehrere Kilo schwerer Stein hatte ihn am Helm getroffen und danach war er einen Monat lang krankgeschrieben. Die Verletzung in Göteborg war die einzige, die er sich im Dienst zugezogen hatte. Nur seine fünfjährige Tochter hatte angefangen zu stottern.

Lund und Berggren sahen sehr Respekt einflößend aus und konnten einem verschlafenen Siebzehnjährigen einen schönen Schrecken einjagen, wenn sie nur die Augenbrauen hochzogen.

»Die gibt Nylander mir nie«, sagte Gunilla.

»Ich rede mit Örström«, sagte Fors. »Sorg dafür, dass der Junge morgen früh hier ist. Ich komme um neun, und dann wäre es gut, wenn du auch da bist, Carin. Wollen wir noch mal zusammenfassen?«

Das taten sie, und als sie damit fertig waren, ging Gunilla weg, um herauszufinden, ob Henrietta Sjöbring ein Handy besaß. Und Carin ging, um einige Schulkrankenschwestern aufzutreiben.

Fors setzte sich an den Computer und legte einen Ordner für die Ermittlung in dem Kirchenbrand in Vreten an. Als er mit Schreiben fertig war und sich auf dem Stuhl zurücklehnte, wurde ihm bewusst, dass er der Einzige war, der sich noch im Präsidium befand. Ein sonderbares Gefühl. Er musste aufstehen und in den Korridor gehen. Er ging an den leeren Zimmern vorbei und nahm dann den Fahrstuhl zu Irma hinauf. Auf einem roten Blatt Papier mit goldenen Sternen stand, dass die Kantine geschlossen war und erst morgen um elf wieder öffnen würde.

Fors fuhr hinunter und zog seinen Mantel an. Als er gehen wollte, schoss ihm ein Gedanke durch den Kopf. Er kehrte noch einmal um und holte die Ermittlungsakte über den Totschlag Hilmer Erikssons. Er brauchte nur die erste Seite aufzuschlagen, um festzustellen, dass Hilmer Eriksson heute neunzehn Jahre alt geworden wäre.

19

Als Fors aus der Garage rollte, hatte er sich noch nicht entschieden – sollte er nach Hause fahren und sich mit einem Grog in die Badewanne legen, oder sollte er bei Ava vorbeifahren?

Er entschied sich für Ava.

Er parkte vor ihrem Haus und sah, dass ihr Fenster im dritten Stock erleuchtet war. Aber er konnte trotzdem nicht sicher sein, dass sie auch zu Hause war. Eine Frau mit vier übervollen Plastiktüten stolperte vorbei, auf dem Weg nach Hause, den Weihnachtsschinken kochen und die Geschenke einpacken. Fors blieb eine Weile im Auto sitzen und schaute zur Tür des Hauses, in dem Ava wohnte. Manchmal herrschte ein reges Kommen und Gehen an den Türen, wo Leute wohnten, die mit Rauschgift handelten, aber im Augenblick war der Verkehr versiegt. Jedenfalls ging niemand hinein, und niemand kam heraus während der fünfundvierzig Minuten, die Fors im Auto saß und die Tür im Auge behielt.

Dann stieg er aus und ging zu Ava hinauf, klingelte und schob den Fuß zwischen Tür und Türrahmen, als sie öffnete.

»Hallo, Ava«, sagte Fors.

Ava hatte rote Augen und sah schlaftrunken aus.

»Was wollen Sie?«

»Mich ein bisschen unterhalten.«

»Scheiße, können Sie die Leute nicht in Ruhe lassen?«

»Im Moment nicht. Soll ich Verstärkung holen?«

Ava seufzte tief und öffnete die Tür ganz. Sie trug eine rote Samthose und ein hellblaues Hemd mit rundem Kragen. Ihre Socken waren bunt gestreift und aus dem Wohnungsinnern ertönte Musik, die Fors nicht kannte.

Er zog seine Schuhe aus und warf einen Blick auf das Bild von Ganesh. Ava beobachtete ihn.

»Was wollen Sie?«

»Wir müssen uns unterhalten.« Fors betrat das Zimmer. Ein gelbes kunstseidenes Tuch war über den Schirm der einzigen Lampe geworfen, einer Stehlampe, die am Kopfende der Matratze stand.

»Warum?«

»Weil Sie ein Problem haben.«

»Ich weiß«, fauchte Ava. »Ich hab verdammt Probleme mit all den Bullen, die hier pausenlos reingestürmt kommen. Wenn Sie mich und meine Freunde in Ruhe lassen würden, dann hätten weder Sie noch ich Probleme.«

»Diesmal müssen wir uns nicht über Ihre üblichen Probleme unterhalten«, sagte Fors. Er setzte sich auf den Fußboden und lehnte den Rücken gegen die Wand. Auf dem Tisch mit den kurzen Beinen lag eine Messingpfeife mit einem zwanzig Zentimeter langen Stiel. Ava ließ ihn nicht aus den Augen.

»Wollen Sie mein Gras haben?«

Fors schüttelte den Kopf.

Das Mädchen, das jetzt mit gekreuzten Beinen auf der Matratze saß, hatte ein spitzes Kinn. Die spitze Gesichtsform ließ sie mager, fast ausgezehrt wirken.

»Sie haben mich geweckt.«

»Tut mir Leid, aber das, worüber wir reden müssen, kann nicht warten.«

»Diese Zivilisation ist zum Untergang verdammt«, behauptete das Mädchen überzeugt. »Stress tötet.«

»Meinen Sie? Man kann auch auf andere Weise sterben.«

»Wie meinen Sie das?«

Das Gesicht des Mädchens war angespannt.

»Sie haben Ahmed gekannt.«

»Was wissen Sie darüber?«

»Ich will Ihnen ja nur helfen, seien Sie jetzt nicht zickig.«

»Ich bin nicht zickig. Ich hab bloß all die Bullen so verdammt satt, die hier reinplatzen und sich aufführen, als gehöre ihnen die ganze Welt.«

»Erzählen Sie mir von Ahmed.«

»Er ist tot. Es hat in der Zeitung gestanden. Das ist alles, was ich weiß.«

»Aber Sie haben ihn gekannt.«

»Nein.«

»Ist er nie hier gewesen?«

»Nicht, soviel ich weiß.«

»Jetzt hören Sie auf mit dem Theater. Ich weiß, dass er hier gewesen ist. Jetzt ist er tot. Wenn Sie ein bisschen nachdenken, muss Ihnen klar werden, dass Sie in die Ermittlungen von Ahmeds Tod hineingezogen werden können, und das könnte unangenehm für Sie werden.«

Das Mädchen warf sich gegen die Kissen, streckte die Beine aus und strich sich die Haare aus der Stirn.

»Ich hab niemanden umgebracht.«

Wie sie da so halb auf der Matratze lag, gegen die einigermaßen sauberen gelben Kissen gelehnt, konnte Fors ihre Fußsohlen sehen. Beide Socken hatten Löcher an den Fersen. Er dachte an seine Schwester.

»Verstehen Sie«, sagte das Mädchen, »ich bringe niemanden um. Davon kriegt man einen schlechten Charakter.«

Fors schwieg. Seine große Schwester Lisen war Ende der Sechzigerjahre nach Nepal gereist. Sie hatte in Katmandu gewohnt und als sie schließlich wieder heimkehrte, war sie in eine Kommune in Hälsingland gezogen. Dort hatte sie Gemüse biologisch angepflanzt und in der Schule der Kommune Zeichenunterricht gegeben. Sie hatte Fors niemals verziehen, dass er Polizist geworden war.

»Es ist nicht ganz undenkbar, dass Ahmed umgebracht wurde, weil er etwas verkauft hat, was er Ihnen abgekauft hat«, sagte Fors. »Vielleicht waren Sie sogar damit einverstanden, dass er entfernt wurde.«

»Wie, entfernen?«

»Sie sind ja wohl clever genug, um zu kapieren, wie es in Ihrer Branche zugeht.«

Das Mädchen schüttelte den Kopf und sah aus wie eine trotzige Schülerin. Fors wusste, dass Ava kürzlich fünfundzwanzig geworden war.

»Nein«, sagte sie.

»Was, nein?«

»Ich kapiere es nicht. Ich kapier nicht, wovon Sie reden. Ich verkauf ein bisschen Gras, um mein eigenes Rauchen zu finanzieren. Manchmal arbeite ich beim Pflegedienst, manchmal im Kindergarten. Ich bin ein friedlicher Mensch. Ich schade niemandem. *Live and let live* ist mein Wahlspruch.«

»Eins Ihrer Probleme besteht darin, dass Sie mit Leuten zu tun haben, die einen anderen Wahlspruch haben«, sagte Fors.

»Welchen?«

»*Live and let die.*«

Ava richtete sich auf.

»Möchten Sie Tee?«

»Danke, gern.«

»Ich kann Ihnen Zimttee kochen.«

»Das klingt gut.«

Ava ging in die Küche und Fors hörte, wie sie Wasser laufen ließ. Er streckte sich nach dem Buch, das am Kopfende der Matratze lag. »Milarepa – Tibets großer Yogi«.

Was soll man mit fünfundzwanzigjährigen jungen Frauen machen, die kindisch sind wie Vierzehnjährige und nichts anderes wollen, als sich zusammenkauern und sich selbst therapieren, einschmeichelnde Musik hören und tibetanische Heiligenlegenden lesen? Was soll man mit denen machen, überlegte Fors, und wieder dachte er an seine Schwester Lisen. Sie hatte drei Kinder von drei verschiedenen Männern. Mit keinem der Männer lebte sie zusammen. Fors hatte seine Schwester und seine Geschwister das letzte Mal an seinem fünfzigsten Geburtstag getroffen. Er dachte an all die, die er nie traf, und er dachte an Johan. Worüber würden sie reden, wenn er am zweiten Feiertag kam?

Ich hab niemanden, der mir wirklich nahe steht, dachte Fors. Ich bin ein einsamer Wolf geworden, von

Arbeit zugeschüttet. Annika Båge mochte er, aber der Altersunterschied betrug fast zwanzig Jahre. Annika wollte Kinder. Ihr Verhältnis war von Anfang an zum Tode verurteilt, das wussten sie beide. Sie brauchten die Wärme des anderen und wussten doch, dass ihre Beziehung nicht halten würde.

Ava kehrte aus der Küche zurück. Sie nahm eine Strickjacke von einem Bügel und legte sie sich um die Schultern, bevor sie sich wieder auf die Matratze setzte. Sie nahm eine Schachtel Streichhölzer und suchte eine Weile darin, ehe sie ein Streichholz fand, das noch nicht abgebrannt war. Dann zündete sie eine Kerze in einem Kerzenhalter aus Keramik auf dem Tisch an.

»Er hat einige Male bei mir gekauft«, sagte sie.

»Wie viel?«

»Hundert Gramm.«

»Wissen Sie, was er damit gemacht hat?«

»Er hat es jedenfalls nicht selber geraucht.«

»Wirklich nicht?«

Ava schüttelte den Kopf.

»Er hatte einen Kumpel dabei, der musste es testen. Ahmed hat nicht geraucht.«

»Was hat er also mit seinen hundert Gramm gemacht?«

»Vermutlich weiterverkauft.«

»An wen?«

»Woher soll ich das wissen?«

»Kennen Sie Effe?«

Ava sah verständnislos aus.

»Wer ist das?«

»Haben Sie noch nie etwas an Effe verkauft?«

»Noch nie von ihm gehört.«

»Haben Sie etwas an Jamal verkauft?«

»Jamal – nein. Er war nur als Tester dabei. Ahmed hat nie selber geraucht. Er war der Meinung, dass nur Idioten rauchen. Er war wahnsinnig aggressiv. Jamal mag ich lieber. Aber man soll nichts Schlechtes über Tote sagen.«

»Wie aggressiv?«

»Aggressiv eben. Bildete sich ständig ein, dass man ihn übers Ohr hauen wollte. Glaubte sogar, ich trickse irgendwie mit der Waage. Himmel, dabei ist es eine normale Briefwaage, die ich bei der Post gekauft habe. Wie kann man mit der tricksen? Aber er wollte sie untersuchen. Und dann wollte er jedes Mal den Preis drücken. Ich mag Leute nicht, die feilschen, Leute, die Business machen wollen. Wenn man selber nicht raucht und nur Geschäfte machen will, kann man auch mit was anderem handeln. Es gibt doch Aktien und gebrauchte Autos und allen möglichen Scheiß. Ich hab nicht gern an ihn verkauft, das hab ich ihm auch gesagt, als er das letzte Mal hier war.«

»Wann war das?«

»Letzte Woche.«

»An welchem Tag?«

»Weiß nicht. Anfang letzter oder vorletzter Woche, glaub ich.«

»Und da hat er etwas gekauft?«

»Ja.«

»Wie viel?«

»Hundert Gramm.«

»War er allein oder war jemand bei ihm?«

»Der Kumpel war dabei.«
»Jamal?«
»Ja.«
Ava hob das Buch vom Fußboden auf und hielt es Fors hin.
»Haben Sie das gelesen?«
»Nein.«
»Das sollten Sie aber tun.«
»Warum?«
»Es handelt von Ihnen.«
»Wirklich? Das glaub ich nicht.«
»Milarepa hat schwarze Kunst studiert, um sich an seinen bösen Verwandten zu rächen. Er hat gelernt, Kugelblitze zu schleudern. Eines Tages schleuderte er einen Kugelblitz auf das Haus, in dem alle seine Verwandten versammelt waren. Als ihm klar wurde, dass er sie umgebracht hatte, packte ihn das schlechte Gewissen. Er ging in die Berge, um nach einem Meister zu suchen. Marpa. Er wollte sich bessern. Er brauchte sein ganzes Leben, um all das böse Karma, das er angesammelt hatte, zu vernichten. Am Ende wurde er ein Heiliger.«

Fors lachte.

»Das klingt wie eine gute Story, aber wieso handelt die von mir?«

Ava sah ernst aus.

»Sie sammeln auch ein böses Karma. Und Sie ernähren sich falsch.«

»Ach, wirklich?«

»Das sehe ich an Ihren Augen. Sie essen zu viel Fleisch.«

»Ich bin ein halber Vegetarier.«

»In Ihren Augen ist zu sehen, dass Sie Fleisch essen. Außerdem trinken Sie.«

»Das stimmt.«

»Es ist nie zu spät, ein besserer Mensch zu werden.«

»Da haben Sie ein wahres Wort gesagt.«

»Aber Bullen lesen vielleicht keine Bücher?«, fragte Ava.

»Das ist unterschiedlich«, sagte Fors. »Aber Sie könnten Recht haben, tibetanische Heiligenlegenden gehören vermutlich nicht zur Lieblingslektüre meiner Kollegen.«

Ava erhob sich und ging in die Küche. Nach einer Weile kam sie mit einer terracottafarbenen Teekanne und zwei weißen Keramikbechern mit großen Henkeln wieder. Sie stellte alles auf dem Tisch ab und setzte sich.

»Möchten Sie andere Musik hören?«, fragte sie und stellte den CD-Player ab.

»Nein«, sagte Fors. »Hat er noch was gekauft?«

Ava sah beleidigt aus.

»Ich verkauf nichts anderes. Gras und Hasch, nichts andres.«

»Hat er nach was anderem gefragt?«

»Er wusste wohl, dass ich nichts anderes verkaufe. Pillen rühr ich nicht an.«

»Hat er nach was anderem gefragt?«

»Mich hat er jedenfalls nicht gefragt.«

»Und er hat Ihnen nie erzählt, wo er das Zeug verkauft hat, an wen?«

»Nein. Aber er hatte immer gutes Gras. Früher hatte ich auch gutes Hasch. Das ist leicht zu verkaufen, alle wollen es haben.«

»Alle?«

Sie lächelte Fors an, nahm die Kanne und goss ihm Tee ein.

»Ja, alle, die zählen.«

Dann lachte sie ein kurzes, abgehacktes Lachen.

»Ja, Entschuldigung.«

»Bullen zählen also nicht?«

»Kaum«, sagte Ava.

»Wenn jemand den Markt umstrukturieren will, dann kann es gefährlich werden«, sagte Fors.

Ava sah aus, als hätte sie einen lebenden Blutegel im Mund, als sie ausspuckte:

»Reden Sie verdammt noch mal so, dass man Sie versteht.«

»Es könnte sein, dass Ahmed gestorben ist, weil jemand sein Geschäft an sich reißen wollte«, sagte Fors.

Ava zuckte mit den Schultern.

»Na und?«

»Das könnte auch Sie etwas angehen. Es könnte sein, dass jemand auch Ihre Geschäfte übernehmen möchte.«

Ava schnaubte.

»Gehören Sie zu denen, die nur negativ denken?«

»So ist es wohl«, antwortete Fors.

Ava nippte an ihrem Tee. Er schien ihr zu heiß zu sein. Sie pustete.

»Wollen Sie nicht probieren?«

»Ich fürchte, er ist noch zu heiß«, sagte Fors. »Ich habe empfindliche Lippen.«

»Glauben Sie, jemand würde mit mir das machen, was man mit Ahmed gemacht hat?«, fragte Ava und sah Fors misstrauisch an.

»Keine Ahnung. Aber ich male gern den Teufel an die Wand, wenn es Ihnen das Leben retten kann.«

»Stimmt es, dass er erschossen worden ist?«

»Steht das in der Zeitung?«

»Ja, das steht da. Haben Sie es nicht gelesen?«

»Nein.«

»Wirklich nicht?«

»Ich bin mit der Voruntersuchung beschäftigt. Für diese Zeit gilt das, was man Geheimhaltung nennt. Das bedeutet, ich sollte nur mit meinen Kollegen darüber reden, womit ich mich beschäftige.«

Ava sah Fors mit Abscheu an.

»Dann können Sie nicht mal sagen, ob es wahr ist oder nicht, was in der Zeitung steht?«

»Richtig.«

»Was für einen Scheiß-Job Sie haben. Geheimnistuerei und so was. Haben Sie noch nie daran gedacht, den Job zu wechseln?«

»Schon oft.«

»Wirklich?«

»Ja.«

Es sah aus, als stiege Fors etwas in Avas Achtung.

»Jetzt probieren Sie mal den Tee.«

Fors probierte.

»Schmeckt gut«, sagte er, »sehr gut. Ist das Zimttee?«

»Ja, mögen Sie den?«

Fors streckte sich nach der langen Pfeife, die auf dem Tisch lag, betrachtete sie und legte sie zurück.

»Haben Sie jemanden, bei dem Sie eine Weile wohnen könnten?«, fragte er.

»Wie meinen Sie das?«

»Es ist ja Weihnachten. Besuchen Sie nicht Ihre Eltern über die Festtage?«

»Nein.«

»Haben Sie keine Geschwister?«

»Fünf.«

»Können Sie nicht einen von ihnen besuchen?«

»Nein.«

»Es wäre gut, wenn Sie es könnten. Verlassen Sie die Stadt für eine Weile. Kommen Sie nach Neujahr wieder, dann haben wir das Ganze aufgeklärt, glaube ich.«

Ava seufzte und führte die Teetasse zum Mund. Das Haar fiel ihr ins Gesicht.

»Glauben Sie allen Ernstes, dass ich in Gefahr bin? Dass jemand auch mich erschießen könnte?«

»Keine Ahnung«, sagte Fors. »Aber ich denke, wie gesagt, negativ. Denken Sie mal drüber nach. Vielleicht fällt Ihnen jemand ein, den Sie besuchen könnten.«

»Ich hab kein Geld.«

»Sie können sich bestimmt etwas von jemandem leihen.«

»Ihr habt mir ja mein Gras weggenommen. Wissen Sie eigentlich, was so eine Tüte kostet?«

»Das gehört wahrscheinlich zu den Risiken, die man in Ihrer Branche in Kauf nehmen muss. Wenn Sie nicht mehr als eine Tüte abgeben müssen, können Sie zufrieden sein, finde ich.«

»Hören Sie auf«, heulte Ava. »Sie machen mich verrückt.«

»Frohe Weihnachten«, sagte Fors und erhob sich.

»Wollen Sie Ihren Tee nicht austrinken?«

»Ich hab noch einiges zu erledigen. Aber vielen Dank. Was sagten Sie noch, wie er hieß?«
»Wer?«
»Der Heilige mit den Kugelblitzen.«
»Milarepa. Er ist der große Yogi von Tibet.«

Fors ging in den Flur, zog seine Schuhe an und grüßte noch einmal an der Tür, ehe er sie vorsichtig hinter sich zuzog. Als er seinen Golf gestartet hatte, schaltete er das Radio ein und drehte zwischen den Sendern hin und her. Anita O'Day sang »Honeysuckle Rose«. Ihre Stimme war mit einem schönen Bass unterlegt und Fors stellte lauter. Er hörte noch ein paar Songs, die ihm gefielen, und die ganze Zeit behielt er Avas Tür im Auge. Aber es kam niemand heraus oder ging hinein. Nach einer halben Stunde fuhr er davon.

20

Gunilla hatte einen Brief auf dem Briefpapier der Polizeibehörde geschrieben. »Bitte nehmen Sie Kontakt zu uns auf. Es ist wichtig.« Sie hatte mit ihrem und Fors' Namen unterzeichnet und die vier Telefonnummern hinzugefügt. Ehe sie ihre eigenen Telefonnummern zuoberst hinschrieb, hatte sie eine Weile gezögert.

Dann war sie zu Sjöbrings gefahren und hatte den Brief in den übervollen Briefkasten gesteckt. Das Haus war dunkel bis auf den Weihnachtsstern im Wohnzimmerfenster.

Sie hatte auch an der Tür der alten Frau von gegenüber geklingelt in der Hoffnung, noch einige Fragen stellen zu können, aber niemand hatte geöffnet.

Dann war sie zu ihrer »Schande« hinausgefahren. Zweimal fuhr sie am Haus des Tischlers vorbei, langsam. Das ganze Haus war erleuchtet, und dann war sie zu ihrer Zwei-Zimmer-Wohnung in einem Neubaugebiet gefahren. In ihrer Wohnung funktionierte die Heizung nicht und es war heiß wie in der Hölle. Wenn man die Wärme herunterdrehte, wurde es eiskalt. Sie hatte geduscht und sich nackt ins Bett gelegt, die gewaschenen Haare in ein Handtuch geschlungen. Eine Weile hatte sie an ihren Tischler gedacht und dann Musik aufgelegt, zu der sie zusammen getanzt hatten. Einen Moment lang hatte sie erwogen, ihn anzurufen, nur um ihm frohe Weihnachten zu wünschen, da war doch nichts dabei, sie waren schließlich im selben Tanzclub.

Aber ihr wurde schnell klar, dass es keine gute Idee war, und sie hatte eins der Bücher genommen, die sie in der Bibliothek ausgeliehen hatte, und es irgendwo aufgeschlagen. Sie drehte die Leselampe so, dass das Licht ins Buch fiel, und klopfte ihr Kopfkissen zurecht.

Ein schwedischer Diplomat, Göran von Otter, befand sich im Frühherbst 1942 in einem Zug zwischen Warschau und Berlin. Ein SS-Offizier, der ein Konzentrationslager besucht hatte, um einen Bericht darüber zu schreiben, wollte sich unbedingt mit ihm unterhalten.

Was war ein SS-Offizier? Gunilla meinte zu wissen, dass die SS Hitlers Elitesoldaten waren, aber sie war nicht sicher. Ein SS-Offizier und ein schwedischer Diplomat saßen im heißen Frühherbst 1942 zusammen in einem Zugabteil.

Kurt Gerstein hieß der Offizier. Kurt Gerstein und Göran von Otter. Gerstein war erschüttert von dem, was er gesehen hatte. Er musste mit jemandem darüber sprechen. So begann er ein Gespräch mit dem Schweden.

Ein Ortsname:
Belzec.
Der Name sagte Gunilla nichts.
Belzec.
Zwischen Lublin und Lemberg. Lag das in Polen?
Ein Extragleis. Südlich der Landstraße standen einige Häuser mit einem Schild: SS-Sonderkommando.
Einer der Polizisten hieß Wirth. Manche der für die Tätigkeiten in Belzec Verantwortlichen waren Polizisten.
Polizist Wirth.
Polizist, genau wie Gunilla.
Wirths Dienstgrad war Hauptmann.
Gerstein sprach von Millionen von Fliegen und von dem Geruch in der Augusthitze.
Direkt neben dem Gleis war eine Baracke.
Sie wurde die Garderobe genannt.
Dort gab es auch den Raum mit den hundert Stühlen – den Frisiersalon.
Draußen verlief eine kurze Allee zwischen Birken und einem Zaun mit doppeltem Stacheldraht.
Das Schild: Zum Bad und Inhalieren.
Das Badehaus mit Geranien, eine kleine Treppe und

links und rechts drei Räume, jeder etwa fünf mal fünf Meter groß. Deckenhöhe eins neunzig.

Holztüren wie zu einer Garage.

An der hinteren Wand mehr Türen.

An der Wand ein Schild: Heckenholt-Stiftung.

Auf dem Dach ein Davidstern.

Dann kam der Zug.

Fünfundvierzig Güterwagons. Sechstausendsiebenhundert Menschen. Eintausendeinhundertachtundvierzig Menschen in jedem Wagon.

Wie groß ist ein Güterwagon?

Eintausendvierhundertfünfzig Tote bei der Ankunft.

Zweihundert ukrainische Lagerinsassen öffneten die Türen und trieben die Leute mit Peitschen aus den Wagons.

Aus einem Lautsprecher wurden Befehle erteilt:

»Alle ausziehen, Prothesen und Brillen ablegen. Wertsachen sind in der Garderobe zu lassen. Quittungen gibt es nicht. Schuhe sind sorgfältig zusammenzubinden.«

Frauen und Mädchen wurden wie Vieh zusammengetrieben, nackt, in den Friseursalon.

Einhundert Stühle.

Plötzlich flog es durch Gunillas Bewusstsein:

»Ich wollte mir die Haare färben lassen. Rot. Was meinen Sie?«

So blitzschnell, dass sie es kaum merkte.

Mit einigen raschen Schnitten wurden die Haare geschoren und in Kartoffelsäcke gestopft.

Der SS-Unterscharführer, der im Frisiersalon Wache

hatte, glaubte, die Haare würden dazu benutzt, um U-Boote fahrtüchtig zu halten.

Man dichtete U-Boote mit Frauenhaaren.

Glaubte der Dienst habende SS-Unterscharführer im Frisiersalon mit den hundert Stühlen.

Danach:

Die vollkommen nackten Frauen und Kinder gingen in einer Reihe zu den Todeskammern.

An der Tür stand ein hünenhafter SS-Soldat, der erklärte, hier käme es darauf an, tief einzuatmen, um gewisse Lungenkrankheiten zu heilen. Nur ein tiefer Atemzug. Und dann die Luft anhalten. Männer und Jungen sollten natürlich arbeiten, wenn sie gesund waren. Sie sollten Straßen und Häuser bauen. Frauen und Kinder brauchten nicht zu arbeiten. Sie sollten nur tief einatmen, damit sie eventuelle Lungenkrankheiten loswurden, danach brauchten sie nicht mehr zu arbeiten, wenn sie nicht wollten. Selbstverständlich dürften sie in der Küche helfen und vielleicht Gartenarbeiten erledigen, aber sie mussten nicht.

Frauen und Kinder vor den Türen.

Dahinter Räume fünf mal fünf Meter.

Deckenhöhe eins neunzig.

Belzec, zwischen Lublin und Lemberg.

August 1942.

Die nackten Frauen.

Die nackten Mädchen.

Die nackten Kinder auf den Armen der Mütter.

Manche hatten vielleicht noch Hoffnung.

Manche wollten bis zum Schluss glauben, dass alles war, was es zu sein schien.

Dass der Gestank nicht von offenen Massengräbern kam.

Dass die Fliegen nur zufällig da waren.

Aber die meisten haben es begriffen.

Eine Frau ruft: »Alles Blut, das hier vergossen wird, soll über euch kommen.«

Wirth versetzt ihr einen Peitschenhieb ins Gesicht.

Wer zögert, wird vorangepeitscht.

Viele beten.

Ich habe mit ihnen gebetet, sagt SS-Offizier Kurt Gerstein.

Wie betet man mit seinen Opfern?

Bewegt man die Lippen?

Man wird wohl kaum seine Hände falten.

Vielleicht betet man um Kraft, die man braucht, um jemandem das Entsetzliche zu erzählen, aber man betet still und unmerklich. Ein SS-Offizier, der für seine Opfer betet, steht am Rande seines eigenen Grabes.

Und ist es denn wahr?

Hat er, Kurt Gerstein, wirklich für seine Opfer gebetet?

Und was ist ein Gebet überhaupt wert, wenn man selber zu den Henkern zählt?

Er, Kurt Gerstein, hat sich geschworen weiterzugeben, was er gesehen hat. Er hat sich geschworen, etwas von der Verzweiflung, der Angst und unendlichen Trauer der Sterbenden zu vermitteln.

Er behauptet, abseits in eine Ecke gegangen zu sein und vor Ohnmacht geschrien zu haben.

Vielleicht ist es wahr.

Vielleicht hat er das Unerträgliche gesehen.

Hauptmann Wirth, der einer nackten Frau mit einer derben Reitpeitsche ins Gesicht schlägt. Vielleicht ist Kurt Gerstein dem Blick eines Säuglings begegnet oder der Verzweiflung einer jungen Mutter, als sie ihr Kind in den Tod trägt.

Fünf mal fünf Meter.

Eins neunzig hoch.

Hunderte von Menschen zusammengepfercht auf fünfundzwanzig Quadratmetern.

Sie stehen einander auf den Füßen. Kinder werden in die zusammengedrängte Menschenmenge geworfen. Die Schreie, als die Türen von einem Dutzend SS-Männer zugeschoben werden.

Ein kleines Fenster.

Ein kleines Fenster.

Ein kleines Fenster.

Und jetzt versteht Kurt Gerstein das Schild an der Wand:

Heckenholt-Stiftung.

Heckenholt ist der Name des Technikers, der sich um die Dieselmotoren kümmert.

Der Motor soll Abgase abgeben.

Die Abgase sollen durch einen Schlauch in den Raum geleitet werden, der fünf mal fünf Meter groß ist und eine Deckenhöhe von eins neunzig hat.

Die dort drinnen sollen tief einatmen und dann die Luft anhalten.

Gegen Lungenkrankheiten.

Tief einatmen und die Luft anhalten.

Heckenholt-Stiftung.

Belzec.

Zwischen Lublin und Lemberg.
Frühherbst 1942.
Gemäß Kurt Gerstein, SS-Offizier, abgesandt, um die Tätigkeit in den polnischen Konzentrationslagern zu inspizieren.

An diesem Tag, als Kurt Gerstein die Tätigkeit inspiziert, funktioniert der Dieselmotor nicht.

Wirth kommt.

Offensichtlich ist es Wirth peinlich, dass ausgerechnet an diesem Tag der Dieselmotor streikt, stellt Inspektor Kurt Gerstein fest.

Was ist aus dem fünfundzwanzig Quadratmeter großen Raum zu hören, wo hunderte von Menschen zusammengedrängt warten, einer auf den Füßen des anderen?

Was ist durch das kleine Fenster zu sehen?

Kurt Gerstein war ein pflichtbewusster Inspektor. Als der Dieselmotor nicht ansprang, stellte er seine Stoppuhr ein. Siebzig Minuten später war der Motor immer noch nicht in Gang gekommen.

Was war nach siebzig Minuten aus dem fünfundzwanzig Quadratmeter großen Raum zu hören?

Was war durch das kleine Fenster zu sehen?

Der Ukrainer, der Heckenholt beim Reparieren des Motors helfen soll, wird mehrere Male von Wirth ins Gesicht geschlagen.

Zwölf- oder dreizehnmal mit der derben Reitpeitsche, registriert Kurt Gerstein mit der Stoppuhr in der Hand.

Nach zwei Stunden und neunundvierzig Minuten springt der Dieselmotor an.

Kurt Gerstein – mit seiner Stoppuhr – schätzt, dass

zweiunddreißig Minuten, nachdem der Motor gestartet ist, alle in dem fünfundzwanzig Quadratmeter großen Raum tot sind.

Zweiunddreißig Minuten.
Und dann:
Man öffnet die Türen auf der Rückseite.
Die Leichen werden herausgeworfen.
Die Münder werden hochgebunden.
Goldzähne werden mit derben Zangen herausgezogen.
Die Plomben werden in Konservendosen gesammelt.
Enddärme und Genitalien werden auf der Jagd nach versteckten Goldgegenständen untersucht.
Über allem die Fliegen.

Die Schreie der ukrainischen Männer mit den Peitschen.
Die Hitze.
Belzec.
Zwischen Lublin und Lemberg.
Frühherbst 1942.

Und:
Das Mädchen, das sich die Haare rot färben will.
Das Mädchen, das kein Elchfleisch mag.
Das Mädchen, das Verantwortung übernehmen möchte.
Nimm nur mal die Sache mit den deutschen Lagern.
Man sagt, dort seien Menschen ausgerottet worden.
Hitler war ein glänzender Politiker.
Sagte Anneli Tullgren, das Mädchen, das vor zwei-

einhalb Jahren einen gleichaltrigen Klassenkameraden zu Tode getreten hat.

Jetzt wollte sie sich die Haare rot färben.

Jetzt wollte sie Verantwortung übernehmen.

Jetzt wollte sie in der Gemeindeverwaltung und im Reichstag sitzen.

Hitler war ein glänzender Politiker.

Sagte Anneli Tullgren.

21

Schyberg und Örström fuhren zusammen mit Karlsson zum Schuppen und kamen in der Dämmerung an.

»Wir sind über alles mit dem Detektor gegangen«, sagte Karlsson. »Keine Kugel, keine Hülse. Muss ein Revolver gewesen sein.«

»Revolver sind ungewöhnlich«, sagte Schyberg. »Heutzutage geht es meistens um Pistolen, häufig aus dem ehemaligen Ostblock. Irgendwo liegt bestimmt eine Hülse.«

»Wir sind mit dem Detektor überall gewesen«, wiederholte Karlsson.

»Auf die kann man verzichten«, meinte Schyberg. »Manchmal funktionieren sie, manchmal nicht. Auf die Okularbesichtigung kommt es an.«

»Okularbesichtigung?«, fragte Karlsson.

»Das hat mein alter Physiklehrer immer gesagt«, behauptete Schyberg.

»Was hat er damit gemeint?«, fragte Karlsson.

»Dass man seine Augen benutzen soll«, verdeutlichte Schyberg. »Ihr hättet die Kugel finden müssen.«

»Wir haben gesucht.«

»Wenn der Junge vor dem Schuppen gefallen ist, kann die Kugel nicht in viele Richtungen geflogen sein, vorausgesetzt, der Schütze hat nicht im Schuppen gesessen.«

»Wir wissen nicht, von wo der Schütze geschossen hat«, sagte Karlsson.

»Wenn er im Schuppen gewesen ist, dann muss die Kugel schräg von unten gekommen sein. Und soviel ich verstanden habe, hat sie das nicht getan«, sagte Schyberg.

»Stimmt«, sagte Örström.

»Also befand sich der Schütze nicht im Schuppen. Vermutlich stand er neben dem Opfer. Da die Kugel nicht im Schuppen ist, muss sie im Wald verschwunden sein. Sie kann aber nicht in viele Richtungen geflogen sein. Dort hinten steht eine begrenzte Anzahl Bäume. Es kann sich höchstens um die dreißig handeln, in denen die Kugel auf einer Höhe von etwa hundertachtzig Zentimetern in einem der Stämme stecken muss.«

»Es ist nicht sicher, dass sie einen Baum getroffen hat«, bemerkte Örström.

»Richtig, aber vermutlich ist es so. Schaut euch die Kiefern dahinten an, große, schöne Kiefern.«

»Wir haben sie alle untersucht«, sagte Karlsson.

Schyberg sah ihn zweifelnd an. Dann setzte er sich in den Schuppen, an dieselbe Stelle, wo Fors Freitagabend im Dunkeln gesessen hatte.

»Hier hat er gelegen«, sagte Karlsson und zeigte auf die blauen Farbreste, die im Schnee noch schwach die Lage des Körpers markierten. Der Schnee war teilweise geschmolzen und die Farbe war nur noch stellenweise zu sehen.

»Wie ist er hierher gekommen?«, fragte Schyberg.

»Das weiß niemand. Wir haben überall rumgefragt. Sieben Häuser. Niemand hat etwas gesehen. Aber der Mann, der ihn gefunden hat, behauptet, Dienstagabend einen Schuss gehört zu haben«, sagte Karlsson.

»Irgendwo hier gibt es eine Hülse«, sagt Schyberg und sah sich um.

Dann ging er in den Schuppen. Der war zwei Meter hoch, die Wände waren gezimmert, und der Boden bestand aus zolldicken gehobelten Brettern.

»Irgendwo hier gibt es eine Hülse«, wiederholte Schyberg. Er kroch über den Boden, zog seine Handschuhe aus und tastete die Ritzen zwischen den Brettern ab.

»Wir haben in allen Ritzen gesucht«, sagte Karlsson müde.

»Hier ist ein Loch«, sagte Schyberg und steckte den Finger in ein Loch, das so groß war, dass sein Zeigefinger hineinpasste.

»Ich weiß, aber da ist sie nicht reingefallen«, sagte Karlsson. Seine Stimme klang jetzt sehr müde.

»Haben Sie nachgesehen?«, fragte Schyberg.

»Nein«, sagte Karlsson, noch müder. »Wenn die Hülse in den Schuppen geflogen ist, dann ist sie jedenfalls nicht in dieses Loch gefallen.«

»Woher wissen Sie denn das?«, fragte Schyberg.

»Wie groß ist die Wahrscheinlichkeit, dass sie in dieses Loch fallen würde?«, fragte Karlsson. »Die Hülse ist ungefähr neun Millimeter ...«

»Und das Loch ist wahrscheinlich doppelt so groß«, sagte Schyberg. »Kriechen Sie drunter.«

»Was meinen Sie?«, fragte Karlsson.

»Kriechen Sie mal unter den Schuppen und schauen Sie nach«, kommandierte Schyberg.

Karlsson seufzte, knipste die Lampe an, die er aus der Tasche genommen hatte, legte sich auf den Bauch und robbte unter den Schuppen.

»Können Sie meinen Finger sehen?«, fragte Schyberg nach einer Weile.

»Ja«, antwortete Karlsson.

Und nach einer weiteren Weile:

»Ich hab sie gefunden!«

»Donnerwetter!«, sagte Örström.

Karlsson kam wieder hervor. Als er sich aufrichtete und den Strahl der Taschenlampe auf das richtete, was er zwischen Daumen und Zeigefinger hielt, konnten alle sehen, dass es eine kleine Messinghülse war.

»Neun Millimeter Pistolenmunition«, sagte Örström.

»Mein alter Physiklehrer wäre jetzt sehr stolz auf mich«, sagte Schyberg. »Die Okularbesichtigung ist alles.«

»Wer hätte aber auch darauf kommen sollen«, versuchte Karlsson sich zu entschuldigen.

»Genau«, sagte Schyberg. »Das A und O in unserem Job ist es, das zu glauben, was man niemals glauben würde.«

Karlsson nickte, sagte jedoch nichts.

»*Let's call it a day*«, sagte Örström und Karlsson nahm eine kleine Plastiktüte aus der Innentasche und ließ die Hülse darin verschwinden.

»Jetzt will ich Kuoppola sehen«, sagte Schyberg. »Als wir ihn damals nach dem Banküberfall festgenommen haben, hatte er eine Maschinenpistole unterm Bett und unter dem Kopfkissen zwei Neunmillimeter-Walther-Pistolen. Selbst wenn er Meisen schießen wollte, würde er sich nie mit kleinerer Munition begnügen. Zu der Sorte gehört der. Ihm geht's um *overkill*.«

»Ich bin nicht sicher, ob er uns empfangen will«, sagte Örström. »Morgen ist schließlich Heiligabend.«

»Uns empfangen«, sagte Schyberg mit verächtlichem Schnauben. »Was glaubt er denn, wer er ist? Al Capone?«

Örström schwieg. Sie gingen zurück zum Auto. Karlsson setzte sich hinters Steuer, Schyberg nahm neben ihm Platz. Örström setzte sich auf den Rücksitz.

Als sie die Landstraße erreichten, nieste Schyberg dreimal.

»Himmel«, sagte Örström, »da schlägt ja die Richterskala aus.«

»Ich krieg Fieber«, sagte Schyberg.

Örström war froh, dass er nicht vorn saß, denn um die Wahrheit zu sagen, war er etwas hypochondrisch veranlagt. Er fand es entsetzlich, wenn er eine Erkältung bekam.

»Ich fahr morgen früh nach Hause«, sagte Schyberg, »und komme am zweiten Feiertag zurück. Jetzt will ich mit Kuoppola reden. Wo zum Teufel er auch immer zwischen Weihnachten und Neujahr ist.«

Örström dachte, dass Schyberg kaum der Einzige war,

der mit Kuoppola reden konnte – Fors hatte es schon getan, und Örström hatte Vertrauen zu Fors. Aber er schwieg. Am ersten April würde er seinen Dienst hier beenden und eine Stelle beim Landeskriminalamt in Stockholm antreten. Er wollte sich nicht mit Schyberg anlegen.

»Wisst ihr, warum ich zum FBI durfte und nicht Fors?«, fragte Schyberg, als hätte er Örströms Gedanken gelesen.

»Nein«, sagte Örström.

»Fors hat Angst vorm Fliegen.«

»Wirklich?«, sagte Örström. »Aber ich weiß, dass er im Herbst nach Mailand geflogen ist.«

»Vor zehn Jahren hatte er jedenfalls Angst vorm Fliegen, deswegen musste ich an seiner Stelle reisen.«

»Er ist ein guter Mann«, sagte Örström, dem es nicht gefiel, dass Schyberg denjenigen klein machte, der ihm als Chef der Kriminalpolizei nachfolgen sollte. Karlsson würde die Neuigkeit natürlich verbreiten und Fors würde Autoritätsprobleme bekommen. Als Polizist gibt man nicht gern eine Schwäche zu, dachte Örström.

»Flugangst«, sagte Schyberg. »Man fragt sich ja, wovor er noch Angst hat.«

Örström wurde ungehalten.

»Nichts deutet darauf hin, dass Fors ängstlich ist, falls Sie das meinen.«

»Man fragt sich ja bloß«, sagte Schyberg.

Und dann nieste er wieder.

Als sie Kuoppolas Villa erreichten, war es schon dunkel. Karlsson fragte, ob sie wollten, dass er mit hineinging, aber Schyberg sagte, es genüge, wenn Örström mitkomme.

Auf dem Hof neben dem Weg zur Haustür hatte jemand eine Schneelaterne gebaut, in der eine Kerze brannte.

»Er hat eine kleine Tochter«, sagte Örström.

»Solche Typen sollten keine Schneelaternen mit ihren Kindern bauen«, sagte Schyberg. »Solche Typen gehören in den Knast.«

Bevor er aus dem Auto stieg, nahm er seine Dienstwaffe heraus und lud sie durch, dann steckte er die Waffe wieder in das Holster.

»Sind Sie bewaffnet?«, fragte Schyberg.

»Nein«, sagte Örström. »Sollte ich?«

»So einem Dreckskerl wie dem kann wer weiß was einfallen«, sagte Schyberg.

»Wir können Verstärkung holen, wenn Sie wollen«, sagte Örström, »falls Sie glauben, dass es Ärger gibt.«

»Und Sie?« Schyberg wandte sich an Karlsson. »Sind Sie bewaffnet?«

Karlsson schüttelte den Kopf.

»Wir gehen rein«, sagte Schyberg.

Er stieg aus, Örström folgte ihm und sie gingen zusammen den Weg zur Haustür hinauf.

»Er hat sogar gestreut«, sagte Schyberg, als sie die Treppe hinaufstiegen. Er drückte auf den Klingelknopf, und während sie warteten, hörten sie »Wir lagen vor Madagaskar«. Schyberg drückte noch einmal und die Tür wurde geöffnet.

In der Türöffnung stand ein riesiges Mannsbild mit grauen, zurückgekämmten Haaren, weißem Hemd und einem roten gestrickten Schlips. Seine Manschettenknöpfe waren aus Silber und seine Hose hatte scharfe Bügelfalten. An den Füßen trug er Pantoffeln aus Rentierfell.

»Bitte?« Er musterte Schyberg und Örström von oben bis unten.

»Ist Stellan zu Hause?«, fragte Schyberg.

»Wer möchte das wissen?«, fragte der Mann in der Türöffnung zurück. Sein Dialekt und Tonfall verrieten, dass er die meiste Zeit seines Lebens am Polarkreis verbracht hatte.

»Die Polizei«, sagte Schyberg. »Wer sind Sie?«

»Ture Kuoppola.«

»Stellans Vater?«, fragte Schyberg.

»Jedenfalls nicht seine kleine Schwester«, brauste Ture Kuoppola auf, der bis zu seiner Pensionierung Truckfahrer im Erzbergwerk gewesen war.

»Jetzt reden Sie keinen Stuss«, sagte Schyberg. »Holen Sie Stellan.«

Ture Kuoppola hatte nie den Ruf gehabt, sonderlich duldsam zu sein oder einem Streit aus dem Weg zu gehen.

»Was sagst du da, Scheißbulle? Willst du mir Befehle erteilen?«

»Wir wollen nur mit ihm reden«, versuchte Örström einzulenken, der merkte, dass sich das Gespräch geradewegs in die falsche Richtung entwickelte.

»Holen Sie Ihren Sohn«, sagte Schyberg. »Oder müssen wir ihn holen?«

»Hör mal, Junge«, sagte Ture Kuoppola, »du kannst diese Schwelle zwar überschreiten, aber da musst du erst mal mich beiseite rücken, und ich seh doch gleich, das wird nicht leicht für so einen kleinen Scheißer wie dich.«

»Wir wollen nur mit ihm sprechen«, versuchte es Örström noch einmal.

»Seid ihr verheiratet?«, fragte Ture Kuoppola. »Wer ist denn das Weib in eurer Ehe? Bist du das?«

Und Kuoppola tippte Örström mit einem Zeigefinger, der dick war wie ein Hammerstiel, auf die Brust.

»Was ist, Großvater?«, ertönte eine Kinderstimme hinter Kuoppola.

Der drehte sich um.

»Es sind nur zwei Onkel gekommen, das siehst du ja.«

Er hob das Mädchen hoch und hielt es Schyberg hin.

»Das sind solche Onkel, die sich gerne als Tanten verkleiden.«

»Jaaa?«, sagte das Kind.

»Ja«, sagte Kuoppola. »Und sie wollen mit Papa reden. Sollen wir das erlauben?«

»Nei-ein«, sagte das Kind. »Papa badet.«

»Genau«, sagte Kuoppola. »Papa badet. Er hat keine Zeit, mit solchen Spaßvögeln zu sprechen. Soll ich ihm etwas ausrichten?«

»Wir kommen wieder«, sagte Schyberg. »Darauf können Sie sich verlassen.«

»Glauben Sie bloß nicht, dass es nächstes Mal genauso eine nette Begegnung wird«, sagte Kuoppola.

»Man soll nett zu seinen Gästen sein«, sagte das Kind.

»Da hast du Recht, aber diese Onkel sind nicht unsere Gäste.«

»Was sind sie denn?«, fragte das Kind.

»Das wissen sie wahrscheinlich selber nicht mal«, sagte Kuoppola, dann legte er eine Hand auf die Türklinke und sah Schyberg direkt in die Augen.

»Wenn du deinen Fuß nicht wegnimmst, verbringst du den Abend in der Notaufnahme.«

Schyberg nahm den Fuß weg und der alte Kuoppola schloss die Tür.

Schweigend gingen sie Seite an Seite an der Schneelaterne vorbei zum Auto zurück. Karlsson hörte sich gerade den Wetterbericht an.

»Wie ist es gelaufen?«, fragte er und stellte den Ton leiser.

»Stellan lag in der Badewanne«, sagte Örström.

»Es soll kälter werden«, sagte Karlsson und startete das Auto. »Es soll auch wieder schneien.«

Schyberg beugte sich vor und nieste zweimal.

FREITAG SAMSTAG SONNTAG **MONTAG** DIENSTAG

22

Am Morgen des Heiligen Abend wachte Fors zu Hause bei Annika Båge auf. Sie tranken zusammen Kaffee im Bett mit einer Kerze auf dem Tablett, tauschten ihre Weihnachtsgeschenke aus und gingen hinaus zu den Autos. Annika wohnte in einem Sommerhaus am See Lången. Es war winterfest, aber nicht besonders geräumig. Da es über Nacht geschneit hatte, ergab sich die Frage, ob sie es ohne Hilfe eines Schneeräumers zur Landstraße hinauf schaffen würden.

Annika, die ein größeres Auto hatte, fuhr voraus. Es ging alles gut und fünf Minuten vor neun betrat Fors sein Dienstzimmer. Dort saßen Gunilla, Carin und Örström.

»Hast du den Jungen?«, fragte Fors.

»Wir haben ihn um Viertel nach sieben abgeholt«, antwortete Gunilla. »Die Mutter wurde hysterisch und ist auf Lund losgegangen. Aber wir haben ihn.«

Fors nickte und nahm hinter seinem Schreibtisch Platz.

»Wie weit sind wir?«

»Ich habe mit zwei Lehrern und sechs Schülern gesprochen«, sagte Carin. »Daraus hat sich das Bild eines Jungen ergeben, der mit Stoff handelte und hin und wieder seine Schulkameraden beklaute.«

»Hatte er Hilfe?«

»Sieht nicht so aus. Offenbar ist er zu den Leuten gegangen und hat gefragt, ob er ihr Handy leihen dürfe. Er war so Respekt einflößend, dass er es meistens bekam. Und dann war das Telefon weg.«

»Was hat er damit gemacht?«, fragte Fors.

Carin zuckte mit den Schultern.

»Einer meinte, er hätte Beziehungen und hat sie verkauft. Eine anderer meinte zu wissen, dass die Telefone in Litauen landeten. Wieder ein anderer war der Meinung, er habe im Auftrag gehandelt, dass da noch jemand im Hintergrund war, der die Telefone sozusagen bestellte. Aber niemand wusste Genaues, alle vermuteten nur. Er hat Hasch und Marihuana in der Schule verkauft. Zwei Schüler sagten, er sei der Einzige gewesen, der in der Schule dealte, die war sein Revier. Niemand legte sich mit Ahmed an.«

»Passt gut zu dem, was ich gestern erfahren habe«, sagte Fors. Und dann erzählte er von seinem Besuch bei Ava.

»Apropos Telefon«, sagte Gunilla, »ich hab jetzt eine Kollegin von Sjöbring erreicht, die hat mir eine Handynummer gegeben, aber da meldet sich niemand. Ich habe auch mit einer pensionierten Schulkrankenschwester gesprochen. Sie meint, die älteste Sjöbring-Tochter zu kennen. Um elf bin ich mit ihr verabredet. Außerdem habe ich bei Sjöbrings einen Brief in den Kasten gesteckt.«

Dann erzählte Örström von dem missglückten Besuch bei Kuoppola und von der Patronenhülse.

»Schyberg sitzt schon im Zug nach Hause«, erzählte

er dann. »Heute Morgen um halb acht hat er mich angerufen. Er ist mit hohem Fieber aufgewacht und ihn fror so, dass er meinte, seine Zähne müssten ihm vor Klappern aus dem Kiefer fallen. Er sagte, er sei sicher, dass Kuoppola auf die eine oder andere Art in die Sache verwickelt ist.«

Örström zuckte mit den Schultern, als ob er pflichtschuldig eine Meinung vermittelte, an die er selber nicht recht glaubte.

Danach berichtete Carin von der Zeugenaussage der Busfahrerin. Schließlich sah Fors Gunilla an.

»Gut, jetzt kannst du den Jungen reinholen.«

»Wer übernimmt das Verhör?«, wollte Örström wissen.

»Das mache ich«, sagte Fors, »zusammen mit Gunilla.«

Gunilla merkte, dass sie rot wurde. Sie hatte gehofft, dass sie dabei sein dürfte, sich aber nicht getraut zu fragen.

Sie holte Jamal. Als sie mit dem Jungen zurückkam, war Fors allein im Zimmer. Er hatte das Tonbandgerät installiert und das Mikrofon vor sich auf den Schreibtisch gestellt.

Jamal sah sich um.

»Setz dich.« Fors zeigte auf einen Stuhl an der Wand. Gunilla nahm auf Carins Stuhl Platz.

Jamal setzte sich auf den Stuhl neben dem Schrank, wo Fors und Carin einige Extrakleidung und Sachen verwahrten, die man manchmal brauchen konnte.

»Nicht da«, sagte Fors. »Stell den Stuhl hierher.«

Jamal trug den Stuhl zum Tisch und nahm vor Fors

Platz, der das Tonbandgerät anstellte und sich über das Mikrofon beugte.

»Voruntersuchung wegen des Verdachts des Vergehens gegen das Waffen- und Rauschgiftgesetz. Verhörsleiter ist Kriminalinspektor Harald Fors. Verhörszeugin ist Polizeiassistentin Gunilla Strömholm.« Er sah auf seine Armbanduhr und nannte Datum und Zeit. Dann schaute er Jamal an.

»Gib bitte deinen Nachnamen und sämtliche Vornamen an.«

Jamal tat, wie ihm gesagt wurde.

»Gib bitte dein Geburtsdatum, die Namen deiner Eltern und deine Adresse an.«

Wieder tat Jamal, wie ihm gesagt wurde. Er sprach laut und neigte sich zum Mikrofon vor, während er sprach.

»Du hast mir gestern einen Aktenkoffer übergeben, nicht wahr?«

»Ja«, antwortete Jamal.

»Kannst du den Koffer beschreiben?«

Jamal beschrieb den Koffer.

»Hatte der Koffer irgendwelche besonderen Merkmale?«

»Auf dem Deckel war ein langer Kratzer«, sagte Jamal.

»Was war in dem Koffer, als du ihn mir übergeben hast?«

»Das weiß ich nicht.«

»Warum weißt du es nicht?«

»Weil er mit einem Ziffernschloss verschlossen war.«

»Und du kanntest den Code nicht?«

»Genau.«

»Wie ist der Koffer in deinen Besitz gelangt?«

»Sirr hat ihn mir gegeben.«

»Wie heißt Sirr außer Sirr?«

»Ahmed.«

»Du hast den Koffer also von dem inzwischen verstorbenen Ahmed Sirr bekommen?«

»Das hab ich doch gesagt.«

»Wann hast du den Koffer bekommen?«

»Vor zwei Wochen.«

»Was war in dem Koffer?«

»Ich weiß es nicht.«

Fors beugte sich über das Mikrofon.

»Pause zwecks technischer Kontrolle des Tonbandgerätes«, sagte er, stellte es ab und lehnte sich seufzend auf seinem Stuhl zurück.

»Was ist?«, fragte Jamal nach einer Weile. Er drehte den Kopf, sah Gunilla an und dann wieder Fors.

»Gehe ich recht in der Annahme, dass man dir Fingerabdrücke abgenommen hat?«, fragte Fors.

»Ja, heute Morgen.«

»Weißt du etwas über Fingerabdrücke?«, fragte Fors.

Jamal zuckte mit den Schultern.

»Wenn es zum Beispiel so wäre«, sagte Fors, »dass dein toter Freund eine Pistole hatte und du sie in die Hand genommen hättest, wenn du damit gespielt hättest, dann sind deine Fingerabdrücke ganz bestimmt auf dem Lauf. Fingerabdrücke sind Fettflecken und Fettflecken bleiben sehr lange auf dem Lauf einer Pistole erhalten. Wenn es nun so wäre, dass du diese Pistole irgendwann mal in der Hand hattest, wenn der Lauf hinterher nicht abgewischt worden wäre, wenn es so wäre –

tja, dann haben wir einen Koffer von dir bekommen, der eine Pistole enthält, die du nachweislich angefasst hast. Und wenn es so wäre, Jamal, lügst du mir jetzt geradewegs ins Gesicht. Und wenn es so ist, dann kriegst du Schwierigkeiten, das kann ich dir versprechen. Du kommst hier nicht mal Silvester raus, denn ich werde vor dem Staatsanwalt behaupten, dass du nicht nur wegen des Verdachts des Vergehens gegen das Rauschgift- und Waffengesetz festgenommen werden solltest, sondern auch wegen der Beteiligung an der Ermordung deines Freundes. Ich stelle jetzt das Tonbandgerät wieder an, und dann antwortest du mir wahrheitsgemäß auf meine Fragen, sonst geht's dir schlecht. Ich frage dich also noch einmal: Was war in dem Koffer?«

Jamal sah unglücklich aus.

»Ich weiß es nicht, wirklich nicht.«

»Du hast keine Ahnung?«

»Nein.«

Fors seufzte.

»Warum solltest du diesen Koffer verwahren?«

Jamal zögerte.

»Warum solltest du diesen Koffer für Ahmed Sirr verwahren?«, wiederholte Fors.

»Ich hab die Pistole angefasst«, sagte Jamal.

»Aha, wann?«

»Mehrere Male.«

»Wann zuletzt?«

»Im September.«

»Unter welchen Bedingungen?«

»Wir haben damit geschossen.«

»Wo?«

»Draußen am Lången. Im Reservat.«
»Warum?«
»Wir wollten sie ausprobieren.«
»Dann wusstest du also, dass Ahmed Sirr Besitzer einer Pistole ist.«
»Ja, aber ich wusste nicht, dass sie in dem Koffer liegt.«
»Aber du kanntest den Koffer doch wohl?«
»Ja.«
»Vielleicht hast du ihn geschüttelt?«
»Nein.«
»Warst du nicht neugierig, was drin ist?«
Jamal seufzte.
»Ich hab vermutet, dass es die Pistole ist, aber ich wusste es nicht genau, und nur, weil meine Fingerabdrücke vielleicht daran sind, braucht das doch nicht zu bedeuten, dass ich wusste, was in dem Koffer ist, oder?«
»Da hast du Recht«, sagte Fors. »Wir sagen, du wusstest nicht, was in dem Koffer ist. Aber du hast vermutet, dass es die Pistole sein könnte.«
»Ja.«
»Warum solltest du Ahmed Sirrs Pistole verwahren?«
»Sein Bruder.«
»Was ist mit ihm?«
»Er schnüffelte herum. Sirr hatte Angst, Mohammed könnte die Pistole nehmen.«
»Und darum hat er dich gebeten, sie zu verwahren?«
»Ja.«
»Aber du wusstest nicht, dass es eine Pistole war.«
»Nein.«

»Aber du wusstest, dass Sirr Angst hatte, Mohammed könnte die Pistole nehmen.«

Jamal seufzte und antwortete nicht.

»Wie sicher warst du, was in diesem Koffer ist?«

»Ziemlich sicher«, sagte Jamal.

»Woher habt ihr die Pistole?«

Jamal streckte den Oberkörper, stand auf und sah erst Gunilla und dann Fors an.

»Das war nicht unsere Pistole, es war nicht unsere. Es war Sirrs Pistole.«

»Setz dich«, sagte Fors.

Jamal sah zwischen Gunilla und Fors hin und her und setzte sich.

»Dann war es also Sirrs Pistole?«

»Es war seine Pistole. Ich war dabei, als er damit zur Probe geschossen hat, aber es war seine.«

»Woher hatte er sie?«

»Gekauft.«

»Bei wem?«

»Ich weiß es nicht.«

»Ist das wahr?«

»Wenn ich es wüsste, könnte ich es nicht sagen, aber es ist wahr. Sirr hatte sie nur einen Tag. Die Pistole und eine Schachtel Munition. Wir sind rausgefahren und haben geschossen und dann hat er sie mit zu sich nach Hause genommen. Er hat nicht gesagt, bei wem er sie gekauft hat und ich hab ihn nicht gefragt.«

»Warst du nicht neugierig?«

»Manches muss man nicht unbedingt wissen.«

»Das ist richtig, in deinen Kreisen. Aber du weißt vermutlich, wofür man eine Pistole benutzt?«

»Nein.«

Fors seufzte.

»Heute ist Heiligabend. Ich arbeite den ganzen Tag. Ich werde nicht eher nach Hause gehen, bis ich weiß, wofür diese Pistole benutzt werden sollte.«

Jamal sah gequält aus.

»Er war mein Freund, ich habe ihn nicht erschossen.«

»Ich will dir mal was erzählen«, sagte Fors.

Jamal starrte ihn an.

»Möchtest du es hören?«

»Ja.«

»Die Pistole, die wir in dem Koffer gefunden haben, ist nicht die Waffe, mit der Ahmed Sirr umgebracht wurde. Niemand glaubt, dass du oder jemand anders deinen Freund mit dieser Hammerlipistole erschossen hast. Aber es ist nicht ausgeschlossen, dass du vielleicht verdächtigt wirst, mit denen Kontakt zu haben, die meinten einen Grund zu haben, Ahmed Sirr umzubringen. Ob es so ist oder nicht, ob wir dich nicht nur wegen Waffen- und Rauschgiftbesitzes verdächtigen, sondern auch der Mittäterschaft an einem Mord oder Totschlag, das versuchen wir gerade herauszufinden. Darum ist es so wichtig für dich, dass du mit uns zusammenarbeitest. Wer weiß, wessen du sonst noch verdächtigt wirst. Verstehst du?«

Jamal neigte langsam den Kopf.

»Verstehst du?«, wiederholte Fors.

»Ja«, sagte Jamal.

»Was, meinst du, war sonst noch in diesem Koffer?«

»Ich hab doch gesagt, ich weiß es nicht.«

»Nein – nein, aber ich habe gefragt, was du glaubst.

Was gab es noch, was Ahmed Sirr vor seinem kleinen Bruder verstecken wollte?«

»Wahrscheinlich Gras.«

»Was meinst du mit Gras?«

»Cannabis, Marihuana.«

»Du glaubst, dass Rauschgift in dem Koffer war?«

»Ja.«

»Wie viel?«

»Das weiß ich nicht.«

»Denk nach, bevor du antwortest, Jamal. Warst du einmal dabei, als Ahmed Sirr Marihuana kaufte?«

»Ich sage nicht, von wem«, stöhnte Jamal.

»Antworte nur auf die Frage.«

»Ja.«

»Wie viel hat er gekauft?«

»Hundert Gramm.«

»Woher wusstest du, dass es Marihuana war?«

»Er hat es natürlich probiert.«

»Wirklich?«

Jamal warf sich auf dem Stuhl zurück.

»Ich hab's probiert.«

»Du hast es probiert? Warum?«

»Weil er nicht rauchte.«

»Was hat er mit den gekauften hundert Gramm gemacht?«

»Er hat sie verkauft.«

»Wo?«

»In der Schule.«

»An wen?«

»Das sage ich nicht.«

»Hat er an Effe verkauft?«

»Ja.«

»An wen sonst?«

»Das ist heikel. Ich kann mir doch nicht selbst den Bauch aufschneiden. Ich werde verbluten, wenn ich so was sage.«

»Wer hat noch in der Schule verkauft?«

»Niemand.«

»Warum nicht?«

»Niemand wollte sich mit Sirr anlegen.«

»Jemand hat es bestimmt getan, oder? Wenn Ahmed Sirr den Ruf hatte, dass man sich besser nicht mit ihm anlegte, dann war diese Meinung durch ein besonderes Ereignis entstanden, oder?«

»Jemand hat es mal versucht, danach dann niemand mehr«, sagte Jamal.

»Erzähl.«

»Was?«

»Was passiert ist, als sich jemand mit Sirr angelegt hat.«

»Ich kann den Namen nicht nennen.«

»Erzähl, wie es zuging.«

»Ich kann nicht.«

»Das ist bedauerlich.«

Fors sah auf die Uhr.

»Ich glaube, du kannst jetzt zurück in deine Zelle gehen, Jamal. Wir unterhalten uns etwas später weiter. Überleg dir, was du von dem erzählen kannst, der versucht hat, sich mit Ahmed anzulegen.«

»Ich kann erzählen, was passiert ist«, sagte Jamal, »aber nicht, wie er heißt.«

»Das hört sich schon besser an«, sagte Fors und lehnte

sich auf dem Stuhl zurück. Er zog eine Schreibtischschublade auf und nahm eine Schachtel Fisherman's heraus. Er reichte sie Jamal über den Tisch.

»Makes a man talk.«

Wortlos nahm Jamal eine Pastille und steckte sie sich in den Mund. Fors wedelte mit der Schachtel, um Gunilla davon anzubieten, aber sie schüttelte den Kopf. Jamal blieb eine Weile stumm und lutschte an seiner Pastille. Dann seufzte er tief.

»Das war im Herbst, ein paar Wochen, nachdem die Schule wieder angefangen hatte. Sirr hatte die Pistole gekauft und wir hatten damit zur Probe geschossen. Er fragte, ob ich mit ihm zu einem Jungen fahren wollte. Ich sagte, dass ich es nicht wollte, aber er hat rumgemotzt, dass ich sein Freund bin, dass ich muss, dass man so was für seinen Freund tut. Da bin ich also mit. Wir sind mit dem Moped gefahren. Der Junge ist allein zu Hause, sagte Sirr, und dann haben wir geklingelt. Es war eine große Villa.

Der Junge, der öffnete, ist gefährlich, alle wissen, dass er gefährlich ist. ›Hallo‹, sagte Sirr. ›Hallo, Kumpel.‹ Dann drückte er dem Jungen die Pistole gegen das Kinn und wir gingen rein. Der Junge ging rückwärts. Drinnen auf der Treppe saß eine Katze. Sirr schoss, ganz schnell, zwei Schüsse. Die Katze war nicht sofort tot. Genauso schnell hielt er dem Jungen die Pistole wieder gegen das Kinn. ›Jetzt hast du's kapiert, Kumpel‹, sagte er. ›Jetzt hast du hoffentlich kapiert, dass ich es ernst meine. Das nächste Mal erschieß ich dich.‹ Der Junge hatte Todesangst. Die Katze war immer noch nicht richtig tot. Ihre Hinterbeine zuckten. ›Wie heißt sie?‹, fragte Sirr und guckte zu der Katze. Aber der Junge antwortete nicht. ›Ich werd dich erschießen‹, fuhr Sirr fort. ›Ich erschieß dich, wenn du weitermachst. Ich schieß dir ins Bein. Zieh die Hose runter.‹ Der Junge trug Trainingshosen und Sirr riss mit der linken Hand daran. ›Wenn ich dir ins Bein schieße‹, sagte er, ›und du hast die Hose noch an, bleiben Fetzen von der Hose an der Kugel kleben. Dann kriegst du eine Blutvergiftung und sie müssen dein Bein amputieren. Zieh die Hose runter. Wenn ich schieße, gibt es nur ein kleines Loch, das ist nicht so gefährlich.‹ Der Junge zog die Hose runter. Er hatte angefangen zu flennen, stand mit runtergelassenen Hosen da. Sirr sagte: ›Die IRA, die in Irland, die schießen den Leuten in die Knie, wenn sie nicht parieren. Dann humpeln sie in Irland rum und erinnern alle daran, wie es denen ergeht, die nicht parieren. Ich schieß dir ins Knie, Junge, wenn du nicht parierst. Aber ich bin anständig, ich geb dir noch eine Chance. Wenn du tust, was ich sage, wenn du aufhörst, in der Schule zu verkaufen, dann lass ich dich laufen, kapiert?‹ Der Junge sagte, er habe es kapiert. ›Gut‹, sagte Sirr. ›Aber sollte es dir in den Sinn kommen, mich von hinten anzufallen, mal abends, wenn ich auf dem Weg nach Hause bin, oder nachts, wenn ich in der Stadt unterwegs bin – mach das. Doch dann bist du tot. Ich hab einen Kumpel, der weiß, dass ich hier bin, und der erschießt nicht nur deine Katze. Er wird dich erschießen. Der trifft nicht ins Knie, sondern hier.‹ Und dann drückte Sirr dem Jungen die Pistolenmündung gegen die Stirn und ließ sie lange dort. Schließlich sagte er: ›Jetzt hast du's wohl kapiert.‹ Dann steckte er die Pistole in den Hosenbund und ging zu dem Tisch. Da stand eine Schale mit Äpfeln, und er nahm sich einen und biss einen großen Happen ab, während er die Katze ansah. ›Was hast du gesagt, wie sie hieß?‹, fragte er. Aber der Junge hatte sich hingesetzt. Seine Beine hatten angefangen zu zittern. Er war total durcheinander.

Dann gingen wir. Das war im September, als die Schule wieder angefangen hatte. Wir fuhren auf dem Moped weg, Sirr fuhr. Ich hatte wahnsinnigen Schiss und sagte nichts. Am nächsten Tag erzählte Sirr in der Schule, was er mit dem Jungen gemacht hatte, und bald wussten alle, dass man sich mit Sirr nicht anlegen sollte.«

»Möchtest du noch ein Fisherman's?«, fragte Fors und hielt Jamal die Schachtel hin. Der schüttelte den Kopf.

»Irgendwann im September war Ahmed Sirr also der Einzige, der Gras in der Schule verkaufte, ist es so?«

Ahmed nickte.

»Antworte bitte mit Ja oder Nein«, ermahnte Fors ihn.

»Ja«, sagte Jamal. »Danach hat sich niemand mehr mit Sirr angelegt.«

»Wer ist der andere, der sich des Jungen annehmen sollte, falls Sirr etwas passiert?«

»Ich glaube, es gab niemanden«, sagte Jamal. »Sirr hat nur geblufft. Er wollte eine Lebensversicherung haben. Das war Bluff.«

»Kennst du Kuoppola?«, fragte Fors.

»Nein.«

»Warst du nicht dabei, als Kuoppola und Ahmed Sirr sich im September in irgendeiner Konditorei getroffen haben?«

Jamal zögerte, bevor er antwortete.

»Doch.«

»Erzähl, was passiert ist.«

»Wir wollten einen Café latte trinken.«

»Wo?«

»Im ›Mojen‹. Die hatten gerade geöffnet. Wir waren die Einzigen. Da kam Kuoppola rein. ›Guck mal, der Gangsterboss‹, flüsterte Sirr. Und dann: ›Ich werd mit dem reden.‹ Er ging zu Kuoppola, der sich einen Kaffee und ein Hörnchen am Tresen bestellte. Sie unterhielten sich eine Weile, dann kam Kuoppola an unseren Tisch. ›Hallo, Junge‹, sagte er zu mir, als würden wir uns kennen. ›Wie ist die Lage? Ich muss mit Ihnen reden‹, sagte Sirr und setzte sich. ›Worüber?‹, fragte Kuoppola und biss in sein Hörnchen. ›Über Personenschutz‹, sagte Sirr. Kuoppola wurde grob. ›Scheiße, was sagst du da?‹ ›Machen Sie so was?‹, fragte Sirr. Kuoppola sah sich um und beugte sich zu Sirr. Ich hab gedacht, er knallt ihm eine, aber Kuoppola sagte: ›Kannst du mit einem Rasenmäher umgehen?‹ ›Ja‹, sagte Sirr. ›Gut‹, sagte Kuoppola. ›Komm morgen zu mir.‹ Und dann wedelte er mit seiner Hand, die bandagiert war. Sirr fragte, wo er wohnte, und schrieb sich die Adresse auf. Kuoppola war mit jemandem verabredet, es kamen zwei Lederschwulis rein, und er stand auf und setzte sich mit denen an einen Tisch im hinteren Raum. Dann sind Sirr und ich gegangen.«

»Und was ist bei Kuoppola passiert?«, fragte Fors.

»Woher soll ich das wissen? Ich war nicht dabei.«

»Aber Sirr hat es dir doch sicher erzählt?«

»Nein, er hat keinen Ton gesagt.«

»Und du hast auch nicht gefragt?«

Jamal breitete die Hände aus und schüttelte den Kopf.

»Von Kuoppolas Geschäften will man lieber nichts wissen.«

»Nicht mal, wenn es um Rasenmähen geht?«

»Rasenmähen«, schnaubte Jamal. »Tsss...«

»Wie lange hast du Ahmed Sirr gekannt?«, fuhr Fors fort.

»Seit der ersten Klasse.«

»Zehn Jahre?«

»Ja.«

»Seid ihr die ganze Zeit befreundet gewesen?«

»Ja.«

»Erzähl.«

»Was?«

»Wie ihr vor zehn Jahren Freunde geworden seid.«

»Was hat das mit der Sache zu tun?«

»Wie hast du ihn kennen gelernt?«

»Wir sind zusammen in eine Klasse gekommen. Wir hatten eine wahnsinnig nette Lehrerin. Alle nannten sie Frau Kontroll, eigentlich hieß sie Konzoll. Sie hatte die totale Kontrolle. Im Unterricht war es immer ganz ruhig, kein Geplärre, jedenfalls nicht, wenn man es mit den anderen Klassen verglich. Da war dauernd was los. Bei uns war das nicht so. Frau Kontroll war nett, aber streng. Man durfte nicht die Mütze aufbehalten, und man durfte nicht fluchen. Sirr war der Kleinste in der Klasse. Das kann man vielleicht nicht glauben, aber er ist erst viel später gewachsen. In der Ersten war er ein Zwerg. Er reichte kaum über den Tisch. Außerdem hatte er große Ohren und sprach schlechtes Schwedisch. Ich war besser in Schwedisch, weil wir schon länger hier wohnten. Ich wurde sein Freund. Er hatte auch Feinde. Ein Typ hieß Ludde, eigentlich Lundin. Ludde hatte später einen Unfall, als er in die Siebte ging. Mit dem Fahrrad. Ist im Rollstuhl gelandet. Aber damals, in der Ersten, war er ein Angeber. Dauernd musste er einen ärgern. ›Das Ohr‹, sagte er, ›das Ohr.‹ Und dann hat er Ahmed ins Ohr gezwickt. In der Schlange vor der Essensausgabe oder irgendwo anders. Er musste dauernd jemanden triezen. Ahmed war klein. Ludde war groß. Wir haben vor Lachen gebrüllt, als er im Rollstuhl landete. Wir hassten Ludde. Manchmal haben wir uns ausgedacht, was man mit ihm machen könnte. Ihn an einen Baum binden, Benzin in seine Stiefel gießen und anzünden. Halt so kindische Sachen, die man sich in der Ersten ausdenkt, wenn man jemanden hasst. Kontroll war auch hinter ihm her. Hat seinen Alten benachrichtigt, hat behauptet, Ludde sei ein Mobber. Ahmed heulte. Fast jeden Tag. Ich war sein Freund. Wir hatten eine Höhle im Wald, da gingen wir nachmittags hin, die war schön.

Einmal ist Ludde mit seinem älteren Bruder dahin gekommen. Sie haben uns verprügelt und Ahmed in die Ohren gezwickt. Er hat geheult und ist eine Woche nicht in die Schule gekommen. Ich bin zu ihm gegangen. Seine Mutter hat aufgemacht. Sie war schon damals verrückt. Sie wollte ihn nicht rauslassen. Sie hatte Angst vor der Polizei. Irgendwas war in ihrer Heimat passiert, etwas mit der Polizei. Seine große Schwester brachte ihn in die Schule und sprach mit der Lehrerin.

Ich war in seine Schwester verknallt. Obwohl es ja unmöglich war. Sie war viel älter als ich. Und hübsch.«
»Shoukria.«
Jamal verstummte.
»Was wollen Sie wissen?«, fragte er nach einer Weile. »Was soll ich erzählen?«
»Erzähl weiter«, sagte Fors. »Das ist gut.«
»Kann ich bitte ein Tempo haben?«
Fors warf Gunilla einen Blick zu, die daraufhin ein Päckchen Taschentücher hervorkramte, aufstand und Jamal ein Taschentuch reichte. Er putzte sich die Nase und bedankte sich.
»Das ganze erste Schuljahr waren sie so gemein zu Sirr. Aber ich hab ihn verteidigt. Ich ließ sie nicht alles mit ihm machen. Wir waren Freunde. Später auf der Mittelstufe konnte Ahmed sich selbst verteidigen. Er prügelte sich. Es gab oft Zoff. Ich hab mich fast nie geprügelt. Mit mir legte sich auch keiner an. Alle suchten Streit mit Ahmed, ich weiß nicht, warum. Später wurde er renitent. Ihm war alles egal, er provozierte die Lehrer, verlangte Respekt. Es gab einen Film, den er sich hundertmal angeguckt hat. ›Der Pate‹. Das war in der Achten. So einer wollte er werden, sagte er. Ich werd denen Respekt beibringen. Er sagte, es wäre sinnlos, so zu sein, wie die Erwachsenen es wollen. Dann trampeln alle nur auf einem rum. Kein Job oder ein Scheißjob. Ich will Respekt, sagte er. In Mathe war er gut. Alle anderen Fächer waren ihm wurscht. Er sagte, er würde den Deal mit Gras und Hasch übernehmen. Alles. In der ganzen Stadt. Das wollte er schaffen, bevor er achtzehn wurde, sagte er. Er hatte keine Angst. Mit Sirr legte sich niemand an.«

Jamal verstummte und drehte sich zu Gunilla um.

»Aber ich bin nicht so. Ich will was mit Computern machen. Ich hab den falschen Schulzweig gewählt. Ich versuch zu wechseln. Ich will Computer reparieren. Ich will meine Ruhe, Familie, einen guten Job. Ich schaff das. Ich weiß es. Sirr war ein bisschen verrückt. Der redete nur von Respekt.«

»Und die Telefone?«, fragte Fors.

»Was?«

»Erzähl von den Telefonen.«

»Welchen Telefonen?«

»Die, die Sirr geklaut hat.«

Jamal seufzte.

»Ich hab ihm gesagt, dass das Scheiße ist, dann hat er mir nichts mehr von den Telefonen erzählt. Ich glaube, er hatte einen, an den er sie verkauft hat. Ich weiß nicht, wie viele er geklaut hat. Wahrscheinlich waren es viele. Aber niemand wagte was zu sagen. Alle hatten von der Katze und dem Jungen mit der runtergelassenen Hose gehört. Niemand sagte was. Niemand hat ihn angezeigt. Es wäre auch sinnlos gewesen. Niemand hätte sich getraut, gegen Sirr auszusagen. Man wusste ja, was passieren würde, wenn man ausgesagt hätte. Man musste weiter auf dieselbe Schule gehen. Man würde Sirr in der Stadt treffen. Man musste mit einer Kugel oder einem Messer rechnen. So haben sie jedenfalls gedacht. Keiner hat sich mit Sirr angelegt.

Manchmal hat er eine Pistole bei sich gehabt, das weiß ich. Im Gürtel. Er ging auf jemand zu, zog den Reißverschluss seiner Jacke runter, damit man den Kolben sehen konnte. Das reichte. Die Leute hatten einfach Schiss und gaben ihm ihre Telefone oder etwas Geld. Ich hab ihm gesagt, dass er verrückt ist, mit einer Pistole in der Jacke in die Schule zu gehen. Aber er hat nur gelacht und die Pistole rausgeholt. Es war keine richtige. Es war eine Spielzeugpistole, die echt aussah. Wenn jemand zum Direktor gerannt und die Polizei gekommen wäre, dann hätte Sirr gelacht und seine Spielzeugpistole gezeigt. So war er.«

»Und was passiert jetzt?«, fragte Fors.

»Wie meinen Sie das?«

»Was passiert mit Sirrs Verkauf? Wer hat den übernommen?«

»Es wird jemand da sein, sobald die Schule anfängt. Mit Gras und Hasch kann man viel Geld verdienen.«

»Aber du übernimmst das nicht?«

Jamal seufzte und schwieg, und Fors wiederholte seine Frage.

»Ich hab doch gesagt, wie es ist. Ich will etwas anderes. Sirr war mein Freund, aber er hat sich falsch verhalten. Ich bin nicht wie er. Ich würde mich schämen, wenn ich so wäre wie er. Die Menschen hier haben meine Familie aufgenommen. Ich empfinde Dankbarkeit. Ich will nicht Gutes mit Bösem vergelten.«

»Das ist gut, Jamal«, sagte Fors. »Ich glaube dir. Ich muss nur noch eins wissen, dann lass ich dich gehen.«

»Was?«

»Den Namen des Jungen, dessen Katze erschossen wurde.«

Jamal stieß Luft aus, heftig und hart, fast wie ein Pfeifen. Er schüttelte den Kopf.

»Ich kann nicht.«

»Dann musst du hier bleiben«, sagte Fors und beugte sich über den Hausapparat.

»Lassen Sie mich gehen, wenn ich es sage?«

»Ja.«

»Ich werde das niemals vor Gericht bezeugen.«

»Das brauchst du auch nicht.«

Jamal holte Luft.

»Dogge.«

»In deiner Schule gibt es bestimmt viele, die Dogge heißen.«

»Er heißt Douglas und hat rote Haare. Er ist groß wie ein Haus. Den gibt's nur einmal in der Schule.«

»Gut, Jamal. Du kannst jetzt nach Hause gehen.«

Jamal sah erleichtert aus.

»Wirklich?«

»Bitte sehr.«

Er erhob sich und ging auf die Tür zu.

»Frohe Weihnachten«, sagte Fors.

23

Annika Båge kam um Viertel vor elf. Als Gunilla sie sah, bat sie um ein Gespräch. Sie gingen in Örströms Zimmer, kehrten aber nach einer Weile zurück.

»Also los«, sagte Fors. Er ging mit Annika zur Tür, während Gunilla die Schulkrankenschwester anrief, mit der sie verabredet war, und ihr sagte, sie werde sich etwas verspäten.

Fors und Annika Båge fuhren zusammen zur Kantine hinauf. Sie war gut besetzt. Lönnergren trug einen dunkelblauen Anzug, dazu einen roten Schlips. Er zeigte sein Keyboard, das er sich geliehen hatte.

»Gut genug?«

»Perfekt«, sagte Fors, setzte sich und begann zu spielen. Annika stand hinter ihm, und sie trugen ihr Programm vor: »I've Got You under My Skin«, »You are the Top«, »What is This Thing Called Love?« Dann sangen sie einige Weihnachtslieder, und beim Schlusslied fiel Nylander ein. Er hat einen schönen Bass, dachte Fors.

Im Raum waren an die zwanzig Polizisten, die meisten in Uniform, alle applaudierten bei jedem Lied. Nylander saß ganz vorn, er konnte den Blick nicht von Annika wenden.

Das Programm dauerte eine halbe Stunde, dann musste Annika zu ihrer Zeitung zurück. Als sie ging, folgte ihr Nylander mit den Augen.

»Du musst mir das Mädchen morgen zurückschicken«, sagte er zu Fors.

»Wie meinst du das?«

»Gunilla. Ich brauch sie morgen. Warum ist sie nicht hier?«

»Sie ist mit einem Zeugen verabredet.«

Nylander sah sauer aus.

»Sie gehört zur Schutzpolizei, vergiss das nicht. Sie ist keine gute Polizistin. Und das wird sie auch nie.«

»Ich bin da anderer Ansicht«, sagte Fors.

»Wen kümmert es bei der Schutzpolizei, was du denkst?«, schnaubte Nylander. »Morgen will ich sie wiederhaben. Um zwölf.«

Fors kehrte ihm den Rücken zu. Er setzte sich wieder ans Keyboard und spielte ein halbes Dutzend Cole-Porter-Melodien, während er an Ahmed Sirr dachte, von dem es hieß, er habe hundertmal den »Paten« gesehen, und an Nylander, der seinen Spitznamen nach einem kriminellen Polizisten aus demselben Film bekommen hatte: McCluskey.

Als er sich erhob, stand Lönnergren vor ihm.

»Ich muss mit dir reden, Harald, können wir uns gleich in meinem Zimmer treffen?«

»Natürlich.«

»Kannst du Heinzelmännchens Wachtparade?«, rief Nylander.

»Ja«, sagte Fors und setzte sich wieder.

»Ich geh schon mal vor«, sagte Lönnergren. Fors spielte »Heinzelmännchens Wachtparade« und Nylander saß neben ihm und stampfte den Takt.

»Mein Vater war auch Polizist«, sagte Nylander, als Fors sich erhob. »Er hat Posaune gespielt, im Polizeiorchester von Göteborg. Sie haben sogar mal eine Platte aufgenommen. Eine Achtundsiebziger. Auf der Vorderseite war ›Alte Kameraden‹, auf der Rückseite ›Heinzelmännchens Wachtparade‹.«

Nylander zupfte an seinem Ohrläppchen und steckte den kleinen Finger ins Ohr, bohrte darin herum und betrachtete mit Abscheu, was er herausgeholt hatte. Dann wischte er den Finger an einem Papiertaschentuch ab.

Zu guter Letzt nieste er.

»Gesundheit«, sagte Fors und ging zum Fahrstuhl. Er begegnete seinem eigenen Blick im Fahrstuhlspiegel. Er hatte sich nicht rasiert, bevor er Annika Båges Sommerhaus am Lången verlassen hatte. Ich muss mir dort Rasierzeug hinstellen, dachte er. Den ganzen Herbst hatte er das gedacht.

Dann hielt der Fahrstuhl an und Fors ging zu Lönnergren.

Der saß hinter seinem Schreibtisch und erhob sich sofort, als Fors hereinkam. Sie setzten sich jeder auf ein Sofa. Fors lehnte sich zurück. Lönnergren räusperte sich.

»Vielen Dank, dass du für uns gespielt hast. So was hat im Allgemeinen keine Bedeutung, aber doch mehr, als man üblicherweise glaubt.«

Fors versuchte die Anspielung zu durchschauen.

Lönnergren räusperte sich wieder.

»Wie ist der Stand in dem Fall mit dem Jungen aus dem Wald?«

»Ahmed Sirr?«

»Genau.«

»Ich glaube, den Fall werden wir in wenigen Tagen lösen.«

»Ich hab mitgekriegt, dass Kuoppola irgendeine Rolle in dem Drama spielt.«

»Das glaube ich nicht«, sagte Fors. »Höchstens am Rande. Aber eine Rolle, nein, kaum.«

»Du bist dem Täter auf der Spur?«

»Ja.«

»Du hast einen bemerkenswerten Aufklärungsrekord, Harald. Wahrscheinlich weißt du, dass die durchschnittliche Zeit bei der Aufklärung von Verbrechen in Schweden hundertneunundzwanzig Tage beträgt.«

»Das wusste ich nicht«, sagte Fors.

»So ist es«, sagte Lönnergren. »Vermutlich gibt es nicht viele Kriminalbeamte in diesem Land, die genauso effektiv sind wie du. Hast du am Donnerstag angefangen?«

»Am Freitag hab ich Familie Sirr zum ersten Mal besucht.«

»Genau. Heute ist Montag und du sagst, du siehst schon Licht am Ende des Tunnels. Das ist ausgezeichnet, Harald, einzigartig, zumal es ja nicht das erste Mal so abläuft. Ich gehe davon aus, dass du dich um Örströms Dienst bewerben wirst.«

»Ich denke darüber nach.«

»Tu das, aber denk nicht zu lange nach. Jeder im Haus will, dass du die Stelle kriegst. Du bist ja für uns alle eine Blume im Knopfloch, falls du verstehst, was ich meine?«

Fors nickte. Und Lönnergren räusperte sich wieder.

»Da ist noch was anderes.«

Lönnergren sah bekümmert drein. Er nahm seine Brille aus der Brusttasche und einen kleinen Lederlappen aus der Innentasche. Er begann, seine Brille zu putzen.

»In der Stadt sind Flugblätter aufgetaucht, teils in einem Wohngebiet, teils im Zentrum. Angaben über den Herausgeber fehlen, aber die Vermutung liegt nahe, dass die Urheber bei der Bewegung Nya Sverige zu suchen sind.«

»Ach?«

»Das Blatt greift den Fall Sirr als Ausgangspunkt für einige Überlegungen um die Flüchtlingspolitik auf. Ohne Übertreibung kann man behaupten, dass es sich um ausländerfeindliche Hetze handelt. Es wird behauptet, dass Einwanderer und Flüchtlinge Unterhaltsschwindler, Kriminelle, Drogensüchtige und Kindermörder sind. Man schert alles über einen Kamm. Wer keinen Großvater hat, der am Siljansee oder unter Smålands Birken aufgewachsen ist, der ist den Dreck unterm Nagel nicht wert. Tja, das Übliche. Der Ausländerhass versucht Pfeifen aus Schilf zu schneiden.«

»Pfeifen aus Schilf?«, sagte Fors.

Lönnergren kontrollierte seine Brillengläser, hielt sie gegen das Licht und setzte die Brille wieder auf, als ob er Kriminalinspektor Harald Fors besonders genau in die Augen schauen wollte.

»So sagte man doch früher«, sagte er. »Aber vielleicht ist das out? Wahrscheinlich schneidet niemand mehr Pfeifen?«

Fors schwieg.

Lönnergren räusperte sich.

»Das Schlimme an diesem Flugblatt ist, dass es Informationen enthält, die der Flugblattverfasser eigentlich nicht hätte haben dürfen. Da steht zum Beispiel, dass Sirr mit einem Schuss in den Kopf umgebracht worden ist. Diese detaillierte Information ist nicht an die Presse gegangen. Örström hat nur gesagt, der Junge wurde erschossen aufgefunden. Woher weiß man, dass es sich um einen Kopfschuss handelt? Auf dem Flugblatt steht auch, dass der Junge die Hose heruntergelassen hatte und dass es sich wahrscheinlich um ein Sexualverbrechen handelt. Wir haben der Presse nicht mitgeteilt, dass die Hose heruntergelassen war.«

Lönnergren sah Fors an.

»Wie du weißt, haben wir auch schon früher Probleme mit undichten Stellen gehabt, und das wollen wir natürlich in Zukunft vermeiden. Es wird schon genug darüber geredet, wie diese undichte Stelle entstanden sein könnte.«

»Ja?«, sagte Fors.

Lönnergren nahm wieder die Brille ab, legte sie zusammen. Er hielt sie aber in der Hand wie einen kleinen Kommandostab, mit dem er jetzt auf Fors zeigte.

»Es geht natürlich um die Journalistin«, sagte Lönnergren.

»Welche?«

»Båge natürlich.«

»Was ist mit ihr?«

»Mit ihr ist nichts Besonderes, es ist mehr die Verbindung zwischen einem Beamten unserer Behörde und einer Journalistin der Lokalzeitung, Annika Båge. Die Verbindung an sich beunruhigt die Leute.«

»Wie meinst du das?«

Lönnergren sah sehr bekümmert aus.

»Es gibt Leute, die finden es unpassend, dass du ein Verhältnis mit einer Journalistin hast. Jedenfalls so offen. Das führt zu Gerede.«

Fors konnte seine Verwunderung nicht verbergen.

»Was sagst du da?«

»Ich erzähle dir nur, was geredet wird.«

»Und wie ist deine eigene Ansicht?«

»Tja, was soll man sagen...«

Lönnergren lehnte sich scheinbar müde auf dem Sofa zurück. Er schüttelte den Kopf und sah aus dem Fenster.

Draußen schneite es große weiße Flocken.
»Das ist nicht dein Ernst!«, wiederholte Fors.
»Es ist eine heikle Angelegenheit.«
Fors spürte, dass seine Wangen heiß wurden.
»Nein, das hast du nicht gesagt. Du hast gemeint, dass ich einer Zeitungsjournalistin etwas erzählt habe, was unter Geheimhaltung fällt. Das hast du gesagt.«
»Nimm es nicht so schwer, Harald. Ich will die Angelegenheit nur mit dir erörtern.«
»Was erörtern? Wer läuft im Haus rum und verbreitet das Gerücht, ich könnte die Klappe nicht halten?«
»Es handelt sich wohl um keine bestimmte Person...«
»Wer...?«
»Jetzt braus doch nicht gleich so auf, Harald. Wir sind doch beide vernünftige...«
»Wer?«
»Darauf kann ich dir nicht antworten. Ich muss die Stimmung im Haus schützen. Es darf kein Verdacht aufkommen, dass ein Beamter über etwas redet, worüber andere schweigen. Das darf einfach nicht sein.«
»Hör auf mit dem Quatsch. Du weißt doch, dass ich es weiß. Was du da gesagt hast, ist eine einzige verdammte Beleidigung...«
»Bitte, Harald, nimm es nicht so...«
»Wie zum Teufel soll ich es denn nehmen?«
»Vielleicht war es nicht ganz geschickt, dass sie heute Morgen mit dir gesungen hat.«
»Aber das war doch deine Idee!«
»Schon, aber Selbstkritik ist mir nicht fremd.«
»Das wolltest du mir also sagen?«
»Ja.«

»Und das Flugblatt?«
»Wie meinst du das?«
»Wer ermittelt in der Sache?«
»Das muss bis nach den Festtagen warten.«
»Ist Hetze gegen eine Volksgruppe kein ernstes Verbrechen, zumal wir im Wald einen erschossenen Einwandererjungen gefunden haben?«, fragte Fors.

»Ich werde Nylander bitten, nach den Festtagen jemanden drauf anzusetzen«, sagte Lönnergren. »Jetzt haben wir nicht genug Leute.«

»Das ist also eine Aufgabe für die Schutzpolizei?«
»Wer sollte sich sonst darum kümmern? Bei der Kripo haben wir nicht genug Leute, das weißt du.«

»Vielleicht würdest du sogar Hjelm dafür einsetzen?«
Lönnergren sah erstaunt aus.
»Hjelm? Wäre der denn geeignet?«
»Soviel ich weiß, nicht«, sagte Fors. »Ich weiß nicht, wofür der geeignet ist.«

Lönnergren seufzte tief und erhob sich.
»Denk bitte mal drüber nach«, sagte er.
»Worüber?«
»Zeig dein Verhältnis nicht gar so demonstrativ.«
Fors drehte wortlos auf dem Absatz um, öffnete die Tür und ging zum Fahrstuhl. Als der kam, standen Nylander und drei Uniformierte von der Schutzpolizei vor ihm.

»Komm ruhig rein zu den breiten Jungs, Fors«, bot Nylander ihm an, ohne sich von der Stelle zu bewegen.

Und Fors drängte sich in den Fahrstuhl. Alle vier von der Schutzpolizei waren größer und breitschultriger als er, obwohl er auch nicht gerade klein war.

»Warum stellst du keine Rugbymannschaft zusammen?«, fragte Fors an Nylander gewandt.
Der lachte.
»Das wäre eine Idee. Wildcats, wir könnten uns Wildcats nennen. Und dann könnten wir Cheerleader haben wie in Amerika. Vielleicht könnte deine singende Verlobte den Part übernehmen, oder ist sie zu alt, um die Hacken zu schwingen?«

Einer der Polizisten hinter Nylander lachte. Fors sah nicht, wer es war. Der Fahrstuhl hielt auf Fors' Etage und er stieg aus.

»Sie könnte hinterher etwas darüber in der Zeitung schreiben«, rief Nylander ihm nach. »Aber vielleicht schreibt sie nicht über Sport?«

24

Schließlich fand Gunilla Strömholm Dalen. Es war ein Villenviertel aus den Fünfzigerjahren mit Gärten und Obstbäumen, die ihre nackten Äste vor den Häusern spreizten. Der Lekholmsvägen war mit Neuschnee bedeckt. Gunilla hatte das Gefühl, dass es fast ein feierlicher Akt war, als das Auto Spuren im Schnee hinterließ, während die Scheibenwischer den leichten trockenen Niederschlag von der Windschutzscheibe fegte.

Im Radio sang ein Kinderchor »Hosianna, Davids Sohn«. Gunilla dachte für einen Moment an die Schilderungen von Belzec, die sie am vergangenen Abend gelesen hatte. Dann war sie da, hielt an und stieg aus.

Die Gartenpforte war aus massiver Eiche, der Drahtzaun hing schon ein wenig durch und der Weg zur Treppe war nicht geräumt. Gunilla sah sich zu ihrem Auto und den Spuren im Schnee um, als sie auf den Klingelknopf drückte. Drinnen hörte sie es klingeln. Sie schaute zum Weg und sah, wie der fallende Schnee ihre Fußspuren schon wieder bedeckte.

Ich nehme mir frei, dachte sie. Ich schreibe mich bei der Uni ein und studiere Geschichte. Und dann versuche ich Kriminalpolizistin zu werden.

Da wurde die Tür geöffnet und eine hoch gewachsene Frau mit magerem Gesicht stand vor Gunilla.

»Entschuldigen Sie bitte, dass Sie warten mussten«, sagte die Frau. »Ich war zum Holz holen im Keller.«

Gunilla betrat den Flur. Es duftete nach Kerzen und brennendem Birkenholz.

Die Frau reichte ihr die Hand.

»Willkommen, Sie nehmen doch sicher eine Tasse Kaffee?«

»Danke, gern.«

»Was für ein herrliches Weihnachtswetter. Wir haben minus sieben Grad und der Wetterbericht sagt, es soll bis morgen weiterschneien.«

Gunilla stand vornübergebeugt da und löste ihre Schnürsenkel. Ein Kurzhaardackel kam angetrippelt, sein Bauch schleifte über den Teppich.

»Er tut nichts«, erklärte Margit Lans. »Ja, Kasper, will Guten Tag sagen«, sagte sie zu dem Hund. »Kommen Sie herein.«

Gunilla hatte sich Schuhe und Jacke ausgezogen und folgte der Frau ins Wohnzimmer. Dort standen ziemlich verschlissene Sessel vor dem offenen Kamin, in dem ein Birkenholzfeuer brannte. Auf einem kleinen runden Tisch zwischen den beiden Sesseln standen zwei Kaffeetassen und ein Teller mit Pfefferkuchenherzen.

Zuerst sah Gunilla die Frau nicht, die auf einem Sofa an der einen Seite des Zimmers saß. Die Frau war weißhaarig, dünn und fast durchsichtig. Eine Volkstracht mit grüner Weste sorgte dafür, dass man nicht geradewegs durch sie hindurchsah. Über ihr hing ein Ölgemälde, auf dem sich ein Frühlingsbach zwischen zwei Felsklippen ergoss. Der Himmel darüber war dunkel, wie vor einem Wärmegewitter.

»Wir haben Besuch, Mama!«, rief Margit Lans.

Die Alte auf dem Sofa lächelte ein unergründliches Lächeln.

Margit Lans wandte sich zu Gunilla.

»Meine Mutter ist taub, aber sie kann von den Lippen ablesen.«

»Guten Tag«, sagte Gunilla, während sie auf die alte Frau zuging und ihr die Hand reichte. Die kleine Hand war sehr dünn und beinahe schneeweiß. Die Alte sah Gunilla durch dicke Brillengläser an und neigte ein wenig den Kopf.

»Bitte, setzen Sie sich«, sagte Margit Lans und zeigte auf einen der Sessel vor dem Feuer. »Ich hole den Kaffee.«

Gunilla setzte sich. Vier Birkenkloben standen gegeneinander gelehnt zwischen den verrußten Ziegelsteinen im Kamin. Das Holz brannte gut und fast lautlos. Auf dem Kaminsims stand eine Kerze in einem Messinghalter. Neben der Kerze war ein gerahmtes Foto von einem Mann mit kariertem Flanellhemd, einem offenen Lächeln und einer Lücke zwischen den Schneidezähnen.

Margit Lans kehrte mit einer Silberkanne in der Hand aus der Küche zurück. Sie schenkte ihrer Mutter Kaffee ein und ließ sich dann rechts von Gunilla nieder.

»Meine Mutter stammt aus Norwegen. Dort tragen die Menschen zu den hohen Festtagen ihre Volkstracht, aber das wissen Sie vielleicht?«

»Nein, das habe ich nicht gewusst.«

»Nehmen Sie einen Pfefferkuchen.«

Gunilla nahm sich einen.

»Was wollen Sie wissen?«

Gunilla biss in den Pfefferkuchen, kaute und schluckte.

»Wie ich schon am Telefon sagte, ermitteln wir in einem Verbrechen, in das Jugendliche verwickelt zu sein scheinen. Ich hoffe, Sie können mit einigen Angaben zur Aufklärung beitragen. Es geht um ein Mädchen, von dem Sie sagten, dass Sie es kennen.«

»Sara Sjöbring?«

»Ja.«

Margit Lans stand auf, nahm den Teller mit den Pfefferkuchen und ging zu der Greisin. Wortlos bot sie ihr von dem Gebäck an. Als Margit Lans sich wieder setzte, hörte Gunilla, wie die alte Frau in einen Pfefferkuchen biss.

»Meine Mutter ist stocktaub, wir können also ganz zwanglos reden, obwohl ich als ehemalige Schulkrankenschwester natürlich nicht meine Schweigepflicht brechen kann. Aber das, was auch andere über Sara Sjöbring erzählen könnten, kann ich natürlich auch sagen. In was für einem Fall ermitteln Sie denn?«

»Darauf kann ich nicht näher eingehen«, antwortete Gunilla. »Ich wollte Ihnen nur einige Fragen stellen.«

Margit Lans lächelte ein schiefes Lächeln.

»Offenbar müssen wir uns beide an die Schweigepflicht halten. Mal sehen, was wir einander zu sagen haben.«

»Der Kaffee ist gut«, sagte Gunilla.

»Ich hab ihn selbst gemahlen«, antwortete Margit Lans. »Was möchten Sie wissen?«

»Wann haben Sie Sara Sjöbring kennen gelernt?«

»Vor acht Jahren.«

»Wie alt war Sara damals?«

»Sie ging in die Sechste und war zwölf, vielleicht dreizehn.«

Gunilla nahm ihr Notizbuch hervor, sah auf die Uhr und notierte Zeit und Datum.

»Hoffentlich stört es Sie nicht, wenn ich mir Notizen mache?«

»Aber nein, das muss die Polizei doch machen, wenn sie jemanden verhört, oder wie man das nun nennt«, sagte Margit Lans.

»Das hier kann man wohl kaum ein Verhör nennen«, meinte Gunilla, »aber es wirkt immer etwas formell, wenn man sich Notizen macht.«

»Mich stört das nicht«, sagte Margit, nahm einen Feuerhaken und stocherte zwischen den Birkenkloben herum. Sie seufzte.

»Das ist die Birke, die in der Ecke bei der Spielhütte gestanden hat, die wir jetzt verfeuern. Ich musste sie im letzten Winter schlagen lassen. Bei Sturm hätte sie aufs Haus fallen können. Ragnar hat gesagt, wir müssen sie wegnehmen, und ich hab immer gesagt, ich will das nicht. Dann ist er gestorben und ich habe die Birke fällen lassen.«

»Sie waren Schulkrankenschwester?«

»In Fridhem.«

»Man lernt wahrscheinlich furchtbar viele Schüler kennen, wenn man Krankenschwester an einer Schule ist?«

»Wahnsinnig viele.«

»Und an alle kann man sich vermutlich nicht erinnern?«

»Absolut nicht.«

»Aber an Sara Sjöbring erinnern Sie sich?«

»Ja.«

»Warum erinnern Sie sich an Sara?«

Margit stocherte noch eine Weile zwischen den brennenden Holzscheiten herum, bevor sie antwortete.

»Sara kam fast sofort zu mir, als sie hierher gezogen waren. Sie beklagte sich über Magenschmerzen, wie das Mädchen mit zwölf manchmal machen. Als wir darüber redeten, handelten unsere Gespräche häufig von ihrer kleinen Schwester Emma. Mit der Zeit wurden es ziemlich viele Gespräche über Emma und immer waren die Magenschmerzen der Vorwand. Sara hat sich sehr um ihre kleine Schwester gekümmert, allzu sehr, würde ich sagen. Die Mädchen haben verschiedene Väter und sind sich überhaupt nicht ähnlich. Sara ist extrovertiert, hat ein schnelles Mundwerk und sie ist groß. Emma ist schüchtern, klein, verschlossen und schweigsam. Jedenfalls war sie es damals. Wie sie heute ist, weiß ich nicht.

In der Siebten kam Sara nicht mehr zu mir. Ich dachte, sie habe sich wohl eingelebt, ihren Platz, neue Freunde gefunden. Die Gesundheit hatte sich stabilisiert, dachte ich. Aber da täuscht man sich manchmal gewaltig.

Im Frühjahr in der Achten tauchte sie wieder auf. Jetzt war sie zornig. Zu der Zeit gab es da draußen einen Lehrer – er ist später weggezogen –, von dem es hieß, er rücke den Mädchen auf den Pelz. Sara hat furchtbar gelitten. Sie kam zu mir und sagte, sie möchte diesen Lehrer am liebsten erschießen. Als sie das sagte, kriegte ich wirklich einen Schreck. Ihre Mutter ist Schützin und Sara kann schießen. Das hat sie mir jedenfalls erzählt.

Tja, sie kam zu mir und erleichterte ihr Herz, aber es reichte nicht. Zusammen mit einigen anderen Mädchen bildete sie eine Art Club. Sie machten sich T-Shirts, auf denen stand ›Gorilla Guerilla‹. Eine Weile gab es mindestens zwanzig Mädchen an der Schule, die diese T-Shirts trugen. Es war allgemein bekannt, dass es einem Lehrer, der einem Gorillamädchen zu nah kam, schlecht ergehen würde.

Einem erging es so. Diesem Lehrer, der Saras Zorn ausgelöst hatte, wurden die Reifen zerschnitten und eines Morgens, als er aufwachte, hatte jemand ein Dutzend Mädchenunterhosen am Fahnenmast vor seinem Haus hochgezogen.

Er ist dann weggezogen, nach Kalmar, wenn ich mich richtig erinnere.

Alle meinten natürlich zu wissen, wer die Autoreifen zerschnitten und die Unterhosen gehisst hatte. Die Sache wurde bei der Polizei angezeigt, aber ich glaube, sie haben nichts gefunden, was für eine Anklage der Mädchen reichte.

In der Neunten bekamen diese Mädchen einen Lehrer, der der Pfingstkirche angehörte. Er äußerte sich etwas einfältig über Sexualität. Das hätte er nicht tun sollen. In der nächsten Woche saßen vier hübsche Mädchen vor seinem Lehrerpult in T-Shirts, auf denen ›Onanie – und wie‹ stand. Sie meldeten sich dauernd und wollten wissen, wie Onan es machte, als er seinen Samen auf die Erde vergoss.

Solche Sachen machten sie. Manche Lehrer hatten Angst vor ihnen. Wenn man sie gegen sich hatte, konnte es einem übel ergehen. Es gab auch Eltern, die sich beklagten. Sara war eine der Anführerinnen.«

»Wie heißen die anderen?«

Margit Lans dachte eine Weile nach.

»Das waren Lina Sandberg, Elin Hake und ... wer war denn die Vierte? Ich kann mich nicht erinnern. Vielleicht fällt es mir wieder ein, wenn ich mir alte Klassenfotos anschaue.«

»Wie groß ist Sara?«

»Sie ist größer als ich, und ich bin eins neunundsiebzig.«

»Und die anderen Mädchen in der Guerilla-Gruppe, sind die genauso groß?«

»Nein, das glaub ich nicht. Elin Hake ist entschieden kleiner als ich. Ich hab sie kürzlich gesehen. Sie sieht aus wie eine richtige Lucia. Sehr hübsch.«

»Was meinen Sie mit Lucia?«

»Sara war letztes Jahr Lucia-Braut. Die Lokalzeitung macht ja immer eine Umfrage. Elin war in der Neunten Lucia.«

»Und die Dritte?«

»Lina. Tja, das ist so eine, die bringt die Jungs um den Schlaf, die träumen nachts von ihr.«

»Ist sie auch blond?«

»In der Neunten hatte sie schwarze Haare. Aber eigentlich ist sie blond.«

»Und an die Vierte erinnern Sie sich nicht?«

»Nein, das ist peinlich, mein Gedächtnis lässt nach. Früher hatte ich ein gutes Personengedächtnis, aber es lässt mich langsam im Stich.«

Sie erhob sich und ging mit der Kaffeekanne zu der Alten. Als sie zurückkam, schaute sie in Gunillas Tasse.

»Ihr Kaffee wird ja kalt, meine Liebe.«

Gunilla legte das Notizbuch auf den Tisch und trank einen Schluck. Margit setzte sich wieder und stocherte zerstreut mit dem Feuerhaken im Feuer herum.

»Als Sie Sara kennen lernten, war sie gerade neu hergezogen, stimmt das?«

»Ja.«

»Woher kam die Familie, wissen Sie das?«

»Irgendwo aus Schonen.«

»Und diese Sache, dass Saras Mutter Pistolenschützin ist?«

»Ich glaube, vor einigen Jahren war sie sogar Vorsitzende des Schützenvereins. Meiner Meinung nach stand das in der Lokalzeitung.«

»Es war also kein leeres Gerede, als Sie sagten, dass Sara schießen kann?«

»Ich weiß es nicht, aber wenn man eine Mutter hat, die schießt, dann fragt man doch eines schönen Tages, ob man nicht auch mal schießen darf.«

Margit holte tief Luft.

»Ihren Fragen nach zu urteilen ermitteln Sie im Zusammenhang mit dem Mord an dem Einwandererjungen.«

»Ich möchte nichts über die Ermittlung sagen.«

»Nein, das ist klar. Ich hab vielleicht auch schon zu viel gesagt. Aber Sie bei der Polizei haben doch auch eine Schweigepflicht?«

»Was können Sie mir noch über die Sjöbring-Mädchen erzählen?«

Margit Lans dachte eine Weile nach.

»In der Schule sind sie wohl ziemlich gut. Emma geht ja immer noch zur Schule.«

»Wissen Sie, auf welche?«

»Aufs Polhemsgymnasium, nehme ich an. Dort landeten fast alle unsere Schüler. Ging nicht auch der Einwandererjunge auf die Schule?«

»Sind Sie Sara in letzter Zeit begegnet?«

»Das ist schon eine Weile her. Ich frage mich, ob sie nicht weggezogen ist.«

»Und Emma?«

»Ich weiß nicht, wann ich sie zuletzt gesehen habe. Könnte im vergangenen Sommer gewesen sein.«

»Aber da haben Sie nicht mit ihr gesprochen?«

»Nein. Wir haben uns nur zugenickt, wie man das so macht.«

»Warum hat sich Sara so sehr um ihre kleine Schwester gekümmert?«

»Ich hab Henrietta Sjöbring mal angerufen, als Sara besonders häufig bei mir war. Ich habe Sara gefragt, ob sie etwas dagegen hätte, und das hatte sie nicht. Also habe ich ihrer Mutter von den Magenschmerzen erzählt und dass sie immer von ihrer kleinen Schwester sprach, wenn sie zu mir kam. Ich erfuhr, dass sich ein Unglück ereignet hatte, als Sara sechs war.«

Im Flur klingelte das Telefon und Margit stand auf.

»Entschuldigen Sie mich einen Augenblick.«

Gunilla hörte, wie sie draußen den Hörer abhob und mit jemandem sprach, der sich auf einer Reise zu befinden schien. Gunilla schaute zu der alten Frau auf dem Sofa, erhob sich, nahm den Teller mit den Pfefferkuchen und bot ihr davon an. Die Frau legte den Kopf schief und sagte mit norwegischem Akzent:

»Ich glaube, es schneit?«

»Ja«, antwortete Gunilla.

»Es ist hübsch.«

Dann verstummte die Alte.

Gunilla kehrte zum Sessel zurück. Die Wand gegenüber war vom Boden bis zur Decke mit Bücherregalen gefüllt. Gunilla stammte aus einem Haus, in dem keine Bücher gelesen worden waren. Bücher waren ihr immer fremd geblieben, als wären sie Gegenstände, die nicht in ihre Welt gehörten. Bücher in Privathäusern erfüllten sie mit einer Art Ehrfurcht. Sie hatte die Vorstellung, dass Menschen, die viele Bücher besaßen, klüger als andere waren. Aber der Gedanke, dass sie selber klüger werden könnte, indem sie Bücher las, war ihr nie gekommen, bis vor kurzem.

Ich schreibe mich in der Universität ein und studiere Geschichte, dachte sie. Sie lächelte über sich und ihren Entschluss, als sie sich wieder auf den Sessel setzte.

In diesem Moment hatte sie noch gut vierundzwanzig Stunden zu leben.

Es war ihre Zeit.

Der Dackel kam und setzte sich neben sie. Er wedelte einschmeichelnd mit dem Schwanz und hoffte auf einen Pfefferkuchen.

»Entschuldigung«, sagte Margit, als sie zurückkam. »Meine Schwester und ihr Mann sind auf dem Weg hierher, aber sie werden sich verspäten, weil die Straßen so verschneit sind. Sie wollten schon um eins hier sein, aber jetzt wissen sie nicht, wann sie ankommen.«

Sie setzte sich wieder und sah Gunilla an.

»Wo waren wir stehen geblieben?«

»Sie sagten, dass etwas passiert ist, als Sara sechs war.«

»Genau. Frau Sjöbring erzählte, dass Emma fast ertrunken wäre, als sie zwei und Sara sechs war. Da wohnten sie noch in Schonen, neben ihrem Hof floss ein Bach. Frau Sjöbring war ins Haus gelaufen, weil das Telefon klingelte. Sie hatte zu Sara gesagt, sie solle auf ihre kleine Schwester aufpassen. Als sie wieder nach draußen kam, lag Emma auf dem Bauch im Wasser, das Gesicht untergetaucht, und Sara war hinter dem Haus.

Emma war bewusstlos. Im Krankenhaus glaubten sie, sie würde vielleicht einen Hirnschaden zurückbehalten, weil sie so lange ohne Sauerstoff gewesen war, aber es wurde offenbar nie ein Schaden diagnostiziert. Danach machte Sara wieder ins Bett. Sie hatte Albträume und wollte ihre Mama und Emma nie allein lassen.

Tja, als Schulkrankenschwester wird man wohl eine Art Amateurpsychologe. Es ist ja leicht nachzuvollziehen, dass eine Sechsjährige von Schuldgefühlen überwältigt wird, wenn sie glaubt, dass sie fast am Tod der kleinen Schwester schuld gewesen wäre. Und dazu noch eine kleine Schwester, zu der sie sicher auf Geschwisterart ambivalente Gefühle hatte.

Ich weiß nicht, ob dies von Bedeutung ist, jedenfalls hat Henrietta Sjöbring es mir so erzählt.«

»Und Emma?«

»Wie meinen Sie das?«

»Hat irgendetwas darauf hingedeutet, dass sie sich damals einen Hirnschaden zugezogen hat?«

»Das glaube ich nicht. Sie hatte nur ein bisschen Pech, weil ihre Lehrer dauernd wechselten, die kamen und gingen, einer nach dem anderen. Das ist eine furchtbare Entwicklung. Die Leute studieren auf Lehramt, haben einen Haufen Studienschulden und nach drei Jahren im Beruf hören sie auf, um Stewardess zu werden oder ihr Geld im Restaurant zu verdienen.«

Margit zeigte zum Foto auf dem Kaminsims.

»Ragnar war Mathematiklehrer und unterrichtete in der Oberstufe. Er war Sozialdemokrat und saß in der Gemeindeverwaltung. Genau wie der alte Römer – welcher war das doch noch – beendete er jede Rede, egal, wovon er sprach, mit: Im Übrigen sehe ich, dass die Schule in Ordnung gebracht werden muss. Er war nicht sonderlich beliebt, das kann ich Ihnen versichern.

Ragnar pflegte zu sagen, dass es in der sozialdemokratischen Bewegung zwei Strömungen gibt. Eine steht für die Bildungsphalanx, die Volksbildung, die zweite sind die Verächter von Wissen und die Schulhasser. Ragnar meinte, das Tragische sei, dass die zweite Gruppe gesiegt habe. Er versuchte sogar, in der sozialdemokratischen Partei darüber zu diskutieren. Sie können sich sicher vorstellen, wie die sich gefreut haben. Ragnar musste sich anhören, er sei ein Reaktionär, er wolle die alte Paukerschule wieder einführen, er sei zu alt, um sich zu ändern. Er versuchte zu erklären, dass Mathematik Spaß machen könne, aber dass man erst mal rechnen lernen müsse, und wenn es einem schwer falle, komme es erst mal auf Ruhe und Gelassenheit an.

Aber sie empfahlen ihm, seine Arbeitsweise zu ändern. Er war der beste Lehrer an seiner Schule, doch in den letzten Jahren wurde er zu einer Art Rechthaber. Er fertigte Diagramme über das Zuspätkommen der Schüler an und wie viel Unterrichtszeit damit vertrödelt wurde, um das zu wiederholen, was gerade gesagt worden war. Er erweiterte die Statistik und wies nach, wie viel Unterricht es in zehn, zwanzig oder dreißig Jahren kosten würde, wenn man ständig wiederholen müsste, was schon gesagt worden war, natürlich davon ausgehend, dass es bei der heutigen Tendenz bleibt.

Ich hab ihn gebeten sich zu schonen, sich nicht zum Gespött zu machen, aber er wollte nicht aufgeben. Er machte weiter, bis er umfiel. Kurz bevor er starb, bezeichnete er die Schule als das Schlachtfeld der Gesellschaft. Hier werden die Kämpfe der Zukunft ausgefochten. Und alles deutet darauf hin, dass der Kampf verloren geht. Weil die Lehrer der neuen Generation überhaupt nicht daran denken, sich als Kanonenfutter verheizen zu lassen. Ich fürchte, er war zum Ende seines Lebens etwas verbittert. Seltsamerweise bildete er sich ein, es sei seine Schuld, nur weil er achtunddreißig Jahre Lehrer und Sozialdemokrat gewesen war, und weil es ihm nicht gelungen war, sich so auszudrücken, dass die Leute es auch kapiert haben. Ja, Herr im Himmel, was verlangt man denn noch von einem armen Menschen?«

Margit verstummte, beugte sich vor, nahm ein Holzscheit aus dem Korb und legte es aufs Feuer.

»Wie sind wir denn jetzt darauf gekommen?«

»Wir haben über Emma Sjöbring gesprochen. Dass sie Pech gehabt hat.«

»Ja, genau. In der Klasse hat es einfach zu viele Lehrerwechsel gegeben, keiner ist ein ganzes Schuljahr geblieben.«

»Aber sie ist nie zu Ihnen gekommen?«

»Sie ist nie zu mir gekommen, nein. Möchten Sie noch Kaffee?«

»Danke, nein.«

Margit drehte den Kopf und warf ihrer Mutter auf dem Sofa einen Blick zu.

»Es schneit, Mama«, sagte sie laut.

»Es ist schön«, antwortete die Alte.

»Falls Ihnen noch der Name des vierten Mädchens einfällt, rufen Sie mich doch bitte an«, sagte Gunilla. Sie riss ein Blatt Papier aus ihrem Notizbuch und schrieb ihre Handynummer und Fors' Telefonnummer auf.

»Mach ich, aber Sie erwarten ja sicher nicht, dass ich heute noch anrufe, es ist immerhin Heiligabend, und Polizisten müssen auch irgendwann mal freihaben?«

»Rufen Sie an, sobald er Ihnen einfällt«, sagte Gunilla. »Und vielen Dank für den Kaffee.«

25

Fors saß am Schreibtisch und bemühte sich, so weit wie möglich mit seinen Voruntersuchungsberichten im Fall Ahmed Sirr und dem Feuer in Vreten voranzukommen.

Von Polizisten existiert ein Klischee, wie sie sich auf der Schreibmaschine mit zwei Fingern mühsam mit einem einfachen Wort abquälen. Fors passte nicht in dieses Bild. Er schrieb gern, das Schreiben war für ihn eine Form des Denkens. Seine Voruntersuchungsprotokolle waren häufig voller Reflexionen darüber, was hätte passieren können, wenn die Umstände andere gewesen wären. Diese Reflexionen setzte er immer in Klammern. Als sich mit der Zeit herausstellte, dass Fors ein ungewöhnlich guter Ermittler war, begann Lönnergren seine Berichte zu lesen, bevor sie fertig waren. Manchmal waren darin Gedanken enthalten, die das Polizeiwesen berührten, Gedanken, die Lönnergren, mit eigenen Überlegungen verbunden, bei den regelmäßigen Konferenzen der Polizeidirektoren vortrug.

Fors war mitten in so einer Klammer, als das Telefon klingelte.

»Hallo, Fors«, sagte eine Stimme über eine schlechte Handyleitung. »Ich hab gehört, dass du in Vreten warst.«

»Ja«, sagte Fors, der die Stimme erkannte.

»Ich hab mir jetzt die Brandstelle angeschaut.«

»Was hast du gefunden?«

»Klarer Fall von Brandstiftung. Hat in der Sakristei angefangen. Der Brandleger hat eine Kerze auf den Fußboden gestellt und Zeitungspapier drum herum gelegt. Als die Kerze heruntergebrannt war, hat das Papier Feuer gefangen. Vielleicht war die Wand mit Zündhilfe präpariert, das müssen sie im Labor untersuchen. Jedenfalls war der Verlauf heftig. Das Paneel in der Sakristei war hundertfünfzig Jahre alt, das war also trocken wie Zunder und hat gut gebrannt.«

»Kannst du etwas über den Zeitpunkt sagen, wann das Feuer gelegt wurde?«

»Nein. Wenn es eine lange Kerze war, kann es Stunden gedauert haben, bei einer kürzeren Kerze eine Viertelstunde. Auf jeden Fall handelt es sich um Brandstiftung.«

»Danke«, sagte Fors. »Ich kriege dann ein Protokoll, ja?«

»Nach Weihnachten. Dann bekommen wir auch die Antwort vom Labor wegen der Wand. Bist du über die Feiertage zu Hause?«

»Ich arbeite bis einschließlich zweiten Weihnachtstag. Dann hab ich bis zum Dritten frei.«

»Das klingt gut. Ich fahre heute Abend nach Spanien. Lass es dir gut gehen und frohe Weihnachten.«

»Frohe Weihnachten«, sagte Fors und kehrte zu seinen Ausführungen zurück. Er schrieb:

»Im Dezember 2001 konnte man in der ›Dagens Nyheter‹ einen Artikel lesen, in dem eine Frau befragt wurde, was es für ein Gefühl ist, Mutter von Jungen zu sein, die überfallen worden waren. Die Frau sagte unter anderem, dass jene, die ihre Söhne überfallen hatten – mehrere Male –, Jungen aus Einwandererfamilien gewesen waren. Und sie endete mit der Behauptung, dass das Verhalten der Einwandererjungen verständlich sei. Sie fühlten sich ausgeschlossen und isoliert in einer Gesellschaft, die sie abwies und in der sie nur wenig Möglichkeit sahen, sich eine anständige Zukunft aufzubauen.

Der Schlusssatz ihrer Reflexion ist beunruhigend. Es bedeutet ja quasi, dass sie – wie sie es ausdrückte – *akzeptieren* konnte, dass Einwandererjungen ihre Söhne wiederholt beraubt hatten. Wenn wir anfangen, ein Verhalten von Einwanderern zu *akzeptieren*, das wir bei eingeborenen Schweden nie akzeptieren würden, haben wir den Einwanderer ausgeschlossen: Er ist ›der andere‹ geworden.

Und wir werden in Zukunft Reaktionen erleben, die gewalttätiger sind als bisher. Diesem Problem scheint sich niemand annehmen zu wollen. Auf der politischen Ebene wird es kaltblütig den Rechtsextremisten überlassen. Diese verstehen es, die Problematik für sich zu nutzen, unternehmen jedoch natürlich nichts dagegen.

Kriminalität, von Einwandererjugendlichen in Form von Raubüberfällen auf einheimische Jugendliche verübt, ist ein brennendes Problem. Der Rat der Verbrechensvorbeugung hat dieses Risiko in seinem Bericht ›Jugendliche, die Jugendliche berauben‹ (6/2000) besonders hervorgehoben. Da heißt es: ›Unabhängig von der zukünftigen Entwicklung ist es jedoch von größter Bedeutung, dass die Gesellschaft tragfähige Strategien entwickelt, um die Jugendkriminalität effektiv einzudämmen. Dies gilt auch für die Raubüberfälle von Jugendlichen, besonders im Hinblick auf den nahe liegenden Verdacht, dass solche Raubüberfälle zu wachsender Ausländerfeindlichkeit führen.‹

Bezug nehmend auf die obigen Ausführungen und auf den Rechenschaftsbericht, den ich im Fall Ahmed Sirr abgeliefert habe, kann ich konstatieren, dass wir in unserem Polizeibezirk nicht die geringste Strategie entwickelt haben, um mit der Jugendkriminalität fertig zu werden, von der hier die Rede ist und die zu ernsten politischen Konsequenzen führen kann, zumal sich außerparlamentarische Gruppen die Freiheit herausnehmen zu agieren.

Eine weitere Überlegung:

Gewohnheitsmäßig betrachten wir die *Schule* als die Schule. D. h., wir stellen uns vor, sie sei ein Ort, an dem sich Lehrer und Schüler treffen, damit die Lehrer den Schülern Wissen und Fertigkeiten vermitteln. Aber heutzutage befindet sich auf den Gymnasien eine große Anzahl Schüler, denen die notwendigen Voraussetzungen fehlen, um das Niveau dieses Schulsystems zu bewältigen. Es gibt viele Schüler, die versuchen, die Schulsituation so gut sie können zu ihrem Vorteil umzudefinieren. Da sie in den meisten Fächern schlecht sind, benutzen sie die Schule zu etwas anderem. Die Schule wird ein Umschlagplatz. Gruppen zahlungskräftiger Jugendlicher können in der Schule gestohlene Kleidung, Fahrzeuge,

Rauschgift und Telefone erwerben. Es gibt Waffenhandel und Geldwechselbörsen. Gewisse Jugendliche übernehmen nicht die Schülerrolle, sondern definieren sich über die Rolle des Marktakteurs. Einige dieser Bandenbildungen an unseren Gymnasien werden für uns erst begreiflich, wenn wir sie vor diesem Hintergrund sehen.

Jugendliche kämpfen um Marktanteile, und leistungsschwache Schüler versuchen ihren Status zu verbessern, indem sie sich von schwachen in aggressive und vielleicht erfolgreiche Marktakteure verwandeln.

Es gibt noch eine dritte bedenkenswerte Überlegung: Immer öfter begegnen uns Jugendliche und Kinder, die Schusswaffen besitzen. Der Fall Sirr ist dafür das beste Beispiel. 50 000 illegale Waffen soll es in unserem Land geben. Wie viele davon sich heutzutage in den Händen von Kindern und Jugendlichen befinden, weiß niemand. Man braucht jedoch nicht allzu weit blickend zu sein, um zu begreifen, dass sich auf unseren Schulhöfen und Schulkorridoren Tragödien abspielen werden. Wir von der Polizei sollten mit Nachdruck aufzeigen, dass wir auf dem Weg in eine Gesellschaft sind, in der Kinder einander in einem Ausmaß töten werden, das wir heute noch nicht überblicken können. Wir von der Polizei sollten uns in diesem Fall so eindeutig verhalten, dass die Verantwortung sofort dort landet, wohin sie gehört – bei den Politikern. Eine Erhöhung des Strafmaßes für Waffenvergehen würde vermutlich dazu führen, dass einzelne Polizisten, Staatsanwälte und Gerichte die Delikte ernster nehmen würden. Eine breit angelegte Aufklärungskampagne scheint nötig zu sein. Zudem wäre es sinnvoll, darüber nachzudenken, ob die

Gesellschaft nicht unter gewissen Amnestiebedingungen bereit wäre, den Besitzern illegale Waffen ganz einfach abzukaufen ...«

An dieser Stelle wurde Fors von einem Anruf unterbrochen, der beunruhigend das zu illustrieren schien, was er gerade schrieb.

Es war Örström.

»Hallo, ist Carin da?«

»Nein. Sie interviewt Kameraden von Sirr.«

Örström schwieg eine Weile.

»Ist Gunilla da?«

»Nein.«

»Bei ihr meldet sich niemand.«

»Die haben vielleicht gerade eine Besprechung.«

»Ich bin im Flüchtlingsaufnahmelager Tallbäcken. Jemand hat etwas an die Wand gesprayt. *Geh nach Hause Ahmed.* Außerdem haben sie die Nachbarbaracke mit Benzin begossen und angezündet. Überall liegen Flugblätter verstreut.«

»Ich kann dir nicht helfen.«

»Das wird einen Wahnsinnsaufstand geben.«

»Da bin ich sicher.«

»Und zwar nicht den üblichen, sondern schlimmer.«

»Warum?«

»Weil der Leiter hier draußen uns um halb elf telefonisch von der Bedrohung der Anlage unterrichtet hat. Man sagte ihm, dass man keine Leute schicken kann. Um halb zwölf schlug der Brandstifter zu. Da saßen fünfundzwanzig Bullen in der Kantine und auf der Bühne stand Annika Båge und sang. Sie hat uns Bullen angeguckt wie Pfefferkuchenmänner. Sie wird erfahren, dass es hieß, wir hätten keine Leute. Sie wird darüber schreiben. Und dann kriegt Nylander die Hölle heiß gemacht. Und der ganze Scheiß wird auch an uns anderen kleben bleiben.«

»Nylander kann mit einem Zementsack auf dem Kopf über den Atlantik schwimmen«, sagte Fors. »Der kommt immer wieder nach oben, egal, was passiert. Ich kenne niemanden, auf den der Ausdruck ›Scheiße schwimmt oben‹ so gut zutrifft.«

»Es wird uns alle treffen«, stöhnte Örström. »Kannst du nicht mit Båge reden?«

»Wir reden nie über unsere Arbeit.«

»Mach eine Ausnahme.«

»Nein. Außerdem ist sie über Weihnachten zu ihren Verwandten nach Södertälje gefahren. Sie kommt erst kurz vor Silvester wieder.«

»Wenn du Carin oder Gunilla siehst, bitte sie, mich anzurufen.«

»Nein.«

»Sei ein bisschen menschlich, Harald, es ist Heiligabend.«

»Ich sitze über zwei heißen Ermittlungen und ich will damit am zweiten Feiertag fertig sein. Du kriegst Gunilla nicht und du kriegst Carin nicht.«

Örström beendete das Gespräch. Fors kehrte zu seinen Klammerbemerkungen zurück. Er las durch, was er bisher geschrieben hatte. Dann fuhr er zur Kantine hinauf und bestellte sich eine Thermoskanne mit Kaffee. Er bekam sie und nahm sie mit in sein Büro. Als er sich gerade eine Tasse Kaffee eingeschenkt hatte, kam Gunilla herein.

Sie hatte rote Wangen, weniger von der Kälte als vor Erregung. Noch bevor sie ihre Jacke ausgezogen hatte, fing sie an zu reden.

»Sjöbring hat eine Tochter«, sagte sie. »Sie heißt Sara. Sie ist über eins achtzig groß und kann mit einer Pistole umgehen. Außerdem hat sie bis zu ihrem zwölften Lebensjahr in Schonen gewohnt. Sie könnte es gewesen sein, die Ahmed am Telefon bedroht hat.«

Fors lehnte sich auf seinem Stuhl zurück, verschränkte die Hände im Nacken und streckte sich.

»Wie kommen wir an Sjöbrings ran?«

»Können wir nicht mit den anderen Mädchen anfangen?«

»Was bringt uns das?«, sagte Fors. »Wie du die Sache darstellst, müssen wir mit der Sjöbring-Tochter reden.«

»Können wir nicht am anderen Ende anfangen?«, beharrte Gunilla.

»*Go where the energy is*«, sagte Fors.

»Was bedeutet das?«

»Möchtest du Kaffee?«

»Ich hab gerade welchen getrunken.«

»Erzähl mir, was Frau Lans gesagt hat.«

Gunilla nahm ihr Notizbuch hervor und erzählte ausführlich von dem Gespräch. Sie erzählte sogar vom Dackel.

Fors nickte.

»Möchtest du es hören?«, fragte er dann.

»Was?«

»*Go where the energy is.*«

»Ja.«

»Vor mehr als zehn Jahren hab ich in Stockholm gearbeitet. Alle haben gesagt, ich könnte Kommissar werden. Mir wurde ein vierwöchiger Kurs beim FBI in Virginia angeboten. Ich hab darauf verzichtet.«

Gunilla sah erstaunt aus.

»Warum?«

»Ich hatte Flugangst. Mein Platz wurde Schyberg angeboten. Er ist rübergeflogen und einige Jahre später wurde er Kommissar und mein Chef. Da bin ich hierher gezogen. Aber bevor ich hierher gezogen bin, hab ich eine Psychotherapie gemacht, drei Jahre lang, zweimal die Woche. Anfangs haben wir über meine Flugangst geredet, aber dann kamen andere Themen auf den Tisch. Ich hatte einen Therapeuten, der manchmal, wenn ich verstummte, sagte: *Go where the energy is*. Das hat funktioniert. Es gab immer irgendwo einen kleinen Gedankenstrom und da hab ich eingehakt. Plötzlich kam dann alles Mögliche hoch. So ist es mit vielen Dingen. Kämpf nicht mit der Wand, geh durch die Tür. Es gibt immer eine Tür.«

»Ich glaube, ich versteh dich nicht«, sagte Gunilla.

»Du verstehst mich schon«, sagte Fors, »du weißt es nur nicht.«

»Hast du immer noch Flugangst?«

»Ich finde Fliegen unangenehm«, sagte Fors. »Aber heute würde ich Schyberg nicht mehr den Vortritt lassen, wenn es aktuell würde. Nicht mal, wenn ich einmal um die Erde fliegen müsste. Im Herbst war ich in Mailand. Ich bin geflogen.«

»*Go where the energy is*«, sagte Gunilla.

»Italien ist schön«, sagte Fors. »Und auch nicht schön. Berlusconi ist ein Verbrecher. Was soll man von einem

Volk halten, das sich einen Verbrecher zum Staatschef wählt?«

»Du hast gar nicht gefragt, wie es mit Anneli Tullgren gegangen ist«, sagte Gunilla.

»Genau«, sagte Fors. »Erzähl.«

Gunilla nahm die Kassette mit dem aufgenommenen Gespräch hervor, die sie sich gemeinsam anhörten. Fors schüttelte den Kopf.

»Vermutlich steckt dieses Mädchen hinter den Flugblättern, aber mit dem Mord an Sirr hat sie nichts zu tun. Sie hat andere Pläne. Vielleicht wird sie mit der Zeit unser Berlusconi. Viele in ihrer Bewegung sind wegen Gewaltverbrechen verurteilt worden. Hitler war übrigens ein verurteilter Verbrecher, als seine Partei in Deutschland die Wahl gewann. Es gibt Traditionen. Die Rechtsextremisten kuscheln mit ihren kriminellen Anführern, während sie gleichzeitig behaupten, die Polizeimacht zu stärken und die Gefängnishaft für verurteilte Verbrecher zu verlängern. Bist du sicher, dass du keine Tasse Kaffee haben möchtest?«

»Das hast du mich schon mal gefragt. Ich hab mich übrigens mit Annika unterhalten. Sie hat nach dieser Versammlung von Nya Sverige noch gut eine halbe Stunde mit Anneli gesprochen. Anneli kann also nicht um Viertel vor neun vor Sirrs Haustür gewesen sein.«

»Das hab ich die ganze Zeit gedacht. Anneli hat mit der Sache nichts zu tun. Wollen wir Sjöbrings anrufen?«

Gunilla sah erstaunt aus.

»Ich hab einen Zettel mit unseren Telefonnummern in ihren Briefkasten geworfen. Außerdem bin ich auf dem Weg hierher bei ihnen vorbeigefahren. Da ist niemand zu Hause.«

»Dann schreibe ich weiter«, sagte Fors.

»Findest du, es ist eine gute Idee, wenn ich mich jetzt an Carin hänge?«

»Das ist eine prima Idee. Du kannst ihr helfen, mit Lehrern und Klassenkameraden zu reden.«

»Die Leute freuen sich bestimmt nicht, wenn man mitten in die Weihnachtsvorbereitungen platzt.«

»Nein«, sagte Fors, »viele sind im Augenblick außerdem beim Einkaufen.«

»Ich geh eben was essen, dann nehm ich Kontakt zu Carin auf.«

»Tu das«, sagte Fors. »Ich bleibe hier.«

Und er drehte sich wieder zu seinem Computer um und schrieb weiter. Eine halbe Stunde später klingelte das Telefon.

Es war Gunilla.

»Weißt du, was passiert ist?«, fragte sie.

»Nein.«

»Ich hab Stockfisch gegessen.«

»Das war bestimmt lecker«, sagte Fors, seufzte und streckte sich.

»Nein, das war's nicht. Weißt du, was noch passiert ist? Sjöbrings sind nach Hause gekommen.«

26

Während Fors auf Gunilla wartete, rief er bei der Lokalzeitung an, stellte sich vor und fragte im Archiv, ob es dort Artikel über Emma und Sara gab. Der Angerufene bat, zurückrufen zu dürfen, und in dem Augenblick, als Gunilla zur Tür hereinkam, klingelte das Telefon. Fors gab ihr ein Zeichen, sich auf Carins Stuhl zu setzen.

Fors hörte zu, machte Notizen, bedankte sich und legte auf.

»Über Emma Sjöbring haben sie nichts. Über Sara Sjöbring gibt es etwas. Sie hat sich letztes Jahr am Lucia-Wettbewerb beteiligt und gewonnen. Sie war unsere Lucia. Komisch, dass wir sie nicht erkannt haben. Sie war sogar hier im Haus bei dem Lucia-Umzug.«

»Letztes Jahr war ich zur Zeit des Lucia-Festes in Thailand«, sagte Gunilla.

Fors zuckte mit den Schultern.

»Vor zwei Jahren gab es einen Artikel über Henrietta Sjöbring. Der Artikel handelte vom Schützenverein. Henrietta hat den Verein nach einem Konflikt mit dem Vorstand verlassen. Das im Computer gespeicherte Material war nur drei Jahre alt, etwas über ihre Schießfähigkeiten oder wie sie in den Vorstand gewählt und schließlich Vorsitzende wurde, geht nicht daraus hervor.«

»Ist Nylander nicht auch im Schützenverein?«, fragte Gunilla.

Fors biss sich auf die Unterlippe und verzog das Gesicht. Dann wählte er Nylanders Nummer übers Haustelefon.

»Hier ist Fors.«

»Hallo, du!«, brüllte Nylander.

»Du bist Mitglied im Schützenverein.«

»Ich bin Kassenwart.«

»Dann kennst du Henrietta Sjöbring?«

Nylander lachte.

»Klar, die ist ein Prachtarsch.«

»Ich bin nicht an ihren körperlichen Vorzügen interessiert.«

»Ich auch nicht«, sagte Nylander. »Ich hab von ihren moralischen Qualitäten gesprochen. Wenn mir je ein Arsch begegnet ist, dann sie. Kennst du sie?«

»Sie taucht am Rande meiner Ermittlung auf.«

»Pass bloß auf. Die ist falsch wie der Teufel selber. Einige Jahre war sie unsere Vorsitzende. Da gab es hinter den Kulissen nichts als Intrigen und Liebesaffären und Gott weiß was. Du würdest mir nicht glauben, wenn ich dir auch nur die Hälfte erzählte.«

»Wie konnte sie mit derartigen Qualitäten Vorsitzende werden?«

»Himmel, die alte Kuh war schwedische Meisterin im Duellschießen.«

»Was du nicht sagst.«

»Doch, so ist es. Aber für eine Vorsitzende reicht es nicht, wenn man aus der Hüfte schießen kann, man muss sich auch benehmen können.«

»Ich glaube, ich verstehe«, sagte Fors.

»Das glaub ich nicht«, sagte Nylander. »Was willst du eigentlich wissen?«

»Ich habe erfahren, was ich wissen wollte. Vielen Dank.«

Und dann legte Fors auf.

»Henrietta Sjöbring ist vermutlich eine anständige Person mit viel Zivilcourage«, sagte er.

»Hat Nylander das gesagt?«, fragte Gunilla.

»Nein, er hat gesagt, sie ist ein Schwein. Und das bedeutet wahrscheinlich, dass sie den Mut hatte, sich gegen Nylander zu stellen. Das spricht für sie. Außerdem ist sie Schützin der Meisterklasse, also ist es nicht ganz undenkbar, dass die Töchter auch schießen können. Vielleicht haben sie sogar Zugang zu Mamas Waffen. Wissen wir, was für Waffen sie besitzt?«

»Beim Waffenregister kämpfen sie mit einem Computerfehler. Die machen erst wieder am zweiten Feiertag auf.«

Fors erhob sich und zog seinen Mantel an.

»Dann fahren wir.«

Sie gingen hinunter in die Garage.

Draußen lag so viel Schnee, dass es unmöglich schien, vorwärts zu kommen. Die Autos, denen sie begegneten, fuhren unnatürlich langsam, die Geräusche der Stadt waren gedämpft, und über allem lag etwas Träumerisches. Sie fuhren mit dem Golf.

»Hast du schon mal in die Bücher geguckt?«, fragte Fors und fuhr an den Straßenrand, um einen Schneepflug vorbeizulassen, der hinter ihnen dröhnte.

»Ich habe gerade angefangen zu lesen. Es ist furchtbar.«

»Ja«, sagte Fors. »Es ist furchtbar, was sie getan haben, aber es ist auch furchtbar, dass Nylander es schafft, keine Leute in das Flüchtlingslager zu schicken, während unsere Kantine voller uniformierter Bullen ist. Was meinst du, was aus Nylander geworden wäre, wenn er vor siebzig Jahren in Deutschland gelebt hätte?«

Gunilla gab keine Antwort.

»Darf ich das Radio einschalten?«, fragte sie.

Fors nickte und sie stellte einen Sender ein, der alte Rockklassiker brachte.

»Glaubst du, ich könnte Kriminalpolizistin werden?«, fragte sie, während Eddie Cochran »If I Were Dying« sang.

»Du bist Kriminalpolizistin«, antwortete Fors. »Im Augenblick. Und du bist eine gute Kriminalpolizistin.«

»Wirklich?«

»Du könntest wer weiß wie gut werden.«

»Ist das wahr?«

»Ja.«

»Ich wollte mich ein Jahr vom Dienst befreien lassen und Geschichte studieren. Was meinst du?«

»Gut. Mach das.«

»Was ist das für Musik?«, fragte Gunilla.

»Eddie Cochran«, antwortete Fors nach einer Weile. »Ich glaube, das ist Eddie Cochran.«

Natürlich wusste keiner von beiden, dass Gunilla Strömholm vierundzwanzig Stunden später hinfallen würde, um nie wieder aufzustehen und nie wieder hinzufallen.

Als sie zu Sjöbrings Haus kamen, stand ein dunkelblauer Volvo S 60 vor der Pforte.

»Das Auto«, sagte Gunilla. »Das richtige Auto.«

»Wir glauben etwas zu wissen«, sagte Fors. »Das ist gefährlich. In diesem Beruf weiß man nie etwas, bevor das, was man weiß, bewiesen und noch mal bewiesen ist. Nichts ist leichter, als sich in einer Ermittlung selbst auf Abwege zu führen. Man legt sich Theorien zurecht und nach einer Weile sieht man nur das, was man sehen will. Das nennt man selektive Wahrnehmung.«

Fors parkte hinter dem Volvo. Als sie an dem Auto vorbeigingen, fuhr Fors mit der Hand über das Rückfenster. Dort klebte ein Zeichen.

»Mietwagen«, sagte Fors.

Dann klingelten sie.

27

Ihnen wurde von einem kleinen sommersprossigen Mädchen geöffnet. Sie stellte sich als Emma vor und sagte, ihre Mutter komme gleich. Das Mädchen war etwa sechzehn Jahre alt. Das Gesicht sah unschuldig und unreif aus. Ich hätte sie auf dreizehn geschätzt, dachte Fors, während er seine Schuhe auszog und seinen Mantel aufhängte. Sie standen in Strumpfsocken da und das Mädchen stand vor ihnen, die Hände in den Jeanstaschen.

»Sie kommt gleich«, wiederholte Emma Sjöbring. Sie hörten alle drei, wie die Toilettenspülung ging. Das Mädchen wurde rot und kehrte ihnen den Rücken zu. Dann wurde die Badezimmertür geöffnet und Henrietta Sjöbring kam in die Diele.

Sie begrüßte sie mit Handschlag und zeigte Richtung Wohnzimmer.

Gunilla ging Fors voran. Auf einem Tisch lagen eine ausgepackte Tannenbaumbeleuchtung und ein Dutzend Glaskugeln unterschiedlicher Farben, aber es gab keinen Tannenbaum. In einer Ecke stand ein leerer Tannenbaumfuß.

»Es ist ja schön, dass Sie kommen«, sagte Henrietta Sjöbring, »aber es hätte nicht unbedingt Heiligabend sein müssen. Bitte, setzen Sie sich.«

»Danke.« Fors setzte sich auf die Couch.

Gunilla nahm neben ihm Platz und Henrietta setzte sich auf einen Stuhl auf der anderen Seite des Couchtisches. Sie war eine schmale, große Frau mit blauen Augen. Die Haare hatte sie zu einem Pferdeschwanz hochgebunden. Sie trug Jeans und eine rote Bluse, darüber eine dunkelblaue Strickjacke. Emma war ihnen gefolgt und lehnte sich hinter ihrer Mutter gegen den Stuhl. Sie lümmelte auf der Stuhllehne, wie kleine Kinder es tun.

»Ich hab mir wirklich Sorgen gemacht«, sagte Henrietta, »und wo wir doch gerade wegfahren wollten. Ich hab tatsächlich gedacht, es waren Einbrecher, die haben in dieser Jahreszeit wohl Hochsaison?«

»Ich fürchte, ich verstehe Sie nicht ganz«, sagte Fors.

»Was?«, fragte Henrietta.

»Wovon Sie sprechen.«

»Natürlich vom Telefon.«

»Und was ist mit dem Telefon?«, fragte Fors.

»Dauernd ruft jemand an und legt auf, wenn man sich meldet.«

»Wie lange geht das schon so?«

»Tja, einige Monate. Es tritt phasenweise auf. Ich fand, das sollte ich anzeigen. Ich hab tatsächlich nicht geglaubt, dass Sie ausgerechnet jetzt kommen. Und dann auch noch zu zweit. Für Sie ist das doch sicher eine Bagatelle. Aber Heiligabend haben Sie offenbar Zeit. Ich möchte gern, dass man herausfindet, wer uns da terrorisiert.«

»Wann ist das zuletzt passiert?«

Henrietta drehte den Kopf.

»Das hast du doch entgegengenommen?«, fragte sie ihre Tochter, die rot wurde.

»Hast du das Gespräch angenommen, Emma?«, fragte Fors.

Emma nickte.

»Wann war das?«

»Montag.«

»Hat der Anrufer etwas gesagt?«

Emma schüttelte stumm den Kopf.

Gunilla nahm ihr Notizbuch hervor.

»Ich heiße Harald Fors«, sagte Fors. »Ich bin Kriminalinspektor. Das ist meine Kollegin Strömholm. Mit ihr haben Sie gesprochen. Sie haben also angezeigt, dass jemand Sie am Telefon terrorisiert?«

»Ja«, sagte Henrietta Sjöbring. »Vor mehr als einem Monat. Ich hatte schon die Hoffnung aufgegeben und mich informiert, was man tun muss, damit diese Gespräche verfolgt werden, wenn man bezahlt. Ich wollte das wirklich machen, aber jetzt ist es vielleicht nicht mehr nötig.«

»Wie viele derartige Gespräche sind bei Ihnen eingegangen?«, fragte Fors.

»Hunderte«, antwortete Henrietta.

»Hunderte«, flüsterte Emma wie ein heiseres Echo.

Sie beugte sich vor und drückte ihre Nase in die Haare ihrer Mutter.

»Und der Anrufer sagt nichts?«

»Nie«, sagte Henrietta.

»Nie«, flüsterte Emma.

»Das ist unangenehm«, sagte Fors. »Ich verstehe, dass Sie sich Sorgen gemacht haben.«

»Wir sind drei Frauen im Haus«, sagte Henrietta. »Man fängt an, unter Verfolgungswahn zu leiden. Emma hat Schlafprobleme bekommen.«

Emma drehte auf dem Absatz um und verließ hastig das Zimmer.

»Ja«, sagte Fors, »das klingt ernst, aber ich muss Ihnen wohl erzählen, dass wir nicht wegen der Anrufe hier sind.«

»Nicht?«, sagte Henrietta.

»Nein«, sagte Fors. »Wir ermitteln in einer anderen Sache. Und wir wollten Sie gern um Hilfe bitten.«

»Wobei«, fragte Henrietta und sah sehr erstaunt aus.

»Tja«, sagte Fors, »Sie waren verreist, nicht wahr?«

»Ja. Wir waren in Schonen.«

»Man hört, dass Sie von dort stammen«, sagte Fors.

Henrietta lächelte.

»Das legt man nie ab.«

»Wo sind Sie gewesen?«

»In Sjöbo.«

»Wann sind Sie gefahren?«

»Mittwoch.«

»Um wie viel Uhr?«

Henrietta Sjöbring sah zu Gunilla, die ohne aufzuschauen mitschrieb. Dann sah sie Fors an.

»Entschuldigung, aber könnte ich nicht etwas mehr Informationen bekommen?«

»Wir machen eine Voruntersuchung und versuchen herauszufinden, wer etwas beobachtet hat, das für unsere Ermittlung wichtig sein könnte. Das ist alles, was ich im Augenblick sagen kann. Um wie viel Uhr sind Sie gefahren?«

Henrietta rief:

»Emma, wann sind wir Mittwoch losgefahren?«

»Gegen zwei«, antwortete Emma aus der Diele. Sie schien hinter dem Vorhang zu stehen und zu lauschen.

»Und wann sind Sie nach Hause gekommen?«

»Vor einer Stunde.«

»Und da haben Sie sich sofort bei uns gemeldet?«

»Ja. Ich hab noch im Mantel angefangen, die Post zu öffnen. Zufällig war Ihr Brief der erste, den ich öffnete, ich habe sofort angerufen.«

»Sie haben mit mir gesprochen«, sagte Gunilla.

»Das ist mir klar«, sagte Henrietta Sjöbring und schürzte die Lippen.

»Das Auto vor Ihrem Haus ist ein Mietwagen, nicht wahr?«, fragte Fors.

»Ja. Meiner ist in der Werkstatt.«

»Wann haben Sie ihn gemietet?«

»Dienstag. Entschuldigung, wenn ich Sie nerve, aber wozu müssen Sie das wissen?«

»Das verlangt unsere Ermittlung. Ich würde mich freuen, wenn Sie auf meine Fragen antworten würden.«

»Natürlich.« Henrietta seufzte. »Aber das wäre vielleicht leichter, wenn ich kapierte, wozu das gut sein soll.«

»Wer alles ist mit Ihnen im Auto nach Schonen gefahren?«

»Emma und ihre Schwester Sara. Und ich.«

»Wer ist gefahren?«

»Sara und ich haben uns abgewechselt.«

»Sie sind nach Sjöbo gefahren?«

»Dort wohnt meine Mutter. Eigentlich sollte sie uns heute begleiten, aber dann hat sie es sich anders überlegt. Eine ihrer Freundinnen ist krank geworden. Wir hätten gestern schon nach Hause kommen wollen, aber daraus ist nichts geworden.«

»Wo ist Sara jetzt?«

»Mit meinem Bruder und meiner Schwägerin im Wald, um einen Baum zu holen.«

»Dann kommt sie also bald?«

»Ja.«

»Haben Sie früher in Sjöbo gewohnt?«

»Ja.«

»Und wann sind Sie hierher gezogen?«

»Vor acht Jahren.«

»Soviel ich weiß, arbeiten Sie beim Sozialamt?«

»Ich hatte eine Stelle in Sjöbo, aber dann sind wir hierher gezogen und ich bin stellvertretende Chefin geworden.«

»Es war vermutlich überwältigend, von Sjöbo hierher zu ziehen?«

»Nein, warum? So wahnsinnig groß ist diese Stadt nicht.«

»Aber es ist immerhin eine Stadt. Sjöbo ist vermutlich ein ziemlich kleiner Ort?«

Henrietta verzog den Mund.

»Es ist ein Kaff, wenn man gehässig sein will.«
»Gibt es einen Grund, gehässig zu sein?«
Henrietta dachte eine Weile nach, ehe sie antwortete.
»Ist das wichtig? Heute ist Heiligabend und wir wollen gleich den Tannenbaum schmücken.«
»Was für eine Art Kaff ist Sjöbo?«, fragte Fors.
»Es ist die Wiege der Ausländerfeindlichkeit in Schweden, das ist es.«
»Wie meinen Sie das?«
Henrietta legte den Kopf schräg.
»Erinnern Sie sich nicht an den Flüchtlingsentscheid von achtundachtzig?«
»Nur vage, erzählen Sie.«
»Das muss dann aber schnell gehen«, sagte Henrietta, sie holte Luft und rief nach Emma. Das Mädchen tauchte hinter dem Vorhang auf.
»Setz doch bitte Kaffee auf.« Sie wandte sich an Fors und Gunilla. »Sie möchten vielleicht eine Tasse Kaffee?«
»Danke, gern. Wann, haben Sie gesagt, war das? Achtundachtzig?«
Henrietta Sjöbring warf einen raschen Blick auf ihre Armbanduhr, bevor sie antwortete.
»Der Provinzialarbeitsausschuss von Malmöhus Län verschickte neunzehnhundertvierundachtzig ein Schreiben an die Gemeinden des Landesteils. Man wollte wissen, welche Gemeinden bereit waren, Flüchtlinge aufzunehmen. Aus Sjöbo erhielt man innerhalb von sieben Tagen Antwort. Am sechsten November, dem Gustav-Adolfs-Tag hat man die Anfrage im Arbeitsausschuss behandelt. Sjöbo wollte keine Flücht-

linge aufnehmen. Die Antwort war vom mächtigsten Mann der Gemeinde unterzeichnet, dem Zentrumspolitiker Olle Olsson. Ein halbes Jahr später entdeckte ein sozialdemokratisches Mitglied der Gemeindeverwaltung, was der Arbeitsausschuss geantwortet hatte. Die Sozialdemokraten verfassten einen Antrag an den Gemeinderat, in dem sie um Aufnahme von Flüchtlingen ersuchten. Und dann brach der Sjöbostreit los.

Ich engagierte mich für die Aufnahme von Flüchtlingen. Es handelte sich um fünfzehn Personen. Ich fand es so kleinlich, dass wir flüchtenden Menschen ein Dach überm Kopf verweigern wollten, nur weil es die Gemeinde ein paar Öre extra kosten würde.

Aber es ging nicht nur um das Finanzielle. Olle Olsson sprach im Gemeinderat davon, jeder müsse damit rechnen, dass die Schweden in ein paar Generationen nicht länger blauäugig und blond sein würden. Er sprach über uns, als wären wir Zuchttiere. Achtundachtzig wurde gewählt und die Gegner der Flüchtlingsaufnahme gewannen.

Ich war in der Sache engagiert und fast rund um die Uhr damit beschäftigt. Allmählich kamen Drohungen. Vor der Volksbefragung hat jemand eine Eisenstange in meinen Kofferraumdeckel gerammt. Das fand ich unheimlich. Ich war ziemlich sicher, wer es gewesen ist. Unser Nachbar, ein Bauer. Seine Söhne gingen in dieselbe Schule wie Sara. Einige Jahre später haben diese Bengel dann Papas Rache fortgesetzt. Sie haben Emma fertig gemacht. Sie wollte nicht mehr in die Schule gehen. Ich bat, die Mobber auf eine andere Schule zu schicken, und erfuhr, dass man Mobber nicht wegschicken kann. Unsere einzige Möglichkeit, ihnen zu entkommen, bestand darin, dass wir selbst umzogen. So sind wir vor acht Jahren hierher gekommen. Aber was hat das Ganze mit Ihrer Ermittlung zu tun?«

»Soviel ich weiß, waren Sie Vorsitzende des hiesigen Schützenvereins?«

»Ja. Woher wissen Sie das?«

»Es hat in der Zeitung gestanden.«

Henrietta verzog den Mund und räusperte sich.

»Ich bin aus dem Verein ausgetreten.«

»Gab es einen besonderen Grund?«

»Was für ein Grund das auch immer gewesen sein mag, das hat ja wohl nichts mit Ihrer Ermittlung zu tun?«

»Das könnte stimmen. Sie sind Pistolenschützin?«

»Ja.«

»Haben Sie Waffen im Haus?«

»Nein.«

»Die werden vielleicht im Club aufbewahrt?«

»Ich habe überhaupt keine Waffen mehr.«

»Aber früher hatten Sie welche?«

»Natürlich. Ich habe an Wettkämpfen teilgenommen. Ich hatte eine Wettkampfwaffe und einen Revolver, den ich von meinem Vater geerbt habe.«

»Und wo sind die Waffen jetzt?«

»Ich habe vor einigen Jahren aufgehört, mich an Wettkämpfen zu beteiligen, zum selben Zeitpunkt, als ich den Verein verlassen habe. Da habe ich meine Waffen verkauft. Sie können die Lizenzen und Quittungen sehen, wenn Sie wollen.«

»Ja, bitte.«

Henrietta erhob sich und verließ den Raum. Hinter dem Vorhang spähte Emma hervor.

Fors sah Gunilla an, die immer noch schrieb.

»Das ist gut«, sagte er, »schreib alles mit. Wenn ich in den letzten Jahren etwas bereut habe, dann ist es das. Ich habe viel zu wenig aufgeschrieben. Aber es kommt vor allen Dingen aufs Reden an. Man kann mit allen reden.«

Henrietta kehrte mit einer Plastikmappe zurück. Sie setzte sich, öffnete die Mappe und nahm die Pistolenlizenzen und die Quittungen von einem Waffenhändler in Stockholm heraus. Daraus ging hervor, dass vor zweieinhalb Jahren eine Pistole und ein Revolver verkauft worden waren.

Fors prüfte die Papiere und gab sie weiter an Gunilla, die abschrieb, was darauf stand.

»Dann haben Sie also keine Waffen im Haus?«, fragte Fors.

»Nein.« Henrietta schüttelte den Kopf.

»Und Ihre älteste Tochter?«

»Wie meinen Sie das?«

»Hat sie auch keine Waffen?«

»Nein, also wirklich nicht.«

»Aber schießen hat sie wohl gelernt?«

Henrietta nahm die Papiere von Gunilla entgegen, steckte sie in die Plastikmappe und legte sie beiseite.

»Mein Vater war Schütze. Er hat Sara das Schießen beigebracht. Eigene Waffen hat sie nie besessen. Sie hat auch nicht an Wettkämpfen teilgenommen. Sie hat sich auch nie dafür interessiert, nur meinen Vater einige Male zum Schießstand begleitet. Er war Offizier. Warum interessieren Sie sich so sehr für meine Waffen?«

»Ich ziehe es vor, Ihre Frage unbeantwortet zu lassen, falls Sie nichts dagegen haben. Wann, sagten Sie, haben Sie das Auto gemietet?«

»Den Volvo? Dienstag. Das hab ich doch schon gesagt.«

»Ach ja. Hat jemand das Auto gefahren, nachdem Sie es gemietet hatten?«

»Nein.«

»Es hat hier draußen gestanden, bis Sie nach Schonen gefahren sind?«

»Ja.«

Dann drehte Henrietta den Kopf und rief in die Halle:

»Emma! Ist der Kaffee fertig?«

»Ich komme sofort!«, antwortete Emma aus der Küche.

»Ihr gemieteter Volvo hat also vor der Tür gestanden?«

»Ja.«

»Wann haben Sie ihn dort abgestellt?«

Henrietta biss sich auf die Lippe und ihr Blick ging zwischen Fors und Gunilla hin und her. Gunilla hörte auf zu schreiben.

»Doch, ich habe es verliehen.«

»Wann?«

»Dienstagabend.«

»Um wie viel Uhr?«

»Gegen sieben.«

»An wen?«

»Sara.«

»Wohin wollte sie fahren?«

»Sie sollte ein Weihnachtsgeschenk von einer Freundin bekommen.«

»Sara ist also zu ihrer Freundin gefahren. Wann ist sie wieder nach Hause gekommen?«

»Vielleicht gegen zwölf. Es hatte angefangen zu schneien und ich machte mir Sorgen. Sie hat ihren Führerschein noch nicht lange. Die Straßen waren glatt und Elin wohnt außerhalb der Stadt.«

»Wo?«

»Ich weiß es nicht genau, aber irgendwo auf dem Lande.«

»In Lerby«, sagte Emma, die gerade mit dem Kaffeetablett hereinkam und es auf den Tisch stellte. Sie steckte den Daumen in den Mund wie eine Dreijährige, wurde sich dessen aber bewusst, nahm ihn wieder heraus und knabberte am Daumennagel.

»Genau«, sagte Henrietta. »In Lerby. Bitte sehr.«

Fors streckte sich nach einer Tasse. Jemand kam zur Haustür herein.

»Frohe Weihnachten!«, ertönte eine Männerstimme und gleich darauf erschien ein hoch gewachsener Mann in der Tür. Seine Wangen waren rot und er hatte noch Gummistiefel und eine offene Lederjacke an. Darunter trug er einen Pullover und einen blauen Schal. Er hatte einen schönen Tannenbaum in der Hand, der fast zwei Meter groß war.

»Vielleicht ein bisschen zu groß«, sagte der Mann und steckte ihn in den Tannenbaumfuß. Emma ging zu ihm. Sie kroch unter den Baum, jammerte ein bisschen, weil es piekste, und drehte an den Schrauben. Dann kam sie wieder hoch. Hinter dem Mann wurde eine Frau sichtbar. Sie schien groß und schmal zu sein wie Henrietta, trug ein braun meliertes Kostüm, und ihre Wangen waren rot vor Kälte.

»Hübsch«, sagte Henrietta.

»Ja, nicht?« Der Mann zog die Stiefel aus und ging auf Fors und Gunilla zu.

Sie stellten sich vor und Henriette erklärte:

»Sie sind Polizisten und ermitteln, aber ich weiß nicht, was.«

»Heiligabend?«, fragte ihr Bruder. »Dann muss es sich um etwas Wichtiges handeln. Als wir einen Einbruch in unserem Sommerhaus hatten, dauerte es zwei Wochen, bevor sich das jemand ansehen kam, und da haben wir erfahren, dass die Polizei sich Einbrüche in Sommerhäusern nicht mal mehr anguckt, wenn es keine offensichtlichen Spuren gibt. Aber wie soll man wissen, ob es offensichtliche Spuren gibt, wenn man es sich nicht anschaut? Die Frage konnte mir die Polizei auch nicht beantworten.«

In der Türöffnung war eine junge Frau in Jeans und roter Strickjacke aufgetaucht. Sie hatte die blonden Haare hochgesteckt. Nun blieb sie in der Tür stehen und beobachtete Fors und Gunilla.

»Sie müssen Sara sein«, sagte Fors.

»Ja.«

»Gut, dass Sie kommen.«

»Ach, warum?«

Sara knöpfte ihre Strickjacke auf, als ob ihr plötzlich heiß geworden wäre.

»Dienstag ist ein Junge vom Folkungavägen 12 verschwunden. Später wurde er draußen im Wald bei Lerby erschossen aufgefunden. Zwei Zeugen haben vier junge Frauen in einem dunkelblauen Volvo vor dem Haus Folkungavägen 12 gesehen. Der eine Zeuge meint, die Frauen identifizieren zu können. Der Zeuge ist sich mit der Zeit sicher. Der Volvo und die vier Frauen wurden um Viertel vor neun gesehen. Waren das möglicherweise Sie und Ihre Freundinnen?«

Henrietta hatte sich auf dem Stuhl umgedreht und sah ihre Tochter an, dann drehte sie sich wieder zu Fors um. Ihre Stimme war schrill.

»Was ist hier eigentlich los?«

»Der Junge hieß Ahmed Sirr«, sagte Fors. »Ein anderer Zeuge hat gehört, wie eine Person mit Dialekt aus Schonen Sirr über Handy bedroht hat.«

»Das war ich«, flüsterte Sara und sank auf dem Stuhl neben dem Tannenbaum nieder.

»Nein!«, heulte Emma. »Nein!«

Dann lief sie aus dem Zimmer.

»Moment mal«, sagte der Bruder.

»Ich möchte, dass Sie uns aufs Präsidium begleiten.« Fors erhob sich und ging zu Sara.

»Warten Sie mal, um was geht es hier?«, fragte der Bruder.

»Um was geht es?«, fragte seine Frau, die Schwägerin.

Henrietta Sjöbring hatte sich erhoben und war auf Sara zugegangen.

»Was hat das zu bedeuten, Sara?«

Sie beugte sich über ihre Tochter. Die Frau zitterte

von Kopf bis Fuß. Sie musste sich an der Rückenlehne des Stuhles abstützen.

»Was hat das zu bedeuten?«

Sie packte ihre Tochter an den Schultern.

Sara Sjöbring war weiß und über ihre Wangen liefen Tränen. Sie blieb stumm.

»Wir gehen jetzt«, sagte Fors, nahm die sitzende Sara am Arm und zog sie hoch.

»Das können Sie doch nicht machen!« Der Bruder fauchte, als bekäme er keine Luft. »So geht das doch nicht.«

Draußen im Flur ertönte ein Schrei.

Henrietta lief hinaus und zerrte an der Toilettentür. Von drinnen hörten sie Emmas Stimme:

»Mama, Mama, Mama!«

»Was ist, Emma?«, rief die Mutter durch die Tür.

»Ich blute, ich blute, ich blute!«

Fors und Gunilla, der Bruder und die Schwägerin und Sara waren jetzt alle in der Diele.

»Mach die Tür auf, Emma!«, rief Henrietta und zerrte an der Türklinke. »Um Gottes willen, mach auf!«

»Ich hab mich geschnitten!«, rief das Mädchen und Henrietta zerrte weiter an der Tür.

»Haben Sie den Tannenbaum mit einer Axt geschlagen?«, fragte Fors und drehte sich zu dem Bruder um.

Der war mit wenigen Schritten an der Haustür und kehrte gleich darauf mit der Axt in der Hand zurück.

»Schlagen Sie neben das Schloss«, forderte Fors ihn auf.

Der Mann schlug zu. Als sie die Tür öffneten, lehnte Emma mit gespreizten Beinen gegen die Toilette. Ihre rechte Hand umklammerte das linke Handgelenk, Blut tropfte auf ihre Oberschenkel. Henrietta fiel neben ihr auf die Knie. Gunilla hatte das Handy herausgeholt.

»Was ist bloß los?«, schluchzte die Schwägerin und sah Fors an.

»Ich habe einen Krankenwagen gerufen«, sagte Gunilla.

28

Fors saß hinter seinem Schreibtisch, schaltete das Tonbandgerät ein, und Sara, die ihm gegenübersaß, nannte ihren Namen, ihr Geburtsdatum, die Namen ihrer Eltern und ihre Adresse.

»Haben Sie sich Dienstag in der Nähe von Folkungavägen 12 befunden?«

»Ja«, antwortete Sara. Ihre Stimme war so schwach, dass sie kaum zu hören war.

»Würden Sie Ihre Antwort bitte etwas lauter wiederholen?«

»Ja«, sagte Sara, diesmal lauter.

Danach räusperte sie sich.

»Um wie viel Uhr waren Sie in der Folkungavägen 12?«

»Ich weiß es nicht.«

»Was meinen Sie?«

»Vielleicht gegen acht.«

»Dienstag hat es geschneit, erinnern Sie sich?«

»Ja. Es fing an, als wir in die Folkungavägen kamen.«

»Wie heißen die anderen Mädchen mit Familiennamen?«

Sara nannte die Nachnamen der Mädchen, ihre Telefonnummern und sagte, wo sie wohnten.

»Wir waren mit Ahmed verabredet.«

»Aus welchem Grund?«

»Wir wollten ihm einen Schrecken einjagen.«

»Ihr wolltet Ahmed erschrecken?«

»Ja.«

»Warum?«

»Wegen der Sache, die er Emma angetan hat.«

»Was hat Ahmed Sirr Emma angetan?«

»Er hat sie beraubt. Ihr Handy geklaut. Und dann hat er die Leute angerufen, die auf ihrem Telefon programmiert waren, und ihnen mieses Zeug über Emma erzählt. In der Schule war er hinter ihr her und hat gesagt, er würde sie eines Tags bumsen. Emma ist nicht mehr in die Schule gegangen, schon seit einem Monat nicht.«

»Woher wissen Sie das?«

»Emma hat es mir erzählt.«

»Wohnen Sie zu Hause?«

»Ich arbeite in Stockholm, war aber im November zu Hause. Da hat Emma mir von den Anrufen erzählt. Er hat immer abends angerufen. Wenn Mama sich meldete, hat er aufgelegt und Emma hat er gezwungen, mit ihm zu reden. Er hat gedroht, dass er Sachen mit Emma in der Schule machen will, wenn sie nicht mit ihm redet.«

Fors fiel auf, dass sie von Ahmed Sirr sprach, als würde er noch leben, und immer noch abends anrufen und schreckliche Sachen sagen. Vor sich selber will sie sich nicht eingestehen, was passiert ist, dachte er.

»Was haben Sie getan, nachdem Ihre Schwester Ihnen das erzählt hat?«

»Ich hab ihr gesagt, dass sie zur Schule gehen muss. Da hat sie gesagt, sie will abgehen und anfangen zu arbeiten, und ich hab gesagt, dass das ein Wahnsinn ist. Ich wollte, dass sie es Mama erzählt, aber das wollte sie nicht. Ich fand, sie müsste zur Polizei gehen, aber da wurde sie wütend und hat mich daran erinnert, wie das in Schonen gelaufen ist. Da mussten wir wegziehen. Die Mobber durften bleiben. Was würde schon dabei herauskommen, wenn sie Ahmed bei der Polizei anzeigte und er dürfte weiter zur Schule gehen? Ob sie dann ein weiteres Mal wegziehen müsste?«

»Und ...?«

»Und was?«, fragte Sara.

»Was ist dann passiert?«

»Ich hab mit meinen Freundinnen gesprochen. Elin hat Ahmed einige Male Gras abgekauft. Sie hatte seine Handynummer. Wir beschlossen, ihm eins auszuwischen.«

»Wie?«

»Ich arbeite in einem Lokal in Stockholm, hinter dem Kaufhaus NK. Jeden Tag muss ich am Platz vor dem Hauptbahnhof vorbei. Ich spare für eine Weltreise. Ich habe Geld. Also fragte ich auf dem Platz, ob jemand wusste, wo ich eine Pistole kaufen kann. Der Junge sagte, ich sollte am nächsten Tag wiederkommen. Und das hab ich getan.

Er nahm mich mit zu einem Kumpel, der bei der Kirche in einem Auto saß. Der Kumpel hatte eine Tasche mit drei Pistolen. Ich hab die billigste gekauft. Das Magazin war voll. Er sagte, sie sei gut, sie habe einen leichten Druckpunkt und würde losgehen, wenn man den Zug nur antippte. Er sagte, ich sollte erst durchladen, wenn ich schießen wollte. Dann fragte er, ob ich das begriffen hatte, und ich sagte, dass ich schon mit solchen Dingern geschossen habe, seit ich zwölf war. Er brüllte vor Lachen und schlug sich auf die Schenkel. Schließlich fragte er, ob er mich heiraten könne. Ein richtiger Verrückter.«

Dann verstummte Sara und wandte sich zu Gunilla um.

»Könnte ich bitte ein Glas Wasser haben?«

Gunilla verließ das Zimmer. Während sie weg war, sah Fors Sara an. Erst nach einer Weile schaltete er das Tonbandgerät ab.

Als Gunilla zurückkehrte, stellte er es wieder an.

»Das Verhör wird fortgesetzt, nachdem Strömholm ein Glas Wasser geholt hat.«

Sara trank fast das ganze Glas leer und stellte es am Tischrand ab. Aber sie hatte sich im Abstand verschätzt. Es sah aus, als wollte sie es in der Luft abstellen. Das Glas fiel zu Boden. Sara sah erst Gunilla und dann Fors an. Sie schluchzte auf und wischte sich mit dem Pulloverärmel über die Wange.

»Was für eine Art Waffe haben Sie gekauft?«, fragte Fors.

Sara zuckte mit den Schultern.

»Eine Pistole. Er sagte, sie käme aus Ostdeutschland.«

»Wo ist sie jetzt?«
»Zu Hause.«
»Wo?«
»In einer Kiste im Keller, in der ich alte Spielsachen aufbewahre.«
»Warum haben Sie sie dorthin gelegt?«
»Keiner von uns hat daran gedacht, sie wegzuwerfen. Als ich nach Hause kam, merkte ich, dass ich sie hatte. Ich nahm sie mit rein und versteckte sie im Keller.«
»Wo steht die Kiste?«
»Unter der Kellertreppe.«
»Können Sie bitte erzählen, was passiert ist im Folkungavägen?«

Sara schaute lange auf das Glas am Boden, dann bückte sie sich, hob es auf und stellte es auf den Tisch vor sich.

»Wir hatten beschlossen, ihn anzurufen und zu sagen, wir wollten etwas zu rauchen kaufen. Er sollte runterkommen, und dann wollten wir ihn mit in den Wald nehmen und erschrecken.«
»Was ist dann passiert?«
»Elin rief ihn an, genau in dem Moment, als es anfing zu schneien. Nach einer Weile kam er runter. Wir stellten uns im Kreis um ihn auf, damit niemand die Pistole sehen konnte. Als er eine Streichholzschachtel vornahm und sie Elin gab, drückte ich ihm die Pistole in den Bauch, genau unter dem Gürtel. Ich lud durch, und er hörte, dass es eine echte Waffe war. Er erstarrte und kriegte Schiss. Ich hatte die Pistole gesichert und dachte, sie wäre nicht gefährlich. Ich sagte zu ihm, er sollte sich auf den Rücksitz setzen, und das tat er auch.

Bella setzte sich auf die andere Seite. Elin fuhr, Lina saß auf dem Beifahrersitz. Ich drückte ihm die ganze Zeit die Pistole in die Seite. Wir fuhren nach Lerby hinaus und in den Wald. Es war Elins Idee. Er wollte wissen, was wir vorhatten, aber wir hatten abgesprochen, ihm nichts zu sagen, bevor wir im Wald waren. Er wollte dauernd wissen, was wir vorhatten, aber niemand antwortete. Als wir bei dem Schuppen ausstiegen, forderte ich ihn auf, die Hose runterzulassen. ›Warum?‹, fragte er. ›Damit du uns nicht wegläufst‹, sagte ich. ›Außerdem haben wir gehört, dass du anderen Leuten gern die Hose runterziehst.‹ Alle wussten von der Sache mit Dogge.«

Sara unterbrach sich und sah zwischen Fors und Gunilla hin und her.

»Haben Sie schon von Dogge gehört?«

»Wir haben von Dogge gehört«, antwortete Fors.

Sara nickte.

»Also ließ er die Hose bis zu den Knien runter, aber vorher musste er seine Taschen leeren, und ich nahm sein Handy und sein Gras und noch ein paar Sachen, Kleingeld, ein Schlüsselbund. ›Was zum Teufel wollt ihr?‹, fragte er dauernd. ›Was zum Teufel wollt ihr?‹

Wir nahmen ihn mit zum Schuppen. Die Autoscheinwerfer waren auf den Schuppen gerichtet. Er musste sich setzen. Ich sagte ihm, was ich von Dogge gehört hatte, und dass ich denselben Deal mit ihm vorhatte wie er mit Dogge. Wenn er sich nicht zusammenreiße, würde ich ihn ins Bein schießen. Da drehte er durch, stand auf und fing an zu schreien. ›Dann mach das doch, dann mach das doch!‹ Und dann versuchte er sich die

Hose hochzuziehen. Ich löste die Sicherung, drückte die Mündung gegen seine Wange und schrie ihn an, er solle sich setzen. Da schlug er nach mir und der Schuss ging los. Er klappte zusammen. Es wurde still. Lina fühlte seinen Puls. Sie macht eine Ausbildung zur Krankenschwester. ›Er ist tot‹, sagte sie. Wir gingen zum Auto und Elin sagte, sie könne nicht fahren. Bella fing an zu heulen, Lina fuhr.

Während der Fahrt habe ich seine Sachen aus dem Fenster geworfen. Wir mussten anhalten, weil Bella sich übergeben musste. Ich konnte überhaupt nicht denken, ich wusste nichts mehr. Ich dachte nur, jetzt ist er tot, jetzt ist er tot. Wir setzten Elin ab und dann fuhren wir zu Bella. Ihre Mutter war noch auf. Sie hängte gerade einen Weihnachtsstern ins Fenster, so einen aus Stroh. Wir saßen im Auto und sahen ihr zu. Es dauerte eine Ewigkeit, ehe dieser Stern hing. ›Was soll ich meiner Mutter erzählen?‹, schrie Bella. ›Was soll ich meiner Mutter erzählen?‹ ›Sag, dass dein Freund Schluss gemacht hat‹, schlug Lina vor. Dann stieg Bella aus. Ich brachte Lina nach Hause und fuhr zu mir. Ich ging in mein Zimmer. Als meine Mutter im Bad war, brachte ich die Pistole in den Keller.«

»Dann gestehen Sie also, dass Sie am Dienstag, dem achtzehnten Dezember, Ahmed Sirr mit einem Kopfschuss umgebracht haben?«, fragte Fors.

»Ja«, flüsterte Sara.

»Können Sie das bitte wiederholen?«, bat Fors.

»Ich habe Ahmed erschossen«, sagte Sara.

»Sie müssen hier bleiben«, sagte Fors.

»Ich verstehe«, flüsterte Sara.

Ein wenig später bat sie, sie möchten in Erfahrung bringen, wie es Emma gehe, und man konnte ihr sagen, dass Emma das Handgelenk verbunden und sie wieder nach Hause geschickt worden war.

29

Sie holten die drei Mädchen und Gunilla fuhr zu Sjöbrings und suchte die Pistole. Lina, Bella und Elin wurden verhört und durften wieder nach Hause gehen. Fors sprach mit dem Staatsanwalt. Es wurde sehr spät.

Als Elin gegangen war und Fors die vierte Kassette aus dem Tonbandgerät nahm, sah er Gunilla an.

»Du bist morgen wieder bei der Schutzpolizei, oder?«

»Mein Dienst beginnt um zwölf.«

»Dann musst du dich jetzt ausruhen.«

»Meine Mutter und meine kleine Schwester warten auf mich. Ich habe meinem Nachbarn den Schlüssel gegeben, damit sie in die Wohnung konnten.«

»Fahr nach Hause.«

»Und du, was machst du?«

»Ich hab noch was zu erledigen.«

Als Gunilla ihre Jacke angezogen hatte, stand sie vor Fors. Dieser erhob sich und kam um den Schreibtisch herum. Er umarmte sie.

»Es war schön, mit dir zusammenzuarbeiten«, sagte er. »Mach ernst und werd Kriminalpolizistin.«

»Mach ich«, sagte Gunilla. »Fröhliche Weihnachten.«

Und dann ging sie.

Fors hielt ein paar Erinnerungsnotizen im Computer fest. Dann ging er in die Garage, setzte sich ins Auto und schaltete das Radio an. Es wurde gerade »Beautiful Dreamer« gespielt. Fors fiel nicht ein, wer der Sänger war.

Er fuhr zu Sirrs.

Es schneite.

Niemand schien unterwegs zu sein.

Über der Straße vor Nummer zwölf hing ein Stern an einem Drahtseil. Er war von Lämpchen umgeben und hatte Kiefernnadeln aus Plastik. Er schaukelte im Wind. Seferis' Lokal war dunkel. Die Schneeflocken unterhalb des Sterns wurden kurz beleuchtet und verschwanden dann im Halbdunkel der Straße.

Fors warf einen Blick an der Fassade von Nummer 12 hinauf. Alle Fenster waren erleuchtet, bis auf zwei ganz oben. Fors stellte fest, welche Fenster zu Sirrs Wohnung gehörten. Er schaute zu ihnen hinauf. Dann nahm er das Handy aus der Tasche und rief Annika an. Es dauerte eine Weile, ehe sie sich meldete. Er hörte jemanden im Hintergrund singen.

»Was macht ihr?«, fragte er.

»Onkel Anton singt ein Schnapslied, das nur er kann.«

Fors versuchte den Text zu verstehen.

»Das konnte mein Vater auch«, sagte er.

»Was machst du denn?«, fragte Annika.

»Schließe einen Job ab.«

»Heiligabend? Weißt du, wie spät es ist?«

»Ja«, sagte Fors. »Hast du mein Weihnachtsgeschenk schon ausgepackt?«

»Das mache ich morgen«, sagte Annika. »Ich komme nach Hause, du kannst dir sicher denken, warum?«

»Ja.«

»Keine Polizei bei der Flüchtlingsanlage, während die ganze Kantine voller Bullen war. Was seid ihr bloß für Menschen?«

»Ich weiß es nicht«, antwortete Fors. »Menschen.«

»Wir können uns morgen Abend treffen, wenn du willst.«

»Ich will«, sagte Fors.

»Jetzt muss ich singen«, sagte Annika.

Dann beendete sie das Gespräch. Fors stieg aus dem Auto und ging auf die Haustür zu. Es roch nach Lösungsmittel, aber Fors dachte nicht weiter darüber nach und ging zum Fahrstuhl. Dann überlegte er es sich anders und benutzte die Treppe.

Durch die geschlossenen Wohnungstüren in den verschiedenen Stockwerken waren Stimmen der Weihnachtsfeiern zu hören. Da war ein Fernseher, der viel zu laut gestellt war, hinter einer Tür sang eine einsame Frauenstimme »Stille Nacht«. Da war Gelächter und im zweiten Stock ein Streit zwischen einem Mann und einer Frau. Die Frau rief dauernd, der Mann solle gehen. »Geh doch, hau doch endlich ab!«

Fors ging auf Sirrs Tür zu und klingelte. Nach einer Weile öffnete Shoukria. Von drinnen schlug ihm Wärme entgegen. Sie ist sehr schön, dachte er.

Hinter ihr türmte sich ein Haufen Schuhe aller Größen. Aus der Wohnung hörte er Menschen in einer Sprache reden, die er nicht verstand.

Shoukria machte die Tür weiter auf. Fors drängte

sich an der jungen Frau vorbei in den Flur. Sie schloss die Tür und Herr Sirr kam auf ihn zu.

»Ich wollte Ihnen nur von dem Ergebnis der Ermittlung erzählen«, sagte Fors.

Die Stimmen in der Wohnung wurden leiser. Es war, als hätte sich augenblicklich das Wissen verbreitet, dass die Polizei da war. Gleich darauf war es fast ganz still. Fors hörte das Geräusch eines Weckers.

Tick-tack.

»Willkommen«, sagte Herr Sirr und ergriff Fors' rechte Hand mit beiden Händen. »Willkommen!«

»Ich will nicht lange stören«, sagte Fors. »Ich wollte nur sagen, dass wir den Täter gefasst haben, der Ihren Sohn umgebracht hat.«

Shoukria schluchzte auf. Jemand hinter ihr sagte etwas in der fremden Sprache. Jemand schrie, jemand anders begann zu weinen. Ein junger Mann kam in den Flur und legte einen Arm um Shoukrias Schultern. Sie hatte plötzlich rote Wangen, aber eine weiße Stirn. Ihre Augen waren voller Tränen.

»Wer war es?«, fragte Herr Sirr mit kaum hörbarer Stimme.

»Ich möchte nicht darauf eingehen, wer es war«, sagte Fors, »aber wir haben die Person gefasst, die Ahmed umgebracht hat.«

Herrn Sirrs Augen füllten sich mit Tränen.

»Ich danke Ihnen«, sagte er, »von ganzem Herzen.«

Drinnen in der Wohnung wurden die Stimmen wieder lauter. Jemand schrie. Shoukria schüttelte den Kopf und wischte sich mit den Handflächen über die Wangen.

»Es wird einen Prozess geben«, sagte Fors, »vielleicht in einem Monat.«

Vor ihm an der Wand hing ein Foto von einem jungen Mädchen. Es lächelte den Fotografen an. Das Foto war in einem anderen Land aufgenommen worden. Das Mädchen, das vor den Augen der Eltern von acht Polizisten vergewaltigt wurde, dachte Fors.

Das ist sie.

Das erste Opfer der Familie.

Dann wandte er sich zur Tür, öffnete sie und stand draußen im Treppenhaus. Er zog die Tür hinter sich zu.

Er ging die Treppe hinunter. Als er unten ankam, nahm er wieder den Geruch von Lösungsmittel wahr und sah, woher er kam. An die Wand rechts von der Tür, oberhalb des Heizkörpers, hatte jemand mit blauer Farbe gesprayt:

Geh nach Hause Amed.

Ein Buchstabe fehlt, dachte Fors. Und dann dachte er an Ahmeds Mutter, die am nächsten Tag die Treppe herunterkommen und den falsch geschriebenen Namen ihres Sohnes erblicken würde.

FREITAG SAMSTAG SONNTAG MONTAG **DIENSTAG**

30

Fors hatte es nachts gern dunkel und ruhig. Sein Schlafzimmer ging zum Hof hinaus. Es war sehr still und er hatte ein blaues Rollo. Es war noch nicht hell, als er seinen Morgenmantel anzog, in die Küche ging und sich Kaffee kochte. Er stand am Fenster und schaute in den Hof hinunter und über den Hof hinweg zu den Häusern auf der anderen Seite.

Es war noch überall dunkel.

Fors ging ins Wohnzimmer und legte eine Platte auf. Ella Fitzgerald sang Cole Porter. Dann nahm er seinen Kaffee mit ins Bad und nach einer kurzen Dusche kehrte er in die Küche zurück und aß ein paar Scheiben Knäckebrot mit Käse. Während er aß, stand er am Fenster und sah, wie in einem Haus auf der anderen Seite hinter einem Fenster Licht anging. Er knipste sein Licht aus. Dann schaute er zu, wie eine Frau auf der anderen Seite des Hofes Kaffee kochte. Im Sommer war sie oft nackt. Fors betrachtete sie gern. Es war vorgekommen, dass er das Fernglas genommen hatte, um sie besser sehen zu können. Aber heute trug sie einen grünen Morgenmantel. Die langen roten Haare fielen ihr über die Schultern, und Fors dachte sich aus, wie sie heißen könnte.

Dann stellte sie sich ans Fenster. Es kam ihm so vor,

als schaue sie ihn geradewegs an. Doch das tat sie wohl nicht, denn sie blieb stehen und nach einer Weile bildete Fors sich ein, dass die Frau ihn wirklich ansah, obwohl er das Licht ausgemacht hatte.

Er trank noch eine Tasse Kaffee, dann zog er sich an und dachte, dass er sich natürlich hätte rasieren sollen. Es war immerhin der erste Weihnachtstag, aber er ließ es.

Er nahm ein sauberes, ordentlich gebügeltes hellgraues Flanellhemd vor und wählte ein Sakko, das er im Herbst in Mailand gekauft hatte. Als er angezogen war, musterte er sich im Spiegel, hob den Telefonhörer ab und wählte eine Nummer, die auf einem Zettel stand, den er in der Tasche gehabt hatte.

Die Stimme, die sich meldete, klang verschlafen.

»Hallo, Ellen, hier ist Fors. Ich dachte, als Mutter von kleinen Kindern bist du um diese Zeit wach.«

»Wir sind schon lange wach. Mama hat Christmette gehalten. Im Freien.«

»Im Freien?«

»Ja, oben bei der Kirche. Oder bei dem, was noch von der Kirche steht. Es sind noch nie so viele Leute da gewesen.«

»Ich möchte mit dir reden. Bist du zu Hause?«

»Wir sind zum Essen eingeladen, aber wenn Sie gleich kommen, dann passt es.«

»Ich komme sofort.«

Fors fuhr nach Vreten raus. Es hatte aufgehört zu schneien, aber es war kalt. Er begegnete nicht vielen Autos, und als er ankam, war es hell geworden; das armselige Dezemberlicht, scheinbar vom Tannenwald gefangen, schien sich nur hier und da losreißen zu können und kroch zögernd über die Felder zu den noch schlummernden Winterhäusern.

Fors parkte neben den beiden Autos auf dem Pfarrhof und blieb sitzen.

Dem Mädchen mit den Zwillingen, Ellen Stare, war vor zweieinhalb Jahren der Freund von drei jungen Nazis totgetreten worden. Was hatte sie mit ihrer Verzweiflung gemacht? Was hatte sie mit ihrem Zorn gemacht? Was hatte sie mit ihrem Hass gemacht? War sie unfähig gewesen, mit ihren Gefühlen umzugehen? Hatte sie in einer Art gefühlsmäßigem Salto mortale ihren Hass gegen Gott gerichtet, den sie mit der Muttermilch kennen gelernt hatte? Hatte sie in ihrer Verwirrung und Verzweiflung die Kirche der Mutter am Geburtstag des Jungen niedergebrannt?

Wenn sie es getan hatte, würde Fors es wahrscheinlich nie beweisen können. Ein verlässlicher Zeuge oder ein Geständnis, anders würde es nicht gehen.

Angenommen, sie gestand? Was würde mit ihr passieren? Fors hatte keine gute Meinung von der Kriminellenbetreuung und den anschließenden Maßnahmen. Und was würde mit den kleinen Mädchen passieren? Wie würde sich ihr Leben entwickeln, wenn sie mit einer Mutter aufwuchsen, die wegen Brandstiftung verurteilt war?

Als Polizist hatte Fors versucht, in dem kleinen Teil des Rechtsapparates, der ihn betraf, umsichtig seinen Pflichten nachzukommen. Er hatte keine urteilende Funktion. Er würde nicht verurteilen. Seine Aufgabe bestand im Ermitteln, Fakten zu finden in Fällen, die so gut wie immer tragisch verliefen. Jemand anders würde urteilen, und wieder andere würden sich um die nachfolgenden Maßnahmen kümmern. Die Urteile, die gefällt wurden, waren manchmal ziemlich bizarr, aber es war nicht Fors' Aufgabe, die Richter zu kritisieren. Es war auch nicht seine Aufgabe, gewisse Ansichten zu den häufig sinnlosen Maßnahmen zu haben.

In der mittelschwedischen Stadt, in der Fors arbeitete, wurden in dem Jahr, das nun bald zu Ende ging, 1652 Fälle von Körperverletzung, 60 Vergewaltigungen oder Vergewaltigungsversuche, 2148 Autodiebstähle, 454 Einbrüche und 250 Raubüberfälle bei der Polizei angezeigt. Hinzu kamen eine Anzahl Verschulden am Tod eines anderen, Totschlag und Mord. Viele dieser Verbrechen wurden nie aufgeklärt.

Was sollte Fors der neunzehnjährigen Ellen Stare sagen? Was konnte er tun, was sinnvoll war?

Es war vorgekommen, dass Fors angesichts eines Verbrechens oder Verbrechers gedacht hatte, es wäre das Beste, wenn gar nichts passierte, es wäre das Beste, wenn nichts getan wurde, es wäre das Beste, wenn sich der Rechtsapparat mit seinen plumpen und häufig nicht adäquaten Instrumenten zurückhielt.

Fors stieg aus dem Auto und ging auf die Pfarrhaustür zu. Sie war unverschlossen und er betrat die Diele.

Es duftete nach dem Tannenbaum, den er im Wohnzimmer leuchten sah, es duftete nach den brennenden Kerzen im Fenster und es duftete schwach nach grüner Seife, mit der die Dielen gescheuert worden waren. Auf den Haken unter der Hutablage hingen zwei rote Kinderoveralls. Fors rief in die Diele hinein:

»Hallo!«

Niemand antwortete. Er zog sich die Schuhe aus und ging zu dem leuchtenden Tannenbaum.

Irgendwo lachte ein Kind und er ging auf das Lachen zu.

In einem der Zimmer, die zur Kirche hinausgingen, lagen Ellen und die Zwillinge auf einem breiten Kiefernbett. Ellen trug Jeans und einen Pullover. Am linken Fuß hatte sie eine grüne Socke, eine gelbe am rechten. Auf ihrem Bauch saß eins der Mädchen. Das andere lag neben ihr.

»Hallo«, sagte Fors. »Ich habe angeklopft.«

»Kommen Sie herein«, antwortete Ellen.

Fors zögerte.

»Hübscher Tannenbaum«, sagte er dann. »Ich gehe ins Wohnzimmer.«

Eins der Kinder gab ein langes, glucksendes Lachen von sich.

Fors betrachtete den Baum. Jemand hatte etwas an der Beleuchtung verändert, seit er sie zuletzt gesehen hatte. Der Tannenbaum sah jetzt harmonischer aus. An der Spitze steckte ein Strohstern, an den Zweigen hingen kleine Fliegenpilze. Fors trat näher und fasste einen Pilz an. Die hatte es in seiner Kindheit auch gegeben.

Er erinnerte sich, wie er den Tannenbaum mit seinem Vater aus dem Wald geholt hatte, Straßenmeister Fors. Sie hatten sich ihren Baum schon lange im Voraus ausgesucht. Vielleicht während der Herbstjagd.

»Ich hab heute eine schöne Tanne gesehen«, war die Ausdrucksweise von Straßenmeister Fors, wenn er nach

Hause kam. Fors erinnerte sich an den letzten Baum, den sie zusammen geholt hatten. Es war das erste und letzte Mal, dass er die Axt hatte führen dürfen, alle anderen Male hatte sein Vater den Baum geschlagen.

Hinter ihm wurde das Lachen lauter und eins der Kleinen hatte fast einen Schluckauf.

Dann kam Ellen mit den Kindern, eins auf dem Arm und das andere an der Hand. Das Kind an ihrer Hand ging zum Tannenbaum und betrachtete ihn und Fors abwechselnd. Als ob es die beiden miteinander vergliche.

»Es ist kalt, nehme ich an?«, sagte Ellen und ging zum Fenster. Dann setzte sie das Kind ab, das sie auf dem Arm gehabt hatte.

»Acht Grad minus. Heute Morgen bei mir zu Hause gemessen.«

»Raus!«, sagte das Kind, das Fors beobachtete. »Raus!«

»Wir wollen gleich rausgehen«, sagte Ellen. Sie kniete sich vor den Kachelofen, öffnete die Ofenklappen, erhob sich, öffnete die Feuertür und hockte sich wieder hin. Dann begann sie Zeitungspapier zu zerreißen, knüllte es zusammen und steckte es in die Feuerstelle.

Fors setzte sich auf den Stuhl unter der Ikone.

»Hast du die Kirche angezündet?«, fragte er, ohne seine Stimme zu erheben.

Ellen erstarrte in der Bewegung und antwortete, ohne sich umzudrehen:

»Was haben Sie gesagt?«

»Hast du es getan?«, wiederholte Fors.

»Um was geht es eigentlich?«, fragte Ellen, immer noch ohne sich umzudrehen.

»Die Kirche war abgeschlossen«, sagte Fors. »Es gibt vier Schlüssel. Deine Mutter hatte zwei. Einer davon ist abgewischt, daran sind nicht die geringsten Fingerabdrücke. Warum ist er abgewischt?«

»Weil die Kinder damit gespielt haben«, sagte Ellen und schichtete Holz im Kamin auf.

»Angenommen, du hast ihn abgewischt, weil die Kinder damit gespielt haben. Aber als sie zu spielen aufgehört hatten, da hast du ihn wohl in die Schublade zurückgelegt? Dann hätten wir Fingerabdrücke daran finden müssen. Aber es gibt keine. Der Schlüssel ist sauber, als ob ihn jemand lange und sehr sorgfältig geputzt hat. Wer sollte das tun? Du würdest es tun. Jeder kann unehrenhaften Gedanken folgen, und wenn man gerade die Kirche seiner Mutter angezündet hat, dann ist man vorher abseitigen Gedanken gefolgt. Und jetzt denkst du immer noch verkehrt. Das, was die Beweise gegen dich vernichten sollte, ist nun zu einem Indiz gegen dich geworden.«

Ellen erhob sich und nahm eine Schachtel Streichhölzer vom Ofensims. Dann kniete sie sich wieder hin, riss ein Streichholz an, immer noch ohne sich zu Fors umzudrehen.

»Ich hatte Handschuhe an«, sagte Ellen. »Ich bin in der Kirche gewesen und habe die Puppe geholt, die Tove vergessen hatte, als sie mit Mama dort gewesen war. Die Kinder waren dabei. Sie haben auf dem Weg nach Hause gespielt. Tove wollte, dass die Puppe den Schlüssel trägt. Weil Tove gern an allem leckt, habe ich den Schlüssel abgewischt. Wir haben das Haus durch die Küchentür betreten. Der Schlüssel liegt immer in einer Schublade in der Küche. Ich habe ihn hineingelegt, ohne mir die Handschuhe auszuziehen. Darum gibt es keine Fingerabdrücke.«

Ellen riss ein weiteres Streichholz an und hielt es gegen das Zeitungspapier.

»Vielleicht war es so«, sagte Fors. »Aber wer hat dann die Kirche angezündet?«

»Das herauszufinden ist wohl Ihr Job, oder?« Ellen drehte sich nicht um.

»Und ich habe es herausgefunden«, sagte Fors. »Ich glaube, du warst es. Aber ich werde es nie beweisen können, da es keine Zeugen gibt. Und ich werde nicht behaupten, dass eine junge Mutter von Zwillingen Feuer gelegt hat, wenn ich es nicht beweisen kann.«

»Das finde ich richtig«, sagte Ellen, ohne sich umzudrehen.

»Ich auch«, sagte Fors. »Aber zwischen dir und mir ist das eine ganz andere Sache. Zwischen dir und mir kann das ausgesprochen werden, was ich glaube. Nämlich, dass du mitten in der Nacht aufgestanden, zur Kirche gegangen bist, den Schlüssel benutzt hast und hineingegangen bist. Du hast einen Kerzenhalter auf den Fußboden gestellt. Du hast dann eine lange Kerze gewählt, damit du Zeit hattest, zurückzugehen und das Licht auszumachen, falls deine Mutter wach werden würde, wenn du nach Hause kommst. Deine Mutter ist nicht wach geworden, und das Zeitungspapier, das du zu Bällchen zusammengeknüllt und um den Kerzenhalter gelegt hast, hat Feuer gefangen. Das Feuer griff auf die

Wände über und bald brannte die ganze Kirche. Hast du am Fenster gesessen und zugesehen? War das deine Art, an Hilmers Geburtstag zu erinnern?«

Ellen antwortete nicht.

»Ich werde Aina erzählen, was ich glaube«, sagte Fors. »Sie muss es wissen. Du brauchst Hilfe, ihr müsst gemeinsam einen Psychotherapeuten finden. Wenn du so etwas noch einmal machst, wird es sehr schwer für dich und deine Kinder. Es ist jetzt schon schwer. Auch wenn sie es nicht wissen, haben sie eine Mama, die eine Brandstifterin ist, und man soll sich nicht einbilden, dass Kinder nicht hinter die Geheimnisse der Eltern kommen.«

»Sie haben keine Beweise, sagen Sie?«

»Nein.«

»Und trotzdem reden Sie so mit mir.«

»Ja.«

»Warum?«

»Weil ich dir helfen will.«

Dann schwiegen sie. Nach einer Weile flammte das Feuer im Kachelofen auf und Ellen legte ein Holzscheit nach dem anderen hinein. Dann schloss sie die innere und die äußere Luke und drehte sich zu Fors um.

»War es nur das, was Sie mir sagen wollten?«

»War das denn so wenig?«

Ellen legte die Hand in den Nacken, strich über ihr Haar und kratzte sich dann intensiv am Hals.

»Raus!«, forderte einer der Zwillinge, von der Fors glaubte, es sei Tove.

»Ja«, sagte Ellen, »jetzt gehen wir raus.«

31

Fors stand am Fenster neben dem Tannenbaum und beobachtete Ellen und die Kinder im Schnee. Er hörte Aina Stare aus ihrem Arbeitszimmer kommen und er hörte einen Mann leise Auf Wiedersehen sagen und frohe Weihnachten wünschen. Dann hörte er ihre Schritte.

Er drehte sich zur Tür um.

Aina Stare trug einen großen blauen Pullover über dem Hemd mit dem Pfarrerskragen, einen langen Rock und weiße gestrickte Socken. Ihre Haare, die langsam grau wurden, waren offen.

»Ellen hat gesagt, ich könnte hier auf dich warten«, sagte Fors.

Aina Stare nickte.

»Du kriegst wohl gar kein Weihnachten dieses Jahr.«

»Morgen Nachmittag hab ich frei.«

»Was machst du dann?«

»Mein Sohn kommt aus Stockholm.«

»Und was macht ihr?«

»Wir wollen einen Kollegen im Badminton schlagen.«

Aina lachte.

»Das könnte ich gut brauchen, jemanden im Badminton schlagen.«

»Wir haben den Täter gefunden, der Ahmed Sirr erschossen hat«, sagte Fors.

Dann berichtete er in aller Kürze. Er meinte Pastorin Aina ein wenig zu kennen. Er hatte in dem Mord an Hilmer Eriksson, Ellens Freund, ermittelt, und sie hatten auch bei anderen Gelegenheiten miteinander zu tun gehabt. Einmal hatte Aina Fors gebeten, vor einer Gruppe Konfirmanden darüber zu sprechen, wie ein Polizist Recht und Unrecht sieht. Fors hatte es gefallen, sich mit den Vierzehnjährigen zu unterhalten. Denn für einige war es ein neuer Gedanke gewesen, dass das Gesetz mit der Gesellschaft, mit der Zeit und den Launen der Führenden wechseln kann. Das Gesetz ist nicht gegeben. Das Gesetz wird von Menschen geschaffen, hatte Fors gesagt. Und ein kleines sommersprossiges Mädchen hatte ergänzt:

»Es gibt auch Gottes Gesetz.«

»Vielleicht«, hatte Fors geantwortet, »aber nur für den, der glaubt.«

Aina fragte, ob er Kaffee wollte.

»In meinem Beruf wird furchtbar viel Kaffee getrunken«, sagte Fors. »Ich weiß, dass es Kirchenkaffee gibt, aber niemand spricht von Polizistenkaffee. Ich kann dir versichern, dass die Polizisten bedeutend zur Steigerung des Kaffeekonsums in unserem Land beitragen. Alle bieten uns Kaffee an.«

»Vielleicht Tee?«, fragte Aina Stare.

»Wie geht es Ellen?«, fragte Fors.

Aina stellte sich neben ihn. Sie schauten beide hinaus zu Ellen und den Zwillingen. Ellen lag auf dem Rücken im Schnee und machte mit Armen und Beinen einen Engel. Die Kinder ahmten es nach.

»Sie leidet«, sagte Aina seufzend. »Sie leidet darunter, dass sie ihren Glauben verloren und keinen Ersatz gefunden hat. Sie sagt, dass ihr alles sinnlos vorkommt. Sie hasst Gott. Das sagt sie mehrmals am Tag. Aber in Wirklichkeit hasst sie sich selbst, glaube ich.«

»Warum?«

»Weil sie leidet. Sie hasst den Körper, in dem sie wohnt. Sie schläft schlecht, hat Albträume, hat seltsame Fantasien, rastet den Kindern gegenüber aus, weil sie nicht genug Kraft hat.«

»Ich glaube, sie war es, sie hat die Kirche angezündet«, sagte Fors.

Und dann erklärte er ihr, wie er dachte: Niemand anders hatte ein erkennbares Motiv. Derjenige, der das Feuer gelegt hatte, musste Zugang zu den Schlüsseln gehabt haben, zu dem gut abgewischten Schlüssel, der Hass gegen Gott, Hilmers Geburtstag.

»Aber ich kann nichts beweisen«, sagte Fors. »Ich glaube es nur. Was glaubst du?«

Sie sahen Ellen und den Kindern im Schnee zu.

Stare seufzte, ohne zu antworten.

»Als Mutter antwortet man vielleicht nicht einmal auf diese Frage, wenn sie von einem Polizisten gestellt wird«, sagte Fors. »Ich verstehe dein Zögern. Aber ich kann dir versprechen, dass es keine Beweise gibt. Ob das gut ist oder nicht, weiß ich nicht. Vielleicht wäre es am besten für sie, wenn sie verurteilt würde, aber ich zweifle daran. Das Wichtigste ist, dass sie weder sich selbst noch jemand anderem wehtut. Sie braucht Hilfe.«

»Ich werde dafür sorgen, dass sie Hilfe bekommt«, sagte Aina.

»Gut«, sagte Fors. »In meiner Ermittlung werde ich Ellen aus dem einfachen Grund nicht erwähnen, weil es keine Beweise gibt. Das Einzige, was es gibt, ist meine Fantasie.«

»Und deine Menschenkenntnis«, sagte Aina. Sie drehte sich zu ihm um und nahm seine Hände.

Sie standen voreinander, und sie hielt seine Hände in den ihren, und draußen lachten die Kinder im Schnee.

»Das wollte ich dir nur sagen. Ich fahre jetzt«, sagte Fors.

»Frohe Weihnachten«, sagte Aina. »Fahr vorsichtig. Es ist wahrscheinlich glatt.«

»Ja«, sagte Fors, »es ist etwas glatt.«

Sie gingen zum Auto. Als er sich hineingesetzt hatte, sah er, wie Ellen beide Kinder auf einem Schlitten über die Wiese zwischen dem Pfarrhof und der Landstraße zog. Sie lief vornübergebeugt und draußen auf dem Feld hinterließen sie und der Schlitten eine lange Spur.

Fors startete das Auto.

Frank Sinatra sang »I Did it My Way«.

Fors bog auf die Landstraße ein und fuhr langsam zurück in die Stadt. Er war erfüllt von dem Gefühl, das getan zu haben, was er hatte tun müssen, jetzt hatte er sein Tagwerk vollendet, jetzt war er fertig.

Er stellte das Auto in die Garage und fuhr mit dem Fahrstuhl zu seinem Dienstzimmer hinauf. Er schloss das Protokoll über den Kirchenbrand in Vreten ab, ohne Ellen zu erwähnen, und schrieb dann weiter an dem Voruntersuchungsprotokoll zum Fall Ahmed Sirr.

Er war fast fertig, als er merkte, dass er Hunger hatte. Er sah auf die Uhr und nahm den Fahrstuhl hinunter in den Sportraum. Er zog sich um und strampelte dann fünfundvierzig Minuten. Danach duschte er und zog sich wieder an, weil die Sauna nicht geheizt war.

Er fuhr zu Irma hinauf und bat um einen vegetarischen Salat. Er trank eine Flasche Mineralwasser und kehrte an den Schreibtisch zurück. Er sah auf die Uhr und rechnete aus, dass er gegen drei mit dem Protokoll fertig sein würde.

Der Gedanke, dass auch das zweite Protokoll fertig sein würde, bevor seine Freizeit begann, verschaffte ihm eine tiefe Befriedigung. Satt war er aber nicht, denn er spürte ein Ziehen in der Magengegend.

In dem Moment wurde die Tür aufgerissen.

Dort stand Carin, blass und mit aufgelösten Haaren.

Sie trug einen abgenutzten roten Steppanorak.

»Gunilla ist tot«, sagte sie.

Als sie es sagte, schluchzte sie auf und begann zu weinen. Sie stand vor Fors. Er erhob sich und kam um den Tisch herum. Carins Augen waren schwarz.

»Was sagst du da?«, hörte Fors sich fragen. »Was sagst du?«

»Sie ist erschossen worden. Tot.«

Fors spürte, wie in ihm das Weinen hochstieg. Seine Augen füllten sich mit Tränen.

»Nein«, hörte er sich sagen. »Nein, nicht Gunilla.«

Und dann fielen sie sich in die Arme.

Und weinten und weinten.

32

Carin saß hinter ihrem Schreibtisch. Fors saß mitten im Zimmer rittlings auf einem Stuhl, die Unterarme auf die Rückenlehne gestützt. Auf dem Stuhl vor Carin saß Berggren.

Carin schob das Mikrofon näher an den uniformierten, riesigen Mann heran. Berggren sprach langsam, als müssten die Worte aus einer dunklen, steinigen Landschaft heraufgeholt werden, in der man nur mit Mühe vorwärts kam.

»Ich bin schon mal bei Molin gewesen. Er hatte einen Nachbarn bedroht. Jetzt war es die Familie. Er hatte geschrien, er wolle sie erschlagen, und eine Axt genommen. Die Mutter ließ die älteste Tochter hinaus, eine Zwölfjährige, durchs Fenster. Sie wohnen im Erdgeschoss. Sie lief zu einer Freundin und sagte, mein Papa will uns umbringen. Hjelm, Strömholm und ich fuhren hin. Fünf oder sechs Minuten nach Eingang des Alarms waren wir dort. Strömholm ging voran. ›Wir reden mit ihm‹, sagte sie. ›Man kann mit allen reden.‹ Hjelm sagte, er werde ihn sich schnappen, sobald er die Tür öffnete. Strömholm sagte, er solle sich hinter ihr halten, und ich sagte, wir müssen sehen, wie die Lage ist, wenn er öffnet.«

»Du hattest das Kommando?«

»Ja«, antwortete Berggren.

»Ihr seid also aus dem Auto gestiegen.«

»Ja. Wir betraten das Treppenhaus. Das ist ziemlich eng. Strömholm drängte sich an Hjelm und mir vorbei. ›Ich rede mit ihm‹, sagte sie und klingelte.«

»Und was hast du getan?«

»Ich dachte, das ist die richtige Einschätzung. Gunilla sieht ja ...«

Berggren schluchzte auf. Dann fuhr er fort:

»Gunilla sah ja nett aus. Sie würde vielleicht mit ihm reden können. Das erschien mir nicht verkehrt. Deswegen ließ ich sie vorangehen. Und sie klingelte.«

Wieder wurde Berggrens großer Körper von einem Schluchzen geschüttelt.

»Scheiße«, sagte er. »Scheiße.«

Und er rang die Hände.

»Sollen wir eine Pause machen?«, fragte Carin.

»Nein«, sagte Berggren. »Ist schon gut.«

»Gunilla hat also geklingelt?«

»Ja. Und Molin öffnete. Er war nackt bis auf die Unterhose. Solche Boxershorts mit roten Herzen drauf.«

Erneut schluchzte er. Nach einer Weile hatte er sich wieder in der Gewalt.

»Hinter dem Rücken hielt er die Axt. Er hob sie, sobald ich die Tür gepackt hatte, und er merkte, dass er sie nicht wieder schließen konnte. Da knallte es. Das war Hjelm. Ich dachte, Gunilla würde sich beiseite werfen, um nicht erschlagen zu werden. Ich glaubte, Hjelm hatte ihn verfehlt. Er schoss wieder und Molin fiel, Bauchschuss. Wir warfen uns auf ihn und legten ihm Handschellen an. Als wir uns wieder aufrichteten, lag Gunilla immer noch hinter uns. Da begriffen wir, dass sie getroffen war, dass Hjelms erster Schuss sie in den Rücken getroffen hatte.«

Berggren schluchzte wieder und wischte sich mit der Hand über das Gesicht.

»Hjelm begann zu atmen.«

»Wie meinst du das?«, fragte Carin. »Was meinst du mit atmen?«

»Er atmete, so was hab ich noch nie gehört. Er atmete, als hätte er nach einem Endspurt das Ziel erreicht, gleichzeitig stöhnte er, und dann fing er an zu weinen. ›Sie ist tot‹, sagte er, ›Himmel, sie ist tot.‹«

»Was hast du getan?«

»Den Krankenwagen gerufen, zwei. Frau Molin war betrunken und ich brauchte jemanden, der sich um die Kinder kümmerte. Ich telefonierte. Hjelm lehnte die ganze Zeit an der Wand, die Pistole in der Hand, als hätte er keine Kraft, sie wieder in das Holster zu schieben. Dann setzte er sich auf einen Stuhl im Flur. Er legte die Waffe auf den Boden und ich nahm sie an mich. Ich legte Gunilla meine Hand an den Hals. Sie war tot.

Kein Puls, nichts. Sie lag auf dem Bauch, man konnte das Einschussloch sehen, knapp unter dem Schulterblatt. Sie war vermutlich sofort tot.«

»Und Hjelm?«

»Er saß da und wimmerte, man kriegte keinen Kontakt zu ihm. Er war wie zugedröhnt. Nach einer Weile rief ich noch mal an. Sie schickten einen Arzt. Akute Panik, sagte der Arzt. Hjelm wurde mit dem dritten Krankenwagen abtransportiert. Dann bist du gekommen. Dann kam Nylander. Dann kamen alle möglichen Leute.«

»Wie war die Stimmung im Auto auf dem Weg dorthin?«, fragte Carin.

Berggren seufzte und sah erst Carin und dann Fors an.

»Alle wussten, dass Gunilla Hjelm auf der Schule angezeigt hat. Alle wussten es, ich auch. Aber im Auto auf dem Weg dorthin war keine schlechte Stimmung. Alle hatten ja davon gehört, dass Gunilla einen Antrag bei Lönnergren gestellt und gebeten hatte, vom gemeinsamen Dienst mit Hjelm befreit zu werden. Aber so was war das nicht.«

»Wie meinst du das?«, fragte Carin.

Berggren dachte eine Weile nach, ehe er antwortete.

»Ich meine, dass es ein Unfall war. Es war ein reiner Unfall. Gunilla ging voran und wollte mit dem Mann reden. Molin hatte eine Axt. Hjelm hatte die Hand an der Waffe, als die Tür geöffnet wurde. Er schoss. Im selben Augenblick warf Gunilla sich zur Seite, um nicht von der Axt getroffen zu werden. Es war ein Unfall, ein reiner Unfall. Das kann ich beschwören. Ich hab Hjelm nie gemocht, das können viele bezeugen. Ich hab auf Gewerkschaftsversammlungen gesagt, dass wir uns diese Sorte mal vorknöpfen müssen. Solche Typen können wir nicht brauchen bei der Polizei. Alle wissen, dass ich Hjelm gegenüber skeptisch bin. Aber es war ein Unfall. Hjelm hat geschossen, als Molin zuschlug. Er hat Gunilla in den Rücken getroffen, als sie sich zur Seite warf. Dann hat er Molin in den Bauch geschossen. Es gab ein Motiv. Molin hatte beim ersten Zuschlagen verfehlt und hatte immer noch die Axt in der Hand. Ich kann beschwören, dass es so war. Es ist meine Schuld. Ich hatte das Kommando. Ich hätte begreifen müssen, dass man mit einem wie Molin nicht reden kann. Den muss man sofort packen. Ich hätte vorangehen müssen.«

Und dann begann Berggren heftig zu weinen.

33

Einige Stunden später fuhr Carin zu Lönnergren hinauf. Dieser trug einen dunklen Anzug und eine dunkelblaue Krawatte. Er war sehr blass und sah auf die Uhr, als Carin zur Tür hereinkam. Lönnergren zeigte auf die Sofas und Carin setzte sich. Lönnergren nahm ihr schräg gegenüber Platz.

»Es ist gut, dass du dich darum kümmerst, Carin, das ist gut. Wer verhört Hjelm?«

»Örström.«

»Und du hast mit Berggren gesprochen?«

»Ja.«

»Wie sieht es aus?«

»Berggren sagt, es war ein Unfall. Molin hat mit der Axt zugeschlagen, Gunilla ist Hjelm in die Schusslinie geraten.«

Lönnergren nickte.

»Natürlich war es ein Unfall«, sagte er. »Was hätte es sonst sein sollen?«

»Genau«, sagte Carin, »was hätte es sonst sein sollen?«

Lönnergren nahm die Brille aus der Brusttasche.

»Wie meinst du das?«

»Ich hätte gern eine Kopie der Eingabe, die Gunilla dir gegeben hat, wegen des gemeinsamen Dienstes mit Hjelm.«

Lönnergren steckte die Brille zurück.

»Jetzt versteh ich dich nicht?«

»Gunilla hat dir und Nylander ein Schreiben überreicht, nicht wahr? Nylander hat wahrscheinlich das Original bekommen und du die Kopie.«

»Nein.«

»Nicht?«

»Nein.«

»Aber das ganze Haus weiß doch von diesem Brief.«

»Nein.«

»Doch.«

Lönnergren nahm die Brille wieder vor und begann sie mit dem Putztuch zu bearbeiten, das er aus der Innentasche genommen hatte.

»Es ist richtig, dass Gunilla bei mir war, nachdem sie mit Nylander gesprochen hat. Nylander und ich haben sie aufgefordert, einen schriftlichen Antrag zu stellen und in einem Begleitbrief darzulegen, warum sie nicht zusammen mit Hjelm Dienst machen will. Gunilla hat es versprochen, aber etwas Schriftliches wurde nicht eingereicht. Nicht bei mir und nicht bei Nylander.«

»Aber alle haben von diesem Schreiben gehört«, sagte Carin.

»Das ist schon möglich«, sagte Lönnergren. »Es ist möglich, dass Gunilla es vielen erzählt hat, vielleicht im ganzen Haus, dass sie so ein Schreiben aufsetzen wollte. Aber es ist nichts eingereicht worden. Bei der Behörde ist der Eingang eines solchen Schreibens nicht eingetragen.«

»Das ist dein letztes Wort?«

»Ja«, sagte Lönnergren. »Das ist mein letztes Wort, und außerdem ist es die Wahrheit.«

Sie sahen einander an.

Lönnergren hielt dem Blick stand, er blinzelte nicht.

»Das Ganze ist furchtbar tragisch«, sagte er. »Aber wir wollen die Tragik nicht größer werden lassen, als sie ist. Gunilla war eine gute Polizistin. Hjelm hat getan, was er konnte. Die Situation war zugespitzt. Es ist ein furchtbarer Unfall, furchtbar.«

Und Lönnergren schüttelte den Kopf.

Carin erhob sich.

»Das war's«, sagte sie.

»Ich möchte den Bericht über das Verhör von Berggren noch heute haben«, sagte Lönnergren. »Und es wäre gut, wenn wir gemeinsam dafür sorgen könnten, dass das Missverständnis mit Gunillas nicht vorhandenem Schreiben wegen des Dienstes zusammen mit Hjelm aus der Welt geräumt wird.«

Carin wandte ihm den Rücken zu und ging. Lönnergren seufzte tief. Er schloss die Tür hinter ihr, setzte sich an seinen Schreibtisch und rief Nylander an.

In Fors aber klangen für den Rest des Tages Berggrens Worte nach. Gunilla hatte mit Molin sprechen wollen.

Man kann mit allen reden.

Fors hörte es sich selber sagen.

Man kann mit allen reden.

Man kann mit allen reden.

Man kann mit allen reden.

Diese fünf Worte wurden zu einer Anklage, die er gegen sich selbst richtete, und das Schuldgefühl wuchs und wuchs.

Er konnte sich nicht mehr auf den Sirr-Bericht konzentrieren. Die Gedanken kehrten ständig zu dem Satz »Man kann mit allen reden« zurück. Wie die Zunge an einem schmerzenden Zahn war der Gedanke da, sein Gedanke, der ihn überwältigte, weil es so schien, als wäre Gunilla Strömholm durch diesen Gedanken getötet worden.

Er saß zurückgelehnt auf seinem Stuhl und sah Carin an, die sich über die Tastatur ihres Computers beugte.

»Ich habe die Weihnachtsgeschenke für deine Söhne im Auto«, sagte Fors. »Kann ich sie morgen vorbeibringen?«

»Iss mit uns. Wir sind alle wieder gesund. Nur Mårten hustet noch ein bisschen. Vielleicht könnt ihr sogar eine Partie Schach spielen?«

»Natürlich«, sagte Fors, »ich bring ihm ein Spiel mit der spanischen Eröffnung bei.«

»Wann kommt Johan?«

»Gegen sechs.«

Und dann schwiegen sie, saßen hinter ihren Tischen und sahen sich wortlos an. Fors konnte nicht anders, er musste es aussprechen.

»Ich muss immer daran denken, dass ich zu ihr gesagt habe, man könne mit allen reden. Das habe ich gesagt, als wir bei Sjöbrings saßen und sie mitschrieb. Sie wollte es so machen, wie ich es gesagt hatte. Sie wollte gut sein.«

»Ja«, sagte Carin. »Sie wollte gut sein. Und das war sie ja auch. Es ist nicht deine Schuld.«

»Bist du sicher?«

»Ja«, sagte Carin, »ganz sicher. Es war nicht deine Schuld.«

»Das muss ich noch viele Male hören«, sagte Fors.

»Es war nicht deine Schuld«, sagte Carin, wandte

sich wieder ihrem Computer zu und begann schnell und hart auf die Tasten zu tippen.

Fors saß da und schaute ihr noch eine Weile zu. Dann stand er auf und zog seinen Mantel an, ohne ihn zuzuknöpfen.

»Ich komme also morgen mit Weihnachtsgeschenken für die Jungen vorbei. Passt es gegen halb zwölf?«

»Ja«, sagte Carin, ohne vom Bildschirm aufzusehen. »Das passt prima.«

»Ich fahr jetzt nach Hause«, sagte Fors.

»Fahr vorsichtig«, sagte Carin.

Fors fuhr mit dem Fahrstuhl in die Garage und setzte sich in sein Auto. Draußen war es dunkel und windig. Über der Straße schaukelten die Laternen im Wind. Als er bei Rot vorm Bahnhof halten musste, stellte er das Radio ein.

Billie Holiday sang »These Foolish Things«. Fors dachte an Gunilla und daran, dass sie ihm erzählt hatte, sie tanze gern Swing.

Er fuhr auf den Bahnhofsplatz und blieb dort lange stehen. Die Musik war zu Ende, und es kam ein neuer Song und noch einer, er saß einfach da, beide behandschuhten Hände im Schoß, und lauschte, und seine Gedanken fanden nirgendwo Halt, und er erkannte die Musik nicht, die gespielt wurde.

Eine Weile später begann es zu schneien und er fuhr davon.

Ein Toter im Herrenhaus der Familie – was ist passiert?

Aus dem Englischen von Brigitte Jakobeit
Ca. 208 Seiten. Gebunden. Ab 13

Dec ist 16 und hat (fast) alles: Nur seine Mutter ist verschwunden. Eines Tages wird im alten, unbewohnten Haus der Familie ein Toter gefunden. Es ist der LKW-Fahrer, mit dem Dec neulich mitgefahren ist. Aber auch sein Vater und seine Stiefmutter scheinen den Mann zu kennen. Hat er etwas mit dem Verschwinden seiner Mutter zu tun? War sie wirklich einfach abgehauen, oder musste sie fort und um ihr Leben rennen?

www.hanser.de
HANSER